Katzenarsch mit Birnen

Für Harald

LOTTA WEISE

Katzenarsch mit Birnen

Eine nicht prominente Lebensgeschichte

Bibliografische Information der Deutschen Nationalbibliothek
Die Deutsche Nationalbibliothek verzeichnet diese Publikation in
der Deutschen Nationalbibliografie; detaillierte bibliografische Daten
sind im Internet über http://dnb.d-nb.de abrufbar.

© 2022 Lotta Weise

Umschlagdesign, Satz, Herstellung und Verlag:
BoD - Books on Demand, Norderstedt
ISBN 978-3-7568-6122-4

Inhalt

»Das war's endlich, das Reisen,
ein Reisen, wie sie sich's erträumt hatte,
ein drängendes, sehnsuchtsvolles Hinausjagen
ins große Unbestimmte, in einen neuen Tag,
in ein neues, fremdes Leben,
in ein neues großes Glück.«
(Olga Wohlbrück)

Vorwort

Wir alle haben unsere ganz eigene Biografie, keine gleicht der anderen.

Jede ist einzigartig und unvergleichlich.

Bestimmt wäre jede Einzelne spannend genug und es wert, sie zu erzählen, leider tun dies meist nur die Prominentesten unter uns.

Ich habe es versucht und bin dankbar.

Manchmal ist das Leben gütig zu uns und wir trauen uns vom Glück zu sprechen.

Doch es kann auch grausig, ungerecht und düster sein.

Der wichtigste Grund aber, warum ich die eigene Lebensgeschichte in Worte fassen wollte, ist, dass ich die LETZTE meiner Familie bin und dies ist manchmal ein wahrlich beklemmendes Gefühl.

Ich wuchs in einem kleinen Dorf in Sachsen auf, wohnte dort mit meiner Mutter und meiner Großmutter in einem großen alten Haus.

Ich hatte meine eigene fröhliche Kindheit.

Diesen wertvollen Umstand hatte ich vor allem meiner kleinen Oma zu verdanken, die ich über alles liebte.

Mein Großvater nahm sich in diesem Haus das Leben, mein Vater hatte einen tödlichen Verkehrsunfall und meine Mutter war eine Verurteilte, die das Land illegal verlassen wollte.

Der Mittelpunkt in unserer nicht ganz vollständigen Familie war zweifellos meine Großmutter.

Sie war eine warmherzige, großzügige Frau, sie war meine »Lieblingsfarbe«. Und ich ihre.

Und sie war es auch, die mir Geschichten erzählte, mit der ich unendlich viel Eierschecke aß und die mich abends ins Bett brachte.

Schon als kleines Mädchen brachte sie mir bei, dass es im Leben nicht nur großartige Momente geben wird, sondern auch düstere und traurige.

Heute bin ich über 50, habe viel erlebt, doch in mir drin bin ich immer noch nicht mal 30.

Wie alt ich wirklich schon bin, merke ich nur, sobald ich in den Spiegel schaue.

Doch wenn ich heute zurückblicke, dann tue ich dies nicht mit Wehmut oder völligem Unverständnis, wenngleich einige Erinnerungen schmerzlich sind.

Ich schaue auch zurück und schmunzle.

KAPITEL 1

Du bist wie eine Farbe.
Nicht jeder wird dich mögen.
Doch es wird immer jemanden geben,
dessen Lieblingsfarbe du bist.

Fragt man sich eigentlich jeden Morgen, was einem der Tag so bringt?

Überlegt man, ob man am Abend unversehrt und munter wieder seine Haustür aufschließt?

Wohl eher nicht.

Möglicherweise denkt man darüber nach, ob die Bahn pünktlich ist oder was man anziehen soll?

Dabei könnte alles passieren.

Ich stehe gern früh auf, vor allem jetzt im Sommer. Sonst hätte ich eher das Gefühl, ich würde etwas verpassen.

Es ist Samstag und wie so oft, mache ich das Frühstück.

Eigentlich habe ich einen kleinen Spleen und mit absoluter Sicherheit weiß ich das auch.

Bei mir muss der Tisch immer schön gedeckt sein, mit Kerzen und schönem Geschirr. Ich mag es nicht, wenn man nur die Plastikdosen auf den Tisch stellt und die Deckel abreißt.

Ich glaube, diese Marotte habe ich von meiner Mutter geerbt.

Mein Mann rollt sich etwas später aus dem Bett.

»Springt«, wäre in diesem Falle vielleicht die falsche Bezeichnung, denn er ist auch nicht mehr der Jüngste.

Er arbeitet die ganze Woche in Hamburg und kommt erst Freitagabend nach Hause. Vor zwei Jahren sind wir erst in diese Wohnung gezogen und haben es uns hier richtig gemütlich gemacht.

Vor allem unsere Küche liebe ich, sie ist groß und hell. Der Tisch steht direkt vor dem Fenster, man kann die Sonne genießen, wenn sie morgens hereinblinzelt.

Auf der Fensterbank stehen viele alte Kochbücher, ein silberner Kerzenleuchter und etliche selbstgenähte Puppen sitzen irgendwo dazwischen. Ich freue mich jeden Morgen, wenn ich sie sehe.

Überall hängen Bilderrahmen mit uralten Fotos und verblichenen Zeichnungen.

Unsere Küche sieht eher aus wie ein Antiquariat, ich mag diese alten Sachen und meine Sammelleidenschaft hat meinen Mann schon so gut wie in den Wahnsinn getrieben.

Eigentlich ist er gar nicht mein Mann, denn wir sind nicht einmal verheiratet, ich sage nur immer »mein Mann«. Nach so vielen Jahren nenne ich ihn doch nicht meinen Lebensgefährten.

Ich finde diese Bezeichnung sowieso eigenartig, da könnte man ja auch einen Hund oder eine Katze mit meinen. Ein Gefährte, der mich durchs Leben begleitet?

Wir sitzen also beide gemeinsam in unserer Küche am Frühstückstisch und lassen es uns gut gehen.

Eigentlich ein schöner Samstagmorgen.

Zwei Stunden später liegt mein Mann im Krankenhaus mit der Aussicht, einen
Herzschrittmacher zu bekommen.

Er war kurz nach dem Frühstück zusammengeklappt, von einer Sekunde auf die andere.

Er verdrehte seine Augen und rutschte vom Stuhl.

Ich hatte natürlich gleich den Notarzt alarmiert, denn auch mich überkam ein Anflug von Panik.

Man schob ihn in die Notaufnahme, ein Ort, wo es einem eiskalt den Rücken runter läuft.

Ich musste draußen warten. Man setzte mich auf einen Stuhl, hinter einer großen Holztür, die mindestens fünfmal gestrichen war.

Ich zitterte am ganzen Körper, ich wusste nicht, was mich erwartete. Er war nie vorher wirklich ernsthaft krank, außer die tausend kleinen Leiden, die Männer eben manchmal so haben.

Nach etwa zwei Stunden hörte ich jemanden meinen Namen rufen.

Eine Schwester beugte sich über mich und meinte etwas streng, ich, die Lebensgefährtin, solle ihr folgen.

Ihr weißer Kittel ging ihr fast bis zu den Knöcheln, unter anderen Umständen hätte ich vielleicht darüber gelacht.

Wir liefen durch einen unendlich langen Gang bis zu einer Tür, die sie vor mir aufriss.

Da lag er nun, in einem alten Metallbett. Ich glaube, es standen insgesamt sieben davon in diesem Zimmer. Alle Betten waren mit gelben Vorhängen voneinander getrennt.

Als ich ihn da liegen sah, brach ich in Tränen aus und was noch viel schlimmer

war, er auch.

Eine junge Ärztin betrat den Raum und zerrte den gelben Vorhang beiseite.

Sie war groß, hatte riesige Perlenohrringe und ihre blonden Haare zu einem strengen Zopf zusammengebunden.

Sie bat mich in einen Nebenraum und erklärte mir, ohne dabei eine Miene zu verziehen, dass mein Mann einen Herzschrittmacher brauche, sein EKG und überhaupt alle seine Werte seien sehr schlecht. Sie sagte, gleich am nächsten Tag würde die OP stattfinden, wo ihm der Schrittmacher eingesetzt werde. Ich hatte das Gefühl, mein Herz bleibt auch gleich stehen.

Ich dachte, die veräppelt mich doch hier, das ist doch jetzt nicht wahr!

Da rast plötzlich, in Sekundenschnelle und unaufhaltsam, ein Film an einem vorbei,

dass man denkt, man wird verrückt.

Was machen wir jetzt?

Mit so einem Herzschrittmacher kann man doch nichts mehr, nicht mehr in der Ostsee baden, nicht mehr zelten, radeln, Kanu fahren, angeln, rodeln, Pilze suchen, Auto waschen, tapezieren, das Matterhorn besteigen … nichts mehr!

Außerdem hatte ich noch einen Traum, wir beide hatten ihn.

Wir wollten uns mal einen Camper kaufen, oder eher einen Wohnwagen, mehr würden wir uns nicht leisten können. Aber egal, das wäre unsere Welt. Ein bisschen durch die Gegend reisen und den lieben Gott einen guten Mann sein lassen.

So, das war es jetzt, dachte ich, mein Mann bekommt einen Herzschrittmacher.

Wir sind jetzt seit über zwanzig Jahren zusammen.

Er heißt Max, ist fast zwei Meter groß und ist mein Lieblingsmensch. Ein hübscher Kerl.

Kennengelernt hatten wir uns auf einer Russlandreise.

Ich hatte damals eine Freundin, Bettina. Sie war in einem Tschernobyl-Hilfe-Verein aktiv und fragte mich eines Tages, ob ich mal mitkommen würde bei einer dieser Reisen nach Russland.

Die Mitglieder des Vereins wollten dort, mit Hilfe von Spenden, eine Kinderstation in einem Krankenhaus renovieren.

Das wollte ich unbedingt machen. Obwohl es nicht einfach war, alles zu organisieren.

Man musste ein Visum beantragen, den Urlaub verschieben und sich zur Sicherheit mehrere Impfungen geben lassen.

Ich bekam alles rechtzeitig hin und so starteten wir im Dezember 1995.

Wir waren fünfzehn Leute, aber Bettina und ich waren die einzigen Frauen in diesem Trupp.

Los ging es am zweiten Weihnachtsfeiertag, wir fuhren mit einem Lkw und vier VW-Bussen, alle voll beladen mit Spenden und Hilfsgütern.

Kleidung, Spielzeug, medizinische Ausrüstung und vor allem Material für die Renovierung.

Bettina war eine kleine korpulente Frau mit kurzem dunkelblondem Haar.

Sie arbeitete damals in einem Krankenhaus auf der Intensivstation und sammelte das ganze Jahr über wie eine Besessene

Spendengelder. Einmal im Jahr ging es dann immer für etwa zehn Tage nach Russland. Manchmal schaffte sie es auch zweimal pro Jahr, aber es mussten immer genügend Hilfsgüter zusammenkommen. Und Freiwillige, die ihren Urlaub für so eine anstrengende Reise opferten.

Max war damals auch in diesem wild zusammengewürfelten Haufen, er ist von

Beruf Zimmermann und wohnte bei mir in der Nähe, in einem kleinen Dorf an der Ostseeküste.

Vier Männer kamen vom THW und einer war Berufskraftfahrer, hieß Frank und sollte den Lkw nach Russland gondeln.

Die meisten von uns lernten sich erst kurz vor dieser Reise kennen.

Doch Bettina machte aus uns schnell eine eingeschworene Gemeinschaft, man merkte, dass sie von dem, was sie tat, Ahnung hatte.

Nachdem alle Busse und der Lkw beladen waren, ging es mit mehreren Stunden Verspätung Richtung polnische Grenze.

Den ersten zeitraubenden Zwischenfall hatten wir dann auch gleich kurz vor Warschau.

Der LKW blieb plötzlich mitten auf der Straße stehen, nicht einmal Frank konnte vor Ort herausfinden, warum er streikte.

Irgendwie mussten wir versuchen, eine Werkstatt ausfindig zu machen. Ohne Handy damals eine kleine logistische Herausforderung.

Nach mehreren Stunden wurde der Lkw endlich abgeschleppt.

Wie sich dann herausstellte, war der Kraftstofffilter verstopft und in dieser Werkstatt war keiner auf Lager, der Chef wollte sich aber möglichst schnell darum kümmern.

Schnell bedeutet in Polen jedoch nicht unbedingt viel.

Um nicht unendlich viel Zeit zu verlieren, machte sich der Rest unserer »Reisegruppe« spontan auf den Weg, um in ganz Warschau sämtliche Werkstätten abzuklappern, um einen neuen Filter zu organisieren. Zurück ließen wir Frank mit dem kaputten LKW, mutterseelenallein. Wir machten uns auch keine Sorgen um ihn. Aber, ich glaube, er hatte ein mulmiges Gefühl, da alleine mitten in Warschau.

Frank wohnte auf Rügen und bestimmt war dies seine erste größere Reise, die er unternahm.

Ich kann gar nicht sagen, ob er jemals zuvor seine Insel verlassen hatte.

Nun war Frank allein und er trank, während er auf uns und den Filter wartete, das gesamte Dosenbier aus, welches er in dem LKW für seine große Reise gebunkert hatte.

Als wir nach Stunden zurückkehrten, hatten wir zwar einen neuen Kraftstofffilter, aber keinen Fahrer mehr.

Er war so betrunken, dass er unmöglich weiterfahren konnte.

So musste ein anderer her halten, er hieß Hannes und hatte Gott sei Dank auch einen LKW Führerschein. Frank setzte seine Reise auf dem Beifahrersitz fort.

Hannes kam, wie die Männer vom THW, aus Stralsund.

Ein etwas undurchsichtiger Typ, aber nett. Nicht verheiratet und Kinder hatte er auch keine. Also, der perfekter Kandidat für so eine Mission.

Mit einem verlorenen Tag in Warschau ging es weiter. An der polnisch-russischen Grenze mussten wir auch noch einen mehrstündigen Zwischenstopp in Kauf nehmen, wobei das, glaube ich, reine Schikane von den russischen Zollbeamten war.

Nachdem wir aber diverse Plastiktüten mit Zigaretten und Schokolade befüllt hatten, ließen sie und dann schließlich irgendwann weiter fahren.

Das ist wirklich nicht lustig mit den russischen Grenzern, mit ihren zerknautschten Uniformen und den schrägen Blicken. Einer hatte so eine Fahne, die man natürlich in der klaren Winterluft bei minus 10 Grad noch besser roch.

Über Brest, quer durch Weißrussland, kamen wir irgendwann in Dobrusch an, einer Kleinstadt in der Nähe von Gomel. Diese Region hatte es beim Reaktorunfall besonders schwer getroffen, da durch die Wetterlage und Windrichtung hier mit der meiste radioaktiv verseuchte Staub niederging.

Wir waren alle völlig fertig, obwohl wir uns beim Fahren in den Kleinbussen abwechselten.

In Dobrusch übernachteten wir bei sogenannten Gastfamilien, die machten dann für die zehn Tage ein Bett frei. Jeder von uns schlief bei einer anderen Familie, außer Bettina und ich. Wir hatten Glück und konnten zu zweit bleiben.

Wir sind bei einer jungen Familie eingezogen, die eine kleine Tochter hatte.

Selbstverständlich hatten wir auch kleine Geschenke für unsere Gastfamilien dabei.

Da man aber vorher nicht wissen konnte, bei welcher Familie man einzieht, konnte das schon ein bisschen peinlich werden mit den Geschenken.

So hatte Hannes zum Beispiel seinem »Gastvater« eine elektrische Zahnbürste überreicht, obwohl der nur noch zwei Zähne im Mund hatte.

Es war aber nicht seine Schuld, denn die Geschenke wurden in Deutschland gepackt und wurden nun wahllos verteilt.

Wir konnten aber nur kurz unsere Sachen abstellen, denn wir mussten noch am selben Abend den LKW entladen, da dort auch medizinische Sachen drin waren und auch Nahrungsmittel.

Inzwischen waren es minus 26 Grad.

In weiser Voraussicht hatten viele von uns zwei Jacken dabei, die wir dann einfach übereinander trugen.

Nur an der passenden Kopfbedeckung haperte es, bei mir auch.

Es dauerte mehrere Stunden, bis wir alles vom LKW geladen und in dem Krankenhaus untergebracht hatten.

Im Haus gab es drei Etagen, in der mittleren war die Kinderstation.

Im gesamten Treppenhaus stand das Wasser, teilweise schon gefroren, weil es ein paar Tage zuvor irgendwo im Gebäude einen Wasserrohrbruch gab.

Obwohl es schon sehr spät am Abend war, wurden wir dennoch sehr freundlich von ein paar Ärzten empfangen.

Die Schwestern trugen alle riesige weiße Hauben und bis fast zum Boden reichende Kittelschürzen.

Alle strahlten uns an und freuten sich, dass wir da waren.

In einem der Räume, am Ende des Ganges, war für uns ein Tisch gedeckt, mit Brot, Fisch, Tee und mit Wodka.

Der gehörte wohl auf jede russische Tafel, selbst hier im Krankenhaus.

Die Zeit verging wie im Flug. Wir ackerten jeden Tag von morgens um sieben bis abends, meistens bis 22 Uhr. Die Männer fuhren gleich am Morgen zum Krankenhaus und renovierten jeden Tag die Kinderstation. Diese war wirklich in einem katastrophalen Zustand. Man kann es sich eigentlich gar nicht vorstellen, dass es so etwas noch gibt. Mitgebracht hatten wir sogar zwanzig neue Waschbecken, die wir aber nicht anbringen konnten, weil wir die passenden Schrauben und Dübel vergessen hatten, um sie zu befestigen. Diese konnten wir auch nicht in der größeren Nachbarstadt, in Gomel, auftreiben. Bettina, die sich mit der russischen Mentalität bestens auskannte, entschied daraufhin, die Waschbecken wieder mit nach Deutschland zu nehmen.

Sie meinte, wenn wir die Waschbecken hierlassen und versuchen würden, sie erst beim nächsten Mal mit den passenden Schrauben zu befestigen, hätten wir verloren. Dann hätte der Chefarzt zu Hause ein schönes neues Becken und die Oberschwester auch, aber nicht die Zimmer auf der Kinderstation.

Es gab auch so jede Menge zu tun.

Bettina war hier eindeutig die Managerin, sie wusste ohne Zweifel, was zu tun ist.

Sie hatte alles genau im Blick und verlangte nach einem Raum, in dem wir das Material für die Renovierung einschließen konnten.

Auch ein Großteil der medizinischen Spenden musste erst einmal »gesichert« werden, bevor sie an den richtigen Stellen verteilt werden konnte.

Einige der Schwestern hatten es auf die von uns mitgebrachten Wegwerfwindeln abgesehen, die Stoffwindeln wollten sie nicht.

Wie Bettina mir dann erklärte, bevorzugten sie nur diese Einmalwindeln, um diese später auf einen naheliegenden Markt weiterverkaufen zu können.

Eigentlich war ich ganz froh, dass ich nicht den ganzen Tag auf der Station verbringen musste, denn das Elend war für mich nur schwer zu ertragen.

Bettina und ich rasten unterdessen mit einem der VW-Busse durch die russische Landschaft.

Das heißt, ich raste, Bettina hatte gar keinen Führerschein.

Wir bekamen von der Klinik Adressen von Familien mit kleinen Kindern, denen es besonders schlecht ging und die dringend auf Hilfe angewiesen waren.

Was wir beide da zu sehen bekamen, lässt sich kaum beschreiben.

Bettina wusste ja gewissermaßen, was uns erwartet, ich hingegen war mit der Situation überfordert.

Nie im Leben hätte ich das erwartet.

Ganze Dörfer und ihre Bewohner schienen von ihrem eigenen Land vergessen worden zu sein.

Eine Frau, die wir besuchten, lebte mit ihren beiden Kindern in einer stallähnlichen Holzhütte, ohne fließend Wasser und ohne Strom.

Auf einer Seite der Bretterwand hing ein Tannenzweig mit einer Handvoll Lametta.

Schließlich war Weihnachten.

In all den Holzhäusern sahen wir das Gleiche.

Als wir im nächsten Dorf mit unserem Bus am Ende einer buckligen Straße hielten, kamen uns die Kinder schon entgegengelaufen, alle hatten nur durchgetretene Filzschuhe an, nicht mal Stiefel.

Wenigstens damit konnten wir ihnen ein wenig helfen, da wir

mehrere dutzend Kinderstiefel dabeihatten, für jeden die passende Größe.

Jeden Tag fuhren wir so von Dorf zu Dorf und verteilten die mitgebrachten Sachen.

Und trotz ihrer unsagbaren Armut waren die Menschen herzlich und gastfreundlich.

Sie boten uns lächelnd Tee und Gebäck an.

Eine Frau hatte sich für unseren Besuch sogar »gutes« Geschirr von den Nachbarn geborgt.

Es waren zweifelhafte Gedanken, die ich mir bei dieser Reise damals immer wieder machte.

Ich, eine junge Frau aus dem ehemaligen Osten, fuhr zum einstigen »großen Bruder« mit Schokolade, gespendeten Klamotten, neuen Waschbecken und literweise Wandfarbe in dezentem Weiß.

Ich ahnte vor meiner Reise nicht im Geringsten, wie schlecht es vielen Menschen in Russland wirklich ging und mit Sicherheit heute noch geht. Und das offensichtlich nicht erst seit dem Reaktorunfall.

Die Leute mussten jeden Tag versuchen, irgendwie über die Runden zu kommen.

Auf einer unserer Fahrten durch die russische Winterlandschaft fror uns tatsächlich die Benzinleitung ein. Also standen Bettina und ich einsam und verlassen mit unserem Kleinbus in der eisigen Landschaft herum.

Zum Glück hatten wir diese kuscheligen braun-karierten Decken im Auto, sonst wäre es schnell eng geworden, bei 25 Grad minus. Die Scheiben waren binnen 15 Minuten fast komplett zugefroren.

Eine Dose Wiener, die bestimmt auch einen anderen Abnehmer finden sollte, musste während unserer Zwangspause auch herhalten.

Nach etwa zwei Stunden kam ein schneebedeckter Wolga angebraust und der Fahrer bot an, uns in das nächste Dorf zu schleppen. Wir nahmen natürlich dankbar an.

Was aber dieses Abschleppmanöver besonders machte, waren die zugefrorenen Scheiben.

Da ich nicht durch die Frontscheibe schauen konnte, musste ich das Fenster auf meiner Seite zur Hälfte öffnen, um überhaupt irgendetwas zu sehen.

Mir sind fast die Ohren abgefallen, obwohl ich eine Tschapka aus Fuchsfell auf dem Kopf hatte. Die hat mir vorher noch freundlicherweise unser Abschleppfahrer geliehen.

Das Jolkafest feierten wir am 31.12. zusammen mit etwa 50 Russen in einer alten Holzbaracke.

Zu Sowjetzeiten, sagte man uns, war es ein Pionierhaus.

Jolkafeste wurden hier schon immer in Kulturhäusern oder auf öffentlichen Plätzen gefeiert.

Es war ein sehr anstrengendes Fest. Alle von uns waren fix und fertig, Bettina und ich kamen mit unserem Transporter samt Abschlepphilfe erst gegen 22 Uhr dort an.

Und die lieben russischen Genossen kennen keine Gnade, jeder Wodka musste runtergespült werden. Dazu Unmengen an saurem Fisch, gefüllten Krautwickeln und eingelegtem Gemüse.

Alle unsere Gastfamilien waren natürlich auch mit von der Partie.

Hannes und sein zahnloser Gastvater waren inzwischen die besten Freunde.

Es wurde getanzt und getrunken, bis keiner mehr klar sehen und stehen konnte.

Das rauschende Fest endete erst in den frühen Morgenstunden.

Den Neujahrstag verbrachten wir wieder alle zusammen, denn wir folgten einer Einladung unserer Gastgeber zu einer Fahrt mit einem Pferdeschlitten. Ganz traditionell, durch die wunderschöne weißrussische Winterlandschaft.

Es war Russland pur, der Schnee glitzerte in der Sonne und

man hörte bei dieser klirrenden Kälte, wie der Schnee unter den Kufen knirschte.

Max und ich saßen da schon im selben Schlitten.

Er war mir sympathisch. Max hatte eine ruhige, angenehme Art und war eher etwas schüchtern.

Als wir Anfang Januar zurück in Deutschland waren, sahen wir uns regelmäßig, ich hatte mich in ihn verliebt.

Ich war jetzt 30 und schon geschieden. Meine Ehe mit Steffen hielt nur zehn Jahre.

Obwohl, im Nachhinein betrachtet, ist das reichlich lang, wenn man bedenkt, dass ich bei der Eheschließung gerade mal 19 Jahre alt war.

Diese Hochzeit mit ihm war schon sehr speziell.

Wir wollten damals unbedingt heiraten, obwohl wir uns erst fünf Monate kannten.

Ich rief beim Standesamt an und wir bekamen auch gleich einen Termin im Juli. Niemand erzählten wir davon, zu der Zeit brauchte man auch keine Trauzeugen und konnte nur zu zweit zum Standesamt.

Nur meine kleine Oma wurde zur Mittäterin gemacht, weil ich bei ihr im Garten meinen Brautstrauß pflückte.

Und ein paar kleine Blümchen, die ich mir ins Haar steckte.

Ich trug ein weißes kurzes Sommerkleid.

Mein Bräutigam hatte einen hellen Anzug an. Wir sahen schon zauberhaft aus.

Da wir natürlich kein Auto hatten und auch keine Eltern, Verwandten und Freunde eingeweiht waren, hatten wir den Plan, die 15 km bis zum Standesamt per Anhalter zu fahren.

Das Trampen war damals in der DDR völlig sicher und normal, na gut, vielleicht nicht gerade als Brautpaar.

Und so trampten wir dann auch, wie geplant, zu unserer eigenen Trauung.

Auf dem Rückweg hatten wir ebenfalls Glück und ein netter Trabi-Fahrer nahm uns mit.

Meine liebe kleine Oma zauberte dann ein kleines Hochzeitsmenü für uns drei, serviert auf ihrem guten Rosenthaler Geschirr.

Aus dem Keller holte sie eine Flasche Canei, ein süßer Perlwein, den es in Weiß und Rose gab. Süß und klebrig, aber für so einen Anlass einfach perfekt.

Im Delikatladen kostete der damals stolze 17 Mark. Für uns war das ein zauberhaftes Festessen und meine Oma die liebste Gastwirtin auf Erden.

Steffen und ich waren schon sehr verliebt, aber im Grunde genommen passten wir überhaupt nicht zusammen.

Nach den ersten zwei Jahren zogen wir gemeinsam von Dresden in ein kleines Dorf an der Ostsee.

Es war eine schöne Zeit, wir hatten dort Freunde gefunden, mit denen wir viel Zeit verbrachten.

So fuhren wir jedes Jahr zusammen in den Winterurlaub zum Skifahren.

Immer mit dabei waren Kati und Alex, Andrea mit ihrem Mann Benny, Michael und Betty sowie unser Single-Mann Matze.

Es zog uns gemeinsam in die »große weite Welt« hinaus, ins Allgäu oder nach Bayern.

Wunderschöne Erinnerungen habe ich an diese Winterreisen.

Wir waren alle fast im gleichen Alter und auch wenn das jetzt ein wenig überheblich klingt, eigentlich konnte nur ich Ski fahren. Bestimmt, weil nur ich aus dem Gebirge kam.

Trotzdem stürzten wir uns jedes Jahr aufs Neue in dieses Vergnügen.

Wir mieteten uns gemeinsam ein Ferienhaus, was für alle erschwinglicher war und wir blieben dann meist acht oder zehn Tage.

Ich habe heute noch kilometerlange Filmaufnahmen auf diesen alten V8-Kassetten, die wir damals alle aufgenommen hatten.

Kati und Alex verkündeten uns damals bei einem Abendessen, dass sie Eltern werden.

Es gab Spagetti mit Olivenöl und ganz viel Knoblauch, das weiß ich noch wie heute.

Inzwischen ist ihr Sohn fast dreißig und die beiden haben heute ein kleines Segelboot, welches ihr ganzes Glück bedeutet.

Michael und Betty hatten irgendwann geheiratet, ihre Ehe hielt aber nur zwei Jahre.

Ja, und Benny, der Mann von Andrea, ist vor vielen Jahren einfach umgefallen und war tot.

Ihre beiden Söhne waren noch ganz klein.

Matze hatte, nach über zwanzig Jahren des Wartens, endlich seine große Jugendliebe geheiratet.

Sie bekamen zwei Töchter und er hat ihnen ein riesiges Haus gebaut.

Wir haben ihn manchmal »Geizi« genannt, weil er schon immer ein eher sparsamer Typ war, doch alle haben es mit Humor gesehen.

Er hatte schon immer gern gegessen, was auch nicht zu übersehen war.

So bleiben uns allen seine Sprüche von damals in bester Erinnerung.

Da wir den ganzen Tag auf der Piste waren und erst abends beim Dunkelwerden ins Ferienhaus zurückkehrten, bestellten wir uns zusammen oft etwas zu essen.

Wir hatten am Anfang unseres Urlaubs immer eine gemeinsame Reisekasse angelegt.

Jeder von uns gab die gleiche Summe dazu.

Davon bezahlten wir dann so ein »Gelage«.

Immer wenn Matze satt und zufrieden schien und auch wirklich das allerletzte Stück Pizza in seinen nicht ganz durchtrainierten Körper geschoben hatte, sagte er: »Die Hälfte hätte auch gereicht!«

Ein anderes Mal waren wir abends alle zusammen in einer Kneipe. Matze aber wollte nicht mitkommen, er meinte, er habe keinen Hunger. Und so blieb er allein zurück, in unserem verschneiten Ferienhäuschen.

Als wir dann nach Stunden zurückkamen, fragten wir ihn, ob er denn nun gar nichts gegessen hätte?

»Doch«, sagte er leise. »Ein paar Sardinchen!«

Ich muss heute noch immer schmunzeln, wenn ich so eine Dose Fisch in der Hand halte.

Die ersten zwei Jahre unserer Reisen sahen wir mit unseren Skiklamotten aus, als wären wir aus einem Altkleidercontainer gefallen. Wenn ich die alten Filme sehe, inzwischen natürlich digitalisiert, weiß ich nicht, ob ich lachen oder heulen soll.

Aber uns hat das damals nicht gestört.

Unser Spaß am Skifahren war ungebrochen und auch wir legten uns später ein pisten-taugliches Outfit zu.

Wenn Steffen und ich damals ein paar Mark in der Tasche hatten, reisten wir.

Wir durften ja überall hin.

Einmal liehen wir uns den alten Opel von einem Freund und machten, ohne groß zu planen, eine längere Tour.

Von der Küste aus fuhren wir in Richtung Dresden, meiner alten Heimat.

Weiter ging es über Prag nach Wien.

Ich glaube, dort hatte ich das erste Mal ein Handy gesehen, bei einer älteren Dame am Stephansplatz.

Wir suchten uns dann unterwegs spontan eine Bleibe, in kleinen Pensionen oder Gasthäusern, so dass es zu unserem Geldbeutel passte.

Ich hätte auch in einer Jugendherberge übernachtet.

Über Graz fahrend, landeten wir schließlich in Venedig.

Ich weiß gar nicht mehr genau, wo wir das Auto parkten, irgendwo weit vor der Stadt, glaube ich.

Auf dem Markusplatz schlenderte ich zu einem Souvenirstand und wollte eigentlich nur ein paar Postkarten kaufen. Doch dann fingen ein paar Musiker in dem Straßencafé gegenüber an zu spielen: You Are My Sunshine. Of My Life ...

Ich war so gerührt und von dieser Stadt überwältigt, dass mir sogar die Tränen kamen, ich konnte nichts dagegen tun.

Wahrscheinlich weinte ich, weil ich einfach DA war.

Nach den ersten fünf Jahren fing es bei Steffen und mir an zu bröckeln.

Mit der Zeit stellte ich fest, dass er ein sehr egoistischer Typ war und ich ihm im Grunde genommen buchstäblich hinterherlief.

Ich war irgendwie so eine treue Seele und hatte wahrscheinlich gedacht, es hält für immer.

Wir hatten es jedoch beide noch nicht gelernt, für unsere Ehe zu kämpfen.

Nach zehn Jahren reichte Steffen, mit seiner neuen Geliebten im Schlepptau, die Scheidung ein und bat mich, aus unserer gemeinsamen Wohnung auszuziehen. Es ging alles unglaublich schnell.

Er hatte sich verändert. Nicht viel war mehr übrig geblieben von dem Mann, in den ich so verliebt war.

Ich hatte keine Wohnung mehr, kein Geld und erst recht keinen Plan.

Als ich meine Sachen abholte, er hatte die Wohnungsschlüssel unter die Fußmatte gelegt, war die Neue schon eingezogen. Schwarz glänzende Satin-Bettwäsche war auch schon auf meiner ehemaligen Bettdecke. Die alten Bettbezüge hatte er mir großzügig in einen Karton gepackt.

Die Kiste ließ ich stehen und verließ das Liebesnest mit einem kleinen Fernseher, einer Mikrowelle und einem alten Sofa.

Meine damalige Freundin Karin bot mir an, zu ihr zu ziehen, bis ich eine Wohnung finden würde.

Ich trauerte meiner gescheiterten Ehe nicht unbedingt lange hinterher, dennoch fühlte ich mich irgendwie verraten und verkauft.

Ein einsames Gefühl.

Ich war Karin damals unendlich dankbar, schließlich wohnte ich mehr als fünf Monate bei ihr und ihren Kindern.

Leider starb sie drei Jahre später an Lungenkrebs.

Max und ich zogen irgendwann zusammen, in eine wunderschöne Dachgeschosswohnung, mit meinem alten Sofa und der Mikrowelle.

Wir hatten nicht viel, aber wir waren gut im Improvisieren.

Die ersten Monate schliefen wir auf einer großen Luftmatratze und unsere Sachen hingen durcheinandergewirbelt auf einem schiefen Kleiderständer, den man praktischerweise von einem Raum zum anderen rollen konnte. Die Küchenmöbel zimmerte Max selbst zusammen und als Tisch nutzten wir eine alte Einkaufskiste, auf die wir ein Holzbrett legten. Einen entscheidenden Vorteil hatte das Ganze dennoch, ich fühlte mich mit 30 eher wie eine 18-Jährige in ihrer ersten eigenen Wohnung.

Zu dieser Zeit lebte meine Mutter noch, aber in Sachsen, wo ich aufgewachsen bin.

Nicht gerade um die Ecke liegend, war es nicht immer gerade leicht für mich.

Das Verhältnis zu ihr ist schwer zu beschreiben, ein ewiges Hin und Her.

Mal tat sie mir unendlich leid, mal war ich einfach nur wütend auf sie.

Mit fünf Jahren habe ich sie abgöttisch geliebt und dachte natürlich, genau so liebt sie mich.

Mit zehn liebte ich sie immer noch sehr und hatte jedes Mal fürchterliches Heimweh, wenn ich ein paar Tage woanders hinmusste.

Mit fünfzehn bekam ich mehr und mehr von ihrem Gefühlsleben und ihrer Tablettenabhängigkeit mit. Da stieg das erste Mal die Wut in mir auf, weil ich mir nicht vorstellen konnte, dass man nicht einfach aufhören kann und sein Kind doch bedingungslos lieben müsste.

Ich redete mir ständig ein, dass ich für ihr Chaos verantwortlich sei, dabei war ich ein sehr unkompliziertes Kind und hatte auch keine ausschweifende Pubertät, wo Mütter einfach den Verstand verlieren können.

Ja, und mit neunzehn war ich verheiratet und verschwunden. Sie gab mir auch nicht das Gefühl, dass sie mich unendlich vermisste.

Meine Liebe zu ihr war einfach weg, ich habe gar nicht bemerkt, wann sie gegangen ist.

Meine Mutter bekam mich, als sie 25 Jahre alt war.

Sie wohnte damals noch bei ihren Eltern in einem kleinen Dorf im Erzgebirge.

Eine schöne Frau war sie, wirklich.

Wenn man Fotos von ihr anschaute, war man beeindruckt. Sie sah damals einfach wundervoll aus. Sie hatte kurze blonde Haare und ein bildschönes Gesicht.

Ihre Kleider nähte sie alle selbst, sie hatte einen ganz besonderen Look.

Wie und wo sie meinen Vater kennengelernt hat, weiß ich nicht und sollte es auch leider nie mehr erfahren.

Er wohnte in Berlin und war Kameramann bei der DEFA.

Mehr hatte sie mir nie erzählt. Ich kann nicht einmal mehr sagen, wann sie ihn mir gegenüber überhaupt das erste Mal erwähnt hatte. Irgendwann zeigte sie mir Fotos. Es waren genau zwei. Auf beiden Bildern sieht man meinen Vater als sehr jungen Mann, aufgenommen, wie er hinter einer Fernsehkamera steht. Mit weißem Hemd und einem ganz schmalen Schlips.

Mein Vater kam bei einem Autounfall ums Leben, da war ich gerade mal sechs Jahre alt.

Alles, was mir von ihm geblieben ist, ist eine Vaterschaftsanerkennung, sein Totenschein und diese zwei alten inzwischen zerknautschten Fotos.

Ich weiß nicht, ob ich ihn als Kind vermisst habe, er hatte uns nur ein paar Mal besucht.

Heute ist das völlig anders.

Obwohl ich ihn nie richtig kennengelernt habe, fehlt er mir.

Vielleicht wären wir ein absolutes Traumpaar geworden, hätten uns gut verstanden und blind vertraut.

Ich sehe ihm auch sehr ähnlich. Wenn ich die Fotos anschaue, ist es, als hätte ich ihn eine Ewigkeit gekannt.

Ich kann es mir bis heute nicht erklären, warum ich meine Mutter nicht genug genervt habe, mir mehr von ihm zu erzählen, wie und wer er war.

Doch mir schien, es war ihr nicht im Geringsten wichtig, dass ich etwas über meinen Vater erfahre.

Wir lebten in einem großen alten Haus, wie in einer Großfamilie.

Meine Mutter, meine Oma und mein Onkel Matthias mit seiner Frau Margit.

Mein Großvater hatte sich fünf Monate vor meiner Geburt, am 26.10.1965, dort in der Waschküche erhängt.

Er hatte gewartet, bis meine Oma das Haus verlässt, und dann nahm er eine Wäscheleine.

Es war so ausgesprochen dramatisch, da meine Oma ihn auch noch gefunden hat, als sie am Mittag nach Hause kam.

Er war ein sehr ehrlicher Mensch, erzählte meine Oma, und er scheute sich nie, seine Meinung zu sagen. Auch über ihn weiß ich nicht wirklich viel. Auf meine Frage, warum er sich das Leben genommen hat, antwortete meine Oma nur, er habe geglaubt, sehr krank zu sein. Mein Großvater arbeitete als Bergmann in einem Zinnerz-Bergbau, was ein VEB-Betrieb war.

So wollte er im Juli 1962 aus der Partei austreten und schrieb damals einen Brief an die SED-Betriebsparteiorganisation:

##Hiermit erkläre ich meinen Austritt aus der Partei.

Seit einigen Monaten weiß ich von der Äußerung des Steigers W. Buchwald, die er bei einer Kandidatenwerbung tat: »Solange P. (mein Opa) in der Partei ist, kommt es für mich nicht in Frage.«

Keinesfalls möchte ich einem Angestellten bzw. Angehörigen der Intelligenz hinderlich sein, ein überzeugter Genosse zu werden. Was meine Weigerung, auf das Treuegeld Parteibeiträge zu zahlen, anbelangt, so gebe ich ganz offen zu, dass ich mit einer solchen Maßnahme der Partei nicht einverstanden bin. Genauso wenig wie mit der Heranziehung steuerfreier Schmutzzulagen, Nachtzuschlägen sowie Untertage-Prämien zu den Parteibeiträgen.

Von weiteren Aussprachen mit mir bitte ich abzusehen, damit mir erneuter Verdruss erspart bleibt. Ich werde als Parteiloser weiterhin der ehrliche Mensch bleiben, für den ich mich halte. ##

Meinen ausgeprägten Gerechtigkeitssinn habe ich wohl von ihm geerbt.

Mein Opa und meine Oma hatten drei Kinder.

Meine Mutter Heidemarie, ihre ältere Schwester Hannelore und den jüngsten Sohn Matthias.

Hannelore nannten alle nur Lorli und mein Onkel Matthias wurde Seppel gerufen.

Eigentlich war es immer lustig bei uns. So empfand ich es jedenfalls als Kind.

Meine Tante Lorli hatte ein Lachen, das so schallend war, dass man es im ganzen Haus hörte, man musste einfach immer mitlachen. Und mein Onkel hatte einen unglaublich ansteckenden Humor, ich habe ihn kaum schlecht gelaunt erlebt.

Meine Mutter war meist leicht aufbrausend, und ich glaube, etwas streng mit mir.

Als kleines Kind habe ich das natürlich nicht so empfunden und es war auch nicht ganz so schlimm für mich, da ich ja die meiste Zeit mit meiner Oma verbrachte.

So wohnten wir eben alle zusammen in diesem alten Miethaus, nur Lorli zog später mit ihrem Mann Hermann und ihrem

Sohn Mirko nach Dresden, ungefähr 25 km von unserem Dorf entfernt.

Lorli, eine kleine, schmale Frau mit einer riesigen schwarzen Hornbrille und einem Pagenschnitt wie Mireille Mathieu. Auch sie hatte es nicht gerade leicht. Sie litt am sogenannten grünen Star, einer Augenerkrankung, die nach und nach zum Sehverlust führt. Sie musste sich ständig Operationen und Behandlungen unterziehen und hatte unentwegt starke Kopfschmerzen. Trotzdem war sie eine lebenslustige Frau, die versuchte, das Beste daraus zu machen. Alle haben sie dafür bewundert.

Und sie hatte einen wundervollen Mann, Hermann. Er war einen Kopf größer als sie, breit wie ein Bär und ein unglaublich herzlicher Mensch. Die beiden waren wie Topf und Deckel, außer wenn Lorli ihren Hermann auf Diät setzte.

Wir bewohnten die ganze untere Etage. Über eine Treppe kam man in einen kleinen Anbau, der direkt zu einem großen Flur führte. Dort war es Sommer wie Winter kalt, weil an den Wänden und am Boden überall Steinfliesen waren.

Es folgte eine Holztür mit Glasscheiben, rechts befand sich eine dicke silberfarbene Klingel, die schon etwas verrostet aussah. Die musste man drehen und dann schrillte es.

Doch hinter dieser Tür wurde es gemütlich, da man gleich in der Küche stand. In der Mitte des Raumes stand ein alter Küchentisch. Den konnte man vorn ausziehen, hervor kam eine Schublade mit zwei Schüsseln zum Abwaschen.

In diesen Schüsseln hatte mein kleiner Bubi, ein grün-gelber Wellensittich, seinen ersten schweren Unfall, den er nur knapp überlebte.

Bubi wollte sich damals auf dem dicken, kuscheligen Schaum des Abwaschwassers für ein Flugpäuschen niederlassen.

Leider versank er in diesem so schnell, dass meine Oma Mühe hatte, ihn dort möglichst zeitnah wieder herauszufischen.

Er überlebte das Flugmanöver und musste zum Trocknen auf der Lehne eines Stuhles vor dem Kachelofen Platz nehmen.

Da er sehr zahm und folgsam war, ließ er das über sich ergehen und verharrte dort für mehrere Stunden.

Ich glaube, er war genauso froh wie wir, dass er noch am Leben war.

Außerdem hatten wir einen herrlichen Holzofen in dieser Küche, mit dem auch jeden Tag gekocht und geheizt wurde.

Hinter der Küche befand sich die Stube, mit braun gestrichenen Holzdielen, auf denen aber ein dicker, bunter Teppich lag. In der Mitte ein grünes Sofa mit zwei dazugehörigen Sesseln, einem runden Tisch und einem Kachelofen, der bis zur Decke reichte.

Immer roch es dort nach Bohnerwachs, da meine Oma jeden Samstag den dicken, bunten Teppich zur Seite klappte und die Stube wienerte.

Ein wunderbar heimischer Geruch.

Von der Stube aus kam man dann in das Schlafzimmer meiner Großmutter und auf den riesigen Flur, der zu den anderen Zimmern führte.

Hinten rechts hatten mein Onkel Seppel mit seiner Frau ein Zimmer, gegenüber meine Mutter.

Eigenartigerweise hatte ich von Anfang an ein Bett bei meiner Oma in der Schlafstube stehen und nicht bei meiner Mutter.

Darüber wunderte ich mich aber erst, als ich älter war, als Kind fand ich es schön.

Dann gab es noch eine Tür, die zum Keller führte, und eine Tür ging zur Toilette.

Ein Badezimmer hatten wir nicht. Im Winter wurde sich in der Küche gewaschen und im Sommer gingen wir raus ins Waschhaus.

Der Keller war für mich als Kind ein bisschen unheimlich. Nicht, dass ich große Angst da unten gehabt hätte, doch ungern habe ich ihn dennoch besucht.

Da lagerten die Kartoffeln und hunderte Gläser mit Eingemachtem. Meine Oma war die »Einweck-Königin« schlechthin. Sie kochte alles ein, was ihr in die Finger kam und hatte für alles das passende Rezept. Ich rieche noch den Pflaumenmus, den sie stundenlang in einem riesigen Topf rührte.

Und weil alles so zeitaufwendig und liebevoll eingekocht wurde, wollte man auch nie etwas davon wegwerfen. Wenn beim Aufmachen eines Glases ein kleiner Schimmelklecks zu sehen war, wurde der von meiner Oma mit einem Suppenlöffel abgeschöpft und es wurde angerichtet. So einfach war das, und keiner von uns hat Schaden genommen.

Ich liebte unser Zuhause und alle, die darin wohnten.

Doch meine große Liebe zu meiner Großmutter war bis zum Schluss ungebrochen.

Sie hatte ganz dicke, kurze Haare, die nur ein wenig grau waren.

Immer trug sie eine bunte Dederon-Schürze, als Kind hatte ich das Gefühl, sie hatte tausende davon. Alle waren schön, entweder geblümt oder mit Punkten, doch immer in einem Hauch von Grün. Meine Oma liebte die Farbe Grün.

Sie hatte ein rundes Gesicht und immer rote Wangen und gar nicht so viele Falten, wie man sie bei einer älteren Frau vielleicht vermuten würde.

Eingecremt hatte sie sich aber auch nie, ich habe das jedenfalls nicht ein einziges Mal bei ihr gesehen.

Sie hatte eben einfach Glück mit ihrem Aussehen.

Meine kleine Oma kochte jeden Tag für die ganze Familie auf ihrem alten Kohleofen. Mein absolutes Leibgericht als kleines Kind war Broilerkeule, was es aber nur sehr selten gab.

Die Kartoffeln, die es dazu gab, mochte ich nie.

Immer wenn mein Lieblingsessen mal wieder auf dem Ofen vor sich hin köchelte, kreiste ich unentwegt um unsere Küche.

Und mindestens fünfmal hintereinander kam wohl von mir die gleiche Frage:: »Was gibt es heute zu essen, Oma?«

Völlig von mir entnervt, antwortete sie manchmal: »Katzenarsch mit Birnen!«

Ich habe als Kind nie verstanden, was sie damit meinte.

Es war so eine alte Redewendung, man meinte damit, dass man immer etwas Gutes und etwas Schlechtes im Leben bekommt.

In meinem Fall bedeutete es, das Gute war die Broilerkeule und das Schlechte die Kartoffeln.

Über uns im Haus wohnte ein altes Ehepaar, Herr und Frau Goller.

Denen gehörte das Anwesen und meine Großmutter und meine Mutter zahlten Miete an sie.

Grimmige, schlecht gelaunte Leute, die immer nach Schlangengift rochen und der ganze Treppenaufgang gleich mit. Dafür bekam man sie nur selten zu Gesicht. In den vielen Jahren, in denen wir da wohnten, hatte ich sie vielleicht fünfmal gesehen.

Zweimal in der Woche kam die Tochter der Gollers vorbei, mit einem bis zum Boden hängenden Baumwollnetz. Sie wohnte ein paar Häuser weiter, war selbst schon weit über fünfzig und versorgte die beiden Alten.

Ganz oben unterm Dach, da hatte Frau Krause ihr Reich.

Sie war etwa im gleichen Alter wie meine Oma und hatte ebenfalls eine Tochter, die mit ihrem Mann und ihrem Sohn in Dresden wohnte.

Das Enkelchen von Frau Krause war ein Jahr jünger als ich.

Der Gute hieß Knut, er war genau so, wie man es bei seinem Namen vermutete.

Dünn, blass, drahtig. Außerdem hatte er immer eine Wollstrumpfhose an, bei der einem beim Anblick schon die Beine juckten.

Er besuchte seine Oma fast jedes Wochenende.

Genau genommen waren Knut und ich völlig verschieden. Ich war sehr aufgeweckt, alles interessierte mich, immer war ich den ganzen Tag draußen. Wenn Knut mich besuchen kam, musste er von Omas Dachgeschoss bis zu uns hinunter eine Jacke anziehen, weil er sich sonst hätte erkälten können.

Auch im Sommer.

Hinter unserem Haus begann ein großes Waldstück, dort war ich die meiste Zeit unterwegs.

Außerdem war ich Dauergast bei allen Nachbarn, gegenüber bei Familie Müller, täglich.

Ein altes Ehepaar, das keine Kinder und keine Enkel hatte.

Herr Müller schaute wohl schon immer aus dem Fenster und wartete, bis ich aus meinem Kindergarten kam.

Bei den beiden gab es auch oft Abendbrot für mich, immer Leberwurstbrote, die habe ich geliebt.

Auf der anderen Seite war das Haus von den Richters, die hatten eine Bäckerei, wo ich natürlich auch Stammgast war.

Meine Großmutter erzählte, sie hatte mir zu meinem vierten Geburtstag eine komplette Backausrüstung geschenkt, mit allem Drum und Dran. Sogar eine kleine weiße Schürze war dabei.

Und dann hatte ich mich am Samstag, oft schon morgens gegen fünf Uhr, auf den Weg in die Backstube gemacht. Wenn die Vögel zwitscherten, ging ich los.

Man musste sich damals keine Sorgen machen als Mama oder Oma, wenn die Kinder alleine durch die Gegend zogen, zumindest nicht in einem so kleinen Dorf wie unserem.

In der Backstube durfte ich an einer speziellen Maschine Marmelade in die Pfannkuchen spritzen.

Oben war ein großer Trichter, da kam die Marmelade rein, und am unteren Teil steckte man die Pfannkuchen auf eine Metallspitze, aus der die Füllung kam.

Das war meine Spezialaufgabe, das konnte ich richtig gut.

Tante und Onkel Bäcker waren liebe Leute. Ich habe sie nur so genannt, auch als ich schon älter war.

Mit Knut zusammen wären meine Ausflüge undenkbar gewesen.

Vor unserem Zuhause gab es noch einen ziemlich weit reichenden Garten, mit einem Waschhaus, wo im Sommer in einem riesigen Waschkessel die Wäsche gewaschen wurde.

Gebadet haben wir dort auch, in einer schönen blechernen Zinkbadewanne.

Im Winter wurde diese in die Küche vor den Holzofen gehievt und man hatte es mollig warm.

Für die Kohlen gab es ein weiteres Häuschen. Drei kleine abgeteilte Schuppen nebeneinander. In unserem Schuppenteil habe ich Knut manchmal eingesperrt, dann wartete ich so lange, bis er ganz laut schrie. Er war mir danach aber nie böse, er freute sich mehr, dass ich ihn wieder befreite.

Ich hatte mich mit Knut arrangiert, er war schon ein netter Bursche und ich mochte ihn.

In den Sommermonaten badeten wir zusammen in der alten Zinkwanne draußen auf der Wiese. Das verbindet.

Es gibt herrliche Fotos, wo wir beide in dieser Wanne planschen, unsere Omas dahinter sitzend, in so alten Klappliegestühlen aus Holz, wo man Stunden braucht, um sie aufzustellen.

Auf dieser Wiese bauten wir damals auch einen wunderschönen Zirkus für uns, da waren wir vielleicht sechs und sieben Jahre alt. Über einer Teppichstange hingen alte Decken, unser Vorhang und Eintritt in die Manege sozusagen. Knuti musste witzigerweise fast immer den Clown spielen. Die Kostüme suchte ICH immer für uns zusammen. Meine Oma hatte im Schlafzimmer eine große alte Truhe stehen, mit Kleidern, Röcken und sogar Petticoats. Eben alles, was ihr nicht mehr passte oder was sie nicht mehr tragen wollte. Weggeschmissen wurde nie etwas.

Ich erinnere mich an die pure Freude, die ich empfand, wenn ich diese Truhe öffnete.

Unsere Vorführungen waren immer ausgebucht. Und alle kamen.

Die Bäckers, die Müllers, Oma Krause, Seppel und Margit, meine Mutter und natürlich meine Großmutter.

Sie saßen auf zusammengeschobenen Gartenbänken und applaudierten uns.

Ich hatte mir immer neue Kunststücke einfallen lassen und dann stundenlang mit Knuti geprobt.

So saß ich vor unserem Vorhang mit einem kleinen gelben Plastikeimer und blies in so eine alte Kinderflöte, ich glaube, die besaß damals jedes Kind.

In diesem Eimer war eine Schlange, die ich aus Pappe ausgeschnitten und dann grün bemalt hatte. An ihr hatte ich eine Schnur aus Angelsehne befestigt.

Nun sollte mein Knut, der hinter dem Vorhang saß, an dieser Schnur leicht ziehen, sobald ich anfing zu flöten.

Ich weiß nicht, wie lange wir das geübt hatten.

Er zog jedes Mal so heftig an der Sehne, dass man dachte, die Schlange könne fliegen.

Dabei sollte sie nur ein wenig aus dem Eimer schauen.

Auch die Winterzeit bei uns im Erzgebirge war wundervoll. Es lag damals auch jedes Jahr viel Schnee, da konnte man sich fast darauf verlassen.

Knuti hatte beim Schlittenfahren in dem schön verschneiten Wald leider mal einen kleinen Unfall. Er schaffte die letzte Biegung nicht, schrammte eine Birke und versickerte samt Bockschlitten im eiskalten Bach, der sich genau da zufällig durch den Wald schlängelte. Drei Tage musste er im Dachgeschoss das Bett hüten.

Der Weihnachtsmann kam ebenfalls direkt aus diesem schneebedeckten Wäldchen und brachte die Geschenke. Mein schönstes Geschenk, was ich in all den Jahren bekam, war ein rotes Kinderfahrrad, mit weißem Sitz und weißen Griffen am Lenker. Ich sehe es noch genau vor mir und kann es fühlen, wie mir das Herz vor Freude bis zum Hals schlug.

Und auch, wie der Weihnachtsmann auf diesem Fahrrad sitzend zwischen den Bäumen auftauchte. Bei ihm sah es natürlich aus wie ein Laufrad.

Es war immer genau 17 Uhr am Heiligabend, als wir alle draußen zusammen vor dem Haus am Gartentor auf den Weihnachtsmann warteten. Jedes Jahr, an der selben Stelle. Und er kam immer pünktlich. Auch Knut wartete mit uns und seiner Familie dort.

Die Omas hatten, geschäftstüchtig, wie sie waren, einen Weihnachtsmann für uns beide engagiert.

Ich war ein glückliches kleines Mädchen. Doch ich weiß heute, dass ich dies im Grunde genommen fast ausschließlich meiner geliebten Großmutter zu verdanken habe.

Sie war es, die mich ins Bett brachte, die mich vom Kindergarten abholte und mir unendlich viele Geschichten erzählte. Heute kann ich mich nicht daran erinnern, ob mir meine Mutter jemals etwas vorgelesen hatte.

Meine Großmutter sprach mit mir stundenlang über ihre eigene Kindheit und wie sie als junges Mädchen gewesen war, ich hörte ihr freudig zu.

So erzählte sie mir damals auch, dass sie selbst ein angenommenes Kind war, warum sie aber von ihrer leiblichen Mutter schon als Baby wegmusste, wisse sie nicht.

Mir war das damals gar nicht so richtig bewusst, was es heißt, ein angenommenes Kind zu sein, doch es sollte mich viel später noch beschäftigen.

Nachmittags sind wir oft zu »den Bäckers« rüber und haben uns Eierschecke gekauft oder wir sind mit dem Bus in die naheliegende Stadt gefahren. Dort gab es eine Eisdiele, die den Namen »LITSCHA« trug. Warum die so hieß, weiß ich nicht.

Man musste ewig lange anstehen, denn es war der einzige Eisladen weit und breit und es gab das beste Eis, was man sich vorstellen kann.

Erdbeere, Schokolade und Vanille, drei Sorten, mehr brauchten wir auch nicht. Doch Muschelwaffeln, oben und unten, mussten sein.

Und wie lange braucht ein grauer Wellensittich, bis er ganz bunt ist?

Nun, Bubi war fort. Er wurde von einer Katze gefressen oder ist einfach, ohne sich von uns zu verabschieden, davongeflattert.

Meine Großmutter stellte nämlich manchmal, wenn das Wetter es zuließ, den Vogelkäfig samt Bubi draußen vor unserer Haustür auf eine Gartenbank. Da sollte er dann auch mal ein bisschen frische Luft schnappen. Eines Tages saß eben Bubi nicht mehr auf seiner Stange, als Oma den Käfig wieder ins Haus trug. Bestimmt war die Tür nicht richtig eingehakt.

Ein paar Wochen später bekam ich einen neuen Wellensittich geschenkt. Alle Familienmitglieder versammelten sich zur feierlichen Übergabe in unserer Küche und warteten gespannt auf mein freudiges Gesicht. Ich konnte mich nämlich bei Geschenken immer riesig freuen.

Doch dieses Mal hielt sich meine Begeisterung in Grenzen.

Ich freute mich zwar über den Vogel, nicht aber über die graue Farbe seiner Federn.

Meinen grün-gelben Bubi konnte man eben nicht so leicht ersetzen.

Da Wellensittiche in der damaligen Planwirtschaft wahrscheinlich auch knapp waren, besonders die bunten, musste eben der graue herhalten. Er bekam den Namen Hansi, mehr Auswahl an Vogelnamen gab es nicht. Und Bubi sollte der Neue auf gar keinen Fall heißen!

Es war auch keine Liebe auf den ersten Blick.

Mein Onkel Seppel hatte dann die glorreiche Idee, abends, nachdem ich ins Bett gebracht wurde, die Schwanzfedern des neuen Vogels mit Filzstift anzumalen. Nur ein bisschen rot und etwas grün.

Alle vermuteten, wenn sie mir lange genug einreden würden, dass das Vögelchen mit der Zeit noch wunderschön bunt wird, bin ich glücklich mit dem Tier.

Keiner konnte mir später mehr sagen, wie lange ich gewartet habe.

Mein Onkel hatte immer die ausgefallensten und kreativsten Ideen.

Ich denke, er war ein wenig der Liebling meiner Oma.

Er spielte Gitarre in einer Provinzband unserer Gegend. Wenn er sich Samstagabend für einen seiner Auftritte fertigmachte, zog er immer einen schwarzen Anzug an. Dazu trug er ein weißes Hemd und er band sich einen schwarzen schmalen Schlips um.

Fast sah er aus wie ein Beatle, seine Frisur passte auch.

Meine Mutter arbeitete als Dekorateurin. Sie konnte umwerfend malen und zeichnen, sie hatte unglaubliches Talent. Viele ihre kleinen Kunstwerke habe ich heute noch, manche davon habe ich eingerahmt und aufgehängt.

Sie nähte sogar meine Sachen fast alle selbst.

Sie wollte bestimmt, dass ich besonders hübsch aussehe. Ich aber war damit nie so richtig glücklich. Außerdem stopfte sie meine Mützen mit kleinen Plastiktüten aus, dass sie besser saßen auf dem Kopf. Sie legte auch abends schon die Sachen für den nächsten Tag auf meinen Stuhl.

Schöne Kleider bekam ich auch, die ich überhaupt nicht leiden konnte, mit Rüschen dran und weißer Spitze.

Und dann diese ewig juckenden Strumpfhosen, die man dazu tragen musste.

Ich hatte eine knallrote kurze Lederhose, sie war natürlich nur aus so einem bröckligem Kunstleder, aber immerhin. Die war schon ganz dünn am Hintern, aber ich liebte diese Hose.

Heute denke ich, dass meine Mutter vielleicht mit mir alles besonders gut machen wollte …

ETWAS WIEDERGUTMACHEN wollte!

Im Juli 1964 also bekam mein Großvater damals Post von der Generalstaatsanwaltschaft!

#Betreff: Strafsache gegen Heidemarie P.

Sehr geehrter Herr P.!

Hierdurch teile ich Ihnen mit, dass gegen Ihre Tochter Haftbefehl erlassen wurde und sie in Untersuchungshaft genommen wurde.

Vor Abschluss der Ermittlungen können Ihnen in der Strafsache selbst keine näheren Mitteilungen gegeben werden.

Ich habe das Verfahren inzwischen an den Staatsanwalt des Bezirkes Dresden, Abteilung I A abgegeben und bitte Sie, wenn Sie weitere Auskünfte wünschen, sich an diesen zu wenden.

Unterzeichnet; Jennecke Staatsanwalt#

Knapp zwei Jahre vor meiner Geburt wollte also meine Mutter illegal das Land verlassen.

Erst nach ihrem Tod fand ich viele Ordner mit Unterlagen, meist Kopien der BStU.

Dabei auch eine Kopie des Hauptverfahrens der Strafkammer, wo sie und ihr damaliger Freund verurteilt wurden.

Dort konnte ich zum ersten Mal alles lesen:

##Die Angeklagte P. hatte einen Freund, den Angeklagten Lindemann, der 1955 erstmals illegal die DDR verließ, indem er von einer Besuchsreise nach Westdeutschland nicht zurückkehrte. Nachdem es ihm dort nicht gelang, Fuß zu fassen, kam er 1957 in die DDR zurück. Er arbeitete dann im Transformatoren- und Röntgenwerk Dresden. Im Juli 1961 verließ er erneut illegal die DDR.

Die beiden Angeklagten haben sich aber auch durch den Wegzug des Angeklagten Lindemann im Juli 1961 nicht verloren. Beide standen im regelmäßigen Briefverkehr, indem sie ihre Zuneigung zum Ausdruck brachten und indem der Angeklagte Lindemann wiederholt den Wunsch äußerte, dass die P. doch zu ihm kommen möchte.

Als im September 1963 die Eltern des Angeklagten L. die Möglichkeit eines Verwandtenbesuches im demokratischen Berlin nutzten, trafen sich auch die beiden Angeklagten wieder.

Die Angeklagten kamen hierbei überein, dass die Angeklagte P. dem Angeklagten L. nach Westdeutschland nachfolgen will, wenn einmal die Möglichkeit eines legalen Verzuges für sie gegeben sei. Beide hatten die Absicht, zu heiraten und ggf. einen Antrag auf Familienzusammenführung zu stellen.

Bei einer erneuten Zusammenkunft zu Ostern 1964 ging der L. jedoch davon aus, dass es der Angeklagten P. auf längere Zeit nicht möglich sein wird, legal zu ihm zu kommen, und er schlug ihr erneut vor, illegal die Deutsche Demokratische Republik zu verlassen. Bereits zuvor hatte er ihr brieflich angeraten, über eine Urlaubsreise ins sozialistische Ausland nach Westdeutschland zu gelangen. Die Angeklagte P. stimmte bei der Zusammenkunft zu Ostern 1964 auch zu, dass sie illegal die Deutsche Demokratische Republik verlassen will.

Die Angeklagten vereinbarten aber noch nichts Konkretes.

Als im Mai 1964 die Eltern des Angeklagten L. erneut zu einem Verwandtenbesuch nach Berlin fuhren, schloss sich der Angeklagte L. kurzfristig dieser Fahrt an.

Ihm war es dabei nicht möglich ein Zusammentreffen mit der P. zu verabreden, aber L. nutzte den Aufenthalt in Berlin, um die Art und Weise der Kontrolle am Grenzübergang genau zu studieren. Er ließ dann durch seine Schwester der P. einen Zettel überbringen, worauf er ihr mitteilte, dass er an eine Ausschleusung denke.

Die P. sollte darauf achten, wenn sie Post bekommt, ob er sie mit ihrem vollen Namen Heidemarie anredet. In diesem Fall solle sie 10 Tage nach dem Ausstellungsdatum gegen 19.30 Uhr in Berlin in der Gaststätte »Adlergestell« sein.

Nach dieser Botschaft ging der Angeklagte L. daran, in seinem Pkw Ford Taunus, polizeiliches Kennzeichen K-PR 84, zwischen Rücksitz und Kofferraum durch Einziehen einer Trennwand ein Versteck herzurichten.

Am 11.6.1964 sandte er an die P. eine Postkarte belanglosen Inhalts, aber mit dem vereinbarten Kennwort ab, wonach der Tag der Ausschleusung für den 21.6.1964 bestimmt war. Beide trafen daraufhin verabredungsgemäß am 21.6.1964 zwischen 19 Uhr und 19.30 Uhr in der Gaststätte »Adlergestell« in Berlin zusammen. Bei einer kurzen Aussprache, bei der der Angeklagte L. der Angeklagten P. die Einzelheiten seines Planes darlegte, fuhren beide in Richtung Schmöckwitz. Bei einem Waldstück verbarg der Angeklagte L. die Angeklagte P. in dem vorgesehenen Versteck, danach fuhr er unverzüglich zum Kontrollpunkt Heinrich-Heine-Straße.

Bei der hier stattfindenden Zollkontrolle wurden beide entdeckt und das Vorhaben vereitelt.

Der festgestellte Sachverhalt ergibt sich aus den Einlassungen der Angeklagten in der Hauptverhandlung. Beide Angeklagten waren geständig. Die Strafkammer stellte fest, dass sich die Angeklagte P. mit ihrem Handeln des versuchten illegalen Verlassens der DDR gem. § 8 Abs. 1 und 3 des Passgesetzes schuldig gemacht hat.

Sie wollte vorsätzlich das Gebiet der DDR ohne staatliche Genehmigung verlassen. Mit der Durchführung dieses Vorhabens hatte sie unmittelbar begonnen, so dass die Voraussetzungen des §43 StGB gegeben sind. Da der Tatort im demokratischen Sektor von Berlin liegt, ist tateinheitlich der § 5 der Passverordnung erfüllt worden.

Der Angeklagte L. hat der Angeklagten P. zu dieser Tat Beihilfe geleistet.

Die Hilfeleistung erfolgte durch Rat und Tat, indem er sowohl den Plan der Ausschleusung ausarbeitete und durch eigenes Handeln die Angeklagte P. beim geplanten Verlassen der DDR wesentlich unterstützte.

Er hat sich demnach gem. § 8 Abs. 1 und 3 des Passgesetzes, § 5 Passverordnung in der Fassung des § 1 der Passänderungsverordnung, § 43 und § 49 StGB zu verantworten.

Die Angeklagten haben durch ihr strafbares Handeln die Interessen des Arbeiter- und Bauernstaates verletzt. Die Sicherheitsmaßnahmen zum Schutz unserer Staatsgrenzen, insbesondere die Errichtung des antifaschistischen Schutzwalles in Berlin am 13.8.1961, sind eine notwendige Folge des von den imperialistischen Kriegstreibern in Westdeutschland gegen die Deutsche Demokratische Republik geführten kalten Krieges.

Die Werktätigen der Deutschen Demokratischen Republik haben sich entschlossen, den Sozialismus aufzubauen. Sie leisten damit einen wesentlichen Beitrag zur Sicherung des Friedens. Für dieses gewaltige Aufbauwerk wird jede Hand gebraucht, besonders aber die Schöpferkraft, der Elan und der Mut der Jugend.

Den jungen Bürgern der Deutschen Demokratischen Republik ist die Perspektive gegeben, Hausherren eines sozialistischen Deutschlands zu sein.

Damit ist der Jugend aber auch Verantwortung gegeben worden, Verantwortung gegen sich selbst, gegenüber unserem Volk, gegenüber unserem Staat. Die Angeklagten, die keine Feinde unseres Staates sind, sind sich dieser Verantwortung aber noch nicht bewusst gewesen.

Der Angeklagte Lindemann hat zweimal illegal das Gebiet der Deutschen Demokratischen Republik verlassen und, nachdem es ihm beim zweiten Mal gelungen war, von der in Westdeutschland zeitweilig herrschenden Konjunktur zu profitieren, seinen Wohnsitz in Westdeutschland behalten. Sein Streben geht allein nach der Anhäufung materieller Güter, die er durch eine Ehe mit der Angeklagten P. noch mehren und teilen wollte.

In diesem Bestreben nahm er keine Rücksicht auf die Interessen der Angeklagten P., nämlich auf deren Bindungen ans Elternhaus, an einen gesicherten Arbeitsplatz und an einen Staat, der ihr weitaus mehr politische und materielle Rechte gewährt, als der westdeutsche Staat. Er scheute sich nicht davor, die Angeklagte P. einer strafbaren Handlung und der Strafverfolgung auszusetzen, weil er sich nicht zu einer Rückkehr in die Deutsche Demokratische Republik entschließen wollte.

Dabei darf hinsichtlich der Angeklagten nicht außer Acht bleiben, dass diese selbst durch die wirtschaftlichen Verhältnisse in Westdeutschland geblendet, daran interessiert war, mit dem Angeklagten in Westdeutschland eine Ehe einzugehen. Diese persönlichen Interessen müssen aber den gesellschaftlichen Interessen zurückstehen.

Unser Arbeiter- und Bauernstaat gönnt jedem seiner Bürger persönlichen Wohlstand und persönliches Glück. Aber die Befriedigung der persönlichen Bedürfnisse muss im Einklang mit den Interessen der Gesellschaft stehen. Die Deutsche Demokratische Republik gründet sich auf eine menschenwürdige Gesellschaftsordnung. Sie gründet sich auf den Fleiß und die Arbeitserfolge des werktätigen Volkes und nicht auf die Ausbeutung des Menschen durch den Menschen. Sie ist ein sicheres Haus für Jung und Alt. Es ist deshalb sowohl eine rechtliche als auch moralische Pflicht unseres Staates, seine Bürger vor den Machenschaften der Bonner Ultras zu schützen.

Diesen Zweck erfüllen nicht zuletzt die Grenzsicherungsmaßnahmen, einschließlich der Bestimmungen des Passgesetzes.

Bei der Strafzumessung ist deshalb aus den vorstehenden Gründen zwischen den Angeklagten zu differenzieren.

Zunächst ist jedoch bei beiden Angeklagten zu berücksichtigen, dass sie noch sehr junge Menschen sind, und dass die gegenseitige Zuneigung ihr Handeln nicht unwesentlich beeinflusst hat.

Die Strafkammer folgt den Ausführungen des Staatsanwaltes, dass hinsichtlich der Angeklagten P. der Strafzweck durch eine Strafe ohne Freiheitsentzug erreicht werden kann.

Aus den Ausführungen des Vertreters des Betriebes und unter Beachtung der Bürgschaftserklärung der Brigade »Deutsch-Sowjetische Freundschaft« ergibt sich, dass die Erziehung der Angeklagten durch gesellschaftliche Kräfte möglich ist. Dabei ist es allerdings notwendig, die Angeklagte zu verpflichten, einen Arbeitsplatz einzunehmen, der sie in ein festes Kollektiv führt.

Die Strafkammer erkannte, dass die Voraussetzungen des § 1 StGB gegeben sind, und sie verurteilte die Angeklagte P. antragsgemäß zu acht Monaten Gefängnis -bedingt- mit einer Bewährungszeit von 2 Jahren.

Hinsichtlich des Angeklagten L. erkannte die Strafkammer die Notwendigkeit einer Freiheitsstrafe. Eine hinreichende Erziehung des Angeklagten ist nur im Kollektiv des Strafvollzuges gewährleistet, nachdem der Angeklagte in gröbster Weise die Gesetzlichkeit des Arbeiter- und Bauernstaates missachtet hat.

In Übereinstimmung mit dem Antrag des Staatsanwaltes verurteilte die Strafkammer den Angeklagten L. zu einem Jahr und zwei Monaten Gefängnis. ##

Es ist nicht leicht, etwas so detailliert zu lesen und dabei nicht zu urteilen, zu verurteilen oder irgendwie zu versuchen, das Gelesene zu verstehen.

Vermutlich hätte ich mit 19 Jahren sogar das Gleiche gemacht wie sie.

Meine Mutter saß also zwei Monate in Untersuchungshaft, bevor die Verhandlung begann.

Heute frage ich mich so oft, warum sie Bewährung bekommen hatte? Und da sie nie über die versuchte Republikflucht gesprochen hat, kann ich darüber auch nur spekulieren.

Musste sie vielleicht sogar irgendetwas unterschreiben?

Dieser ganze Stasi-Wahnsinn hatte noch lange nach der Maueröffnung die Menschen zerrissen und kaputt gemacht.

Selbst der Onkel von meinem damaligen Mann Steffen wird heute mit seiner Familientragödie bei Wikipedia erwähnt:

##Manfred S. war ein deutscher Oberleutnant der DDR-Grenzpolizei.

1958 flüchtete er nach Bayern. Bei dem Versuch, seine Familie in den Westen nachzuholen, lockte ihn 1959 die Stasi an der innerdeutschen Grenze in einen Hinterhalt, schoss ihn auf westdeutschem Territorium vor den Augen von Frau und Tochter an und entführte ihn in den Osten. In einem von der DDR-Staatssicherheit initiierten Schauprozess wurde er 1960 mit Zustimmung des ZK-Sekretärs Honecker und des Inlandsgeheimdienstchefs Mielke aus »erzieherischen Gründen« zum Tode verurteilt und am 12. Juli 1960 durch das Fallbeil hingerichtet.##

Viele Menschen mussten leiden.

Ganze Familien wurden zerstört, getrennt und verfolgt.

Sie wurden, wie von Blattläusen, zerfressen von Misstrauen und Verrat.

Meine Oma hatte trotz allem immer zu ihrer Tochter gehalten.

Einen Brief, den sie an meine Mutter während ihrer Haft schrieb, fand ich auch:

##Meine liebe Heidi! Gestern haben wie Deinen lieben Brief erhalten. Einerseits haben wir uns gefreut endlich etwas von Dir zu hören, andererseits wirst Du Dir aber auch vorstellen können, wie unglücklich wir sind. Mädel, was hast Du Dir bloß gedacht? Du wirst vom vielen Grübeln selbst den Kopf voll haben, aber ich muss Dir sagen, was ich mit Vati durchmachen muss, ist nicht zu beschreiben, mit nichts lässt er sich beruhigen. Ich muss meine ganze Redekunst aufwenden und darf mir gar nicht anmerken lassen, wie schwer mir selbst ums Herz ist. Sei aber versichert, meine liebe Heidi, dass ich Dir nichts nachtragen werde, weil ich fest daran glaube, dass Du wieder mein liebes Kind bist und Du mir alles, aber auch alles, anvertraust, wenn Du Sorgen hast. Ich will mich daran aufrichten, dass Du unüberlegt den Schritt getan hast, aus Liebe zu Deinem Siegmar und dass es zu allen Zeiten Menschen gegeben hat, die wegen ihrer Liebe zueinander leiden mussten. Wir wollen alle hoffen, dass die Strafe, die Du bekommst, ein Mindestmaß sein möge.

Zur Zeit ist Hannelore mit Hermann und Mirko bei uns. Wenigstens eine kleine Freude in unserem jetzt so traurigen Familienkreise. Mirko hat schöne Fortschritte gemacht, es steht alleine im Bettchen auf und fängt an zu laufen. Er ist fröhlich wie immer, leider hatte er am Montag und Dienstag 40,5 Fieber, eine schwere Bronchitis, wir haben tüchtige Angst ausgestanden.

Heute geht es ihm wieder besser.

Seppel hat Zensuren bekommen, sie waren ungefähr wieder so wie die Halbjahreszensuren, eine Eins und drei Dreien, alles andere Zweien, mit einigen Verschiebungen.

So, meine liebe Heidi, das soll es für heute sein.

Ach nein, eins noch, Vati will den Ferienplatz abgeben, dass stimmt mich sehr traurig, ich hatte mich so darauf gefreut. Er meint aber, es ist keine Erholung für mich, wenn ich nur den ganzen Tag an das Mädel denke.

Was meinst Du dazu? Wenn Du wieder mal schreibst, bitte ihn darum, dass er es nicht macht!

Sei ganz lieb gegrüßt von uns allen, besonders von Deiner Mutti
Wie lange werden wir noch auf Dich warten müssen?##

Als ich dann geboren wurde, war ich zwangsläufig bei der »Wiedergutmachung« meiner Mutter beteiligt.

Und ob sich mein Großvater wegen dieser Schmach das Leben nahm oder tatsächlich glaubte, eine schwere Krankheit zu haben, weiß ich nicht.

Nie wurde jemals darüber gesprochen.

Mit sechs Jahren kam ich in die Schule.

Zum feierlichen Schulanfang nähte mir meine Mutter ein schönes neues Keid.

Ich trug ein rotes Kleid mit Rüschen und dazu hatte ich strahlend weiße Lackschuhe an.

Meine Zuckertüte hatte ungefähr meine Größe.

Alle waren da, Tante Lorli und Onkel Hermi, Seppel und Margit, meine Großmutter, die Müllers und die Bäckers, Knuti mit Familie und meine Mutter.

Mit einigen von meinen Schulkameraden ging ich schon in den Kindergarten, das machte die Sache leichter.

Ich war klein und stand beim Sport immer als Vorletzte in der Reihe.

Ich hatte von der ersten Schulklasse an gute Noten, das Lernen fiel mir leicht.

Zeichnen war mein absolutes Lieblingsfach und ich hatte Glück, eine tolle Kunstlehrerin zu haben.

Eigentlich hätte ich rund um die Uhr zeichnen können, auch zu Hause malte ich noch.

Meine Mutter sammelte all meine Kunstwerke in einer riesigen Mappe und schrieb auf die Rückseiten das Datum drauf.

Jedes Stück Papier, jeden Zettel, den ich irgendwo fand, bemalte ich.

Für einige Schulfächer musste ich mich allerdings ein wenig mehr anstrengen und lernen.

Mathematik und Astrologie waren so überhaupt nicht meins. Und die große Sängerin war ich genauso wenig.

Ich war immer froh, wenn ich in der Musikstunde nicht vor der ganzen Schulklasse ein Lied vorträllern musste.

Mein allerbester Freund in meiner Schule aber war Jens, wir saßen sogar im Kindergarten nebeneinander. Nun hatten wir das Glück, zusammen in einer Klasse zu sein.

Bis heute telefonieren wir miteinander, er lebt jetzt in München.

Ich wundere mich bis heute darüber, wie sich Menschen verändern können. Oder sieht man sie vielleicht Jahrzehnte später mit ganz anderen Augen?

Jens jedenfalls war früher immer ein Draufgänger. Mit ihm durfte ich seine Moped- und Motorradkarriere starten. Ich konnte mitfahren auf seiner S 50 und später dann auf der S 51. Und ich war dabei, als er seine MZ 150 bekam.

Wir rauschten zusammen alle Serpentinen des Erzgebirges hoch und runter.

Das Einzige, wovor er richtige Angst hatte, war Wasser, denn er konnte nicht schwimmen. Obwohl er jedes Jahr mit seinen Eltern an die Ostsee in den Urlaub fuhr.

In der zehnten Klasse versuchten dann ein paar Freunde und ich, ihm noch schnell das Schwimmen beizubringen, damit er in Sport eine bessere Abschlussnote bekam.

Wir fuhren täglich nach der Schule alle zusammen an einen naheliegenden See.

Dann musste er sich auf einen großen Holzstock legen, der in der Mitte etwas gewölbt war, und wir zogen ihn damit abwechselnd durchs Wasser.

Mit dieser ausgefeilten Technik hatten wir letztendlich Erfolg.

Wenn ich heute ab und zu mit ihm telefoniere, erzählt er mir stundenlang von seinem Wellensittich Arthur.

Neulich jedoch dauerte unser Gespräch nur sehr kurz, denn Arthur war erkältet und Jens hatte ihn vor eine Rotlichtlampe gesetzt.

So ändern sich die Zeiten.

Meine Mutter versuchte immer, eine »Vorzeigetochter« aus mir zu machen.

So zerrte sie mich seit meinem fünften Lebensjahr täglich zu einem Skisportverein.

Jeden Tag musste ich dort trainieren, in der SG Skilanglauf.

Ich mochte zwar das Skifahren sehr, aber ich wollte nie ein Olympiasieger werden.

Das aber wollten wahrscheinlich meine Mutter und die Sportfunktionäre dieses Vereines aus mir machen.

Ab meinem achten Lebensjahr wurde es dann noch schlimmer, da war ich dann im Leistungssport bei »Dynamo Zinnwald Ost« und musste noch mehr trainieren.

Jedes Wochenende war ich bei irgendwelchen Wettkämpfen, meine Schulferien verbrachte ich komplett in weit entfernten Trainingslagern. In den Wintermonaten fuhren wir nach Johanngeorgenstadt, nach Klingenthal oder ins Fichtelgebirge. Im Sommer ging es meist nach Bad Sarow oder nach Biesenthal zum Rudertraining.

Ganz oft habe ich bitterlich geweint, weil ich da nicht mehr hinwollte.

Meiner Mutter war das egal, mit viel Sorgfalt und »Liebe« packte sie jedes Mal meine Tasche.

Ich hatte nie verstanden, warum sie das tat.

Und wenn ich heute solche alten Berichte im Fernsehen sehe, wo schon Kindern bunte Pillen vor dem Training gegeben wurden, werde ich nachdenklich. Denn auch wir bekamen immer diese sogenannten Vitamintabletten, die gab es in Gelb, in Grün und in Blau.

Keinen hat das je interessiert, was wir da schluckten und warum.

Ich stand jeden Samstag mit meiner Mutter morgens um 4 Uhr an irgendeiner verschneiten Straße und wurde in einen Bus verfrachtet, der uns zu den Wettkämpfen kutschierte.

Und ich war ziemlich gut in dem, was ich da tat.

Das erklärte Ziel in diesem Fall war der Stolz meiner Mutter.

Obwohl ich alle erforderlichen Überprüfungswettkämpfe bestand, um mit zwölf Jahren zur Sportschule »delegiert« zu werden, wurde ich dennoch vorher sicherheitshalber aussortiert.

Die Funktionäre erklärten mir, dass ich aus gesundheitlichen Gründen leider nicht die Kinder- und Jugendsportschule besuchen könne.

Diese Ausrede musste herhalten, weil sie mich als Tochter einer Republikflüchtigen schlichtweg nicht haben wollten. Ich könnte ja auch irgendwann abhauen wollen und dann hätte man in mich vergebens investiert.

Also blieb ich zurück, nur meine vier Freunde, mit denen ich damals zusammen trainierte, durften weiterziehen und wurden bei der KJS aufgenommen.

So wurde ich ständig und überall »durchgewunken«!

Zur Sportschule durfte ich nicht, so war diese jahrelange Quälerei also völlig umsonst.

Zur EOS durfte ich auch nicht, obwohl ich immer sehr gute Noten hatte.

EOS war die erweiterte Oberschule, also die elfte und zwölfte Klasse.

Und ich musste auch noch einen Beruf lernen, den ich nie wollte, in irgendeinem HO-Betrieb, da nützte mir mein gutes Abschlusszeugnis von eins noch was auch nichts.

Mein absoluter Traumberuf war eigentlich Maskenbildnerin. Es gab aber nur zwei Ausbildungsplätze in ganz Dresden. Da hatte ich keine Chance. Einen Platz an der Kunsthochschule zu bekommen, war ohne EOS ebenfalls unmöglich. Malen und Zeichnen waren meine große Leidenschaft, es hat nur keiner wahrgenommen.

Ich wäre aber auch gern Dekorateurin geworden wie meine Mutter, doch auch da bekam ich leider nur Absagen.

Wie oft hört man Sätze wie: »Jeder ist seines Glückes eigener Schmied.« In meinem Fall hätte ich schmieden können, bis ich schwarz geworden wäre. Und wie vielen jungen Leuten ging es damals genauso, wie viele Talente sind irgendwo versickert!

Ich habe es meiner Mutter nie ganz verzeihen können, dass auch ich unter ihrem gescheiterten Fluchtversuch und dessen Folgen mitzuleiden hatte.

Obwohl ich den Wunsch, einfach abzuhauen, absolut nachvollziehen konnte.

Auch sie hat dafür bezahlt.

Jahrzehntelang war sie tablettenabhängig. Sie hat in ihrem Leben sehr gelitten und hat es nie wieder geschafft, richtig auf die Beine zu kommen. Sie verschwand irgendwann in ihrer Opferrolle. Ich weiß nicht, was sie während ihrer Untersuchungshaft durchgemacht hatte und wie man sie nach ihrer Entlassung behandelte.

Als ich zwölf war, zog meine Mutter mit mir in eine eigene Wohnung, nicht weit weg von meiner Großmutter entfernt, trotzdem fühlte ich mich dort oft einsam und irgendwie verlassen.

Es waren kleine, aber gemütliche Räume. Meine Mutter hatte alles selbst gestrichen und eingerichtet. In der Küche hatte sie alte Schränke rot lackiert, alles war geschmackvoll dekoriert und passte zusammen. Ich hatte sogar ein eigenes Zimmer, dafür verzichtete meine Mutter auf ein Schlafzimmer und klappte jeden Abend im Wohnzimmer das Sofa aus. Ein Badezimmer hatten wir auch da nicht. In der Küche stand ein Schrankbad, da musste man die Türen öffnen und konnte dann die Badewanne runterklappen. Den Schlauch zum Abpumpen hängte man ins Waschbecken.

Meine Mutter und ich wohnten im Grunde genommen nur so nebeneinander her. Ihre Abhängigkeit von Schlaf- und Beruhigungsmitteln schlich sich immer mehr in unser Leben.

Viel wusste sie nicht mehr über mich. Sie kannte nicht meinen Tanzpartner in der Tanzschule, sie wusste auch nicht, welche Musik ich gern hörte. Und meine Schule bekam ich auch ohne sie hin.

An einem Abend vor meiner schriftlichen Mathe-Abschlussprüfung war sie so hinüber, dass sie im Hof vor unserem Haus zusammengebrochen war. Ich brauchte die halbe Nacht, um sie wieder auf die Beine zu bekommen.

In meiner Abschlussprüfung am nächsten Tag schrieb ich eine Zwei.

Sie ging zwar voll arbeiten und überstand den Tag, doch wenn sie abends nach Hause kam, ging ich in mein Zimmer und ließ sie besser in Ruhe.

Wir hatten keine Gemeinsamkeiten mehr, mein Sporttraining war vorbei.

Den Abend verbrachte meine Mutter meistens in der Küche.

Sie saß auf ihrer Bank und fast immer hatte sie ihre gesamten Malutensilien auf dem Küchentisch ausgebreitet.

Sie bemalte oft für Kollegen und Freunde diese kleinen Holzbrettchen, die man sich an die Wand hängen konnte, mit so einem Muster, das man »Zwiebelmuster« nannte.

Doch ich wusste ganz genau, dass hinter der Küchenbank in einem Korb ihr »Versteck« war.

Da bewahrte sie ihre Tabletten auf oder auch mal eine Flasche Wein. Darüber legte sie dann alte Zeitungen und Geschirrtücher. Sie ging wohl immer davon aus, dass ich es nicht bemerken würde.

Das Glück klopfte bei meiner Mutter dann eines Tages doch noch mal kurz an die Tür, als sie einen Mann kennenlernte. Er hieß Gerd und war eigentlich ganz nett, wir beide kamen gut miteinander aus. Er zog irgendwann bei uns ein, letztendlich war alles trotzdem wie immer und sie nahm weiter ihre Pillen.

Meine Mutter schaffte es nie, trotz Entziehungskuren und dutzenden von Krankenhausaufenthalten, von den Tabletten wegzukommen, auch ich konnte ihr nicht helfen. Ich hatte jeden Tag aufs Neue versucht, es ihr auf irgendeine Weise recht zu machen. Als ich noch ein Kind war, dachte ich, ihre Abhängigkeit hatte mit Sicherheit etwas mit mir zu tun, und dieses traurige, bedrückende Gefühl blieb. Schließlich war ICH weg, ausgezogen und verheiratet.

Sie und Gerd lebten noch eine ganze Zeit gemeinsam in der kleinen Wohnung mit dem Schrankbad und den rot lackierten Küchenmöbeln, vermutlich waren sie auch auf irgendeine Weise glücklich.

Gerd starb fünf Jahre später an einem Hirntumor.

Nun war meine Mutter alleine. Trotzdem wollte sie nie, dass ich sie länger als drei Tage besuchte.

Einmal war ich eine ganze Woche da, sie lag im Krankenhaus. Ich hatte ihre ganze Wohnung neu gestrichen, ich wollte es ihr unbedingt schön machen.

Als ich sie aus dem Krankenhaus abholte, zeigte ich ihr freudestrahlend und stolz, was ich alles in der einen Woche geschafft hatte. Doch sie fragte mich, ohne sich weiter umzuschauen, wann ich wieder nach Hause fahre.

Ich konnte ihr nicht mal böse sein, im Grunde tat sie mir leid.

Hätte sie nur mehr mit mir geredet.

Mit neunundfünfzig Jahren wurde sie dann Frührentnerin.

Zu diesem Zeitpunkt hatte ich sie das erste Mal gefragt, was wir denn machen wollen, wenn sie mal nicht mehr alleine zurechtkäme und auf Hilfe angewiesen wäre.

Schließlich wohnte sie in diesem kleinen Dorf und der nächste Supermarkt war etwa zwei Kilometer entfernt.

Sie sagte nur einen einzigen Satz zu mir: »Dann musst du eben wieder hierherziehen!«

Damit hatte sie mir wieder den schwarzen Peter in die Tasche geschoben.

Eine kleine Wohnung bei uns an der Küste wäre für sie nie in Frage gekommen.

In all den Jahren hatte es mir mehr oder weniger vor jedem Besuch bei ihr gegraut.

Es war so eine gespielte, deprimierende Mutter-Tochter-Beziehung.

Ich kam mir ständig vor, als würde ich mich auf Glatteis bewegen. Bloß nichts falsch machen oder das Falsche sagen!

Weihnachten war es besonders schlimm.

Zu uns wollte sie nicht kommen, immer hatte sie eine andere Ausrede, also fuhren wir an den Feiertagen zu ihr.

Alles lief immer gleich ab, jedes Jahr. Ich brachte das komplette Weihnachtsessen mit und kochte dann bei ihr. Ausnahmslos gab es Ente mit Rotkohl und Klößen. Ich habe es gern gemacht. Und meine Mutter war nicht gerade die beste Köchin. Sie freute sich, dass ich ihren Herd in Beschlag nahm.

Wir unterhielten uns, ohne im Grunde genommen etwas gesagt zu haben.

Max reparierte ihr ein paar Dinge in der Wohnung oder verschwand, um den Keller aufzuräumen.

Ich konnte einfach nicht verstehen, was in all den Jahren aus ihr geworden ist.

Und damit meine ich nicht, dass sie mittlerweile die Kleidergröße 48 trug.

Sie hatte immer noch ein schönes Gesicht, aber sie schaute immer so leidvoll und ihr Blick war leer.

Es war eigenartig. Ich dachte, die Frau, die mir da am Tisch gegenübersaß, war mir völlig fremd.

Ich hätte jedes Mal nur hemmungslos heulen können, so traurig machte mich ihr Leben.

Wir hatten sie so oft eingeladen und hätten sie sogar mit dem Auto abgeholt. Sie wusste gar nicht, wie wir lebten. Nur ein einziges Mal in all den Jahren war sie an Weihnachten bei uns zu Besuch. Im Gepäck hatte sie unter anderem rosafarbene Weihnachtskugeln, da sie der Meinung war, ich bräuchte mal ein paar neue.

Ich war mit meinem Baumschmuck tatsächlich ganz zufrieden.

Ich wollte ihr jedoch nicht weh tun und schwieg wie so oft.

Nur zu Max blubberte ich hinten herum:

»Das ist meine Wohnung und mein Tannenbaum! Und wenn ich da Würfelzucker dran hänge!«

Ich bin an sich ein direkter Mensch, wenn mir etwas nicht gefällt, sag ich es auch.

Doch bei meiner Mutter scheiterte ich jämmerlich.

Meine kleine liebe Oma starb 1995, genau am selben Tag wie mein Großvater 33 Jahre vorher, am 26. Oktober.

Ich bin weiß Gott nicht gläubig, aber das ist schon unheimlich.

Am Tag ihrer Beerdigung saßen all meine Lieben zusammen in ihrer Stube, meine Tante Lorli, mein Onkel Hermi, mein dazugehöriger Cousin Mirko, mein Onkel Matthias mit seiner Frau und meine Mutter. Sie teilten gerade das »Rosenthaler« unter sich auf, das Kaffeeservice, welches meine Großmutter so geliebt hatte. Leider war das nicht mehr ganz vollständig, weil der kleine Mirko mal wutentbrannt einen Kuchenteller unter die gedeckte Kaffeetafel schmiss.

Auch ich sollte mir etwas »aussuchen«! Zur Erinnerung.

Ich brauchte doch keine Tasse oder eine Zuckerdose, um mich an meine kleine Oma zu erinnern!

Ich nahm nur ihre Brille mit, die sie bis zuletzt trug.

Und wie in jeder gutherzigen Familie haben sich alle noch jahrelang um die tausend Kleinigkeiten meiner verstorbenen Großmutter gestritten, und das waren bei Gott nicht viele.

Ich war immer zufrieden mit dem, was ich gerade hatte.

Und vor allem hatte ich Max.

Max ist ein wunderbarer Mensch, der immer und überall die Ruhe behält.

Ich bin da eher manchmal der »Wutzwerg« in unserer trauten Zweisamkeit.

Und wie in jeder gutgehenden Beziehung können auch wir uns mal richtig auf den Keks gehen.

Da wären die ständig offenen Schranktüren zu erwähnen, die ich jedoch seit mehr als zwanzig Jahren mit einem gekonnten Hüftschwung und wortlos schließe.

Oder die ewigen Streitigkeiten im Auto, die liebe ich ja besonders.

Max fragt mich höflich, welche Route wir nehmen wollen. Wenn ich ihm dann eine Wegstrecke vorschlage, ignoriert er mich und unsere Freundin aus dem Navi und fährt trotzdem da lang, wo er möchte.

Ich hingegen nerve ihn mit meiner Ungeduld, alles muss ich immer sofort erledigen.

Dazu kommt meine Macke, immer alles aufräumen zu müssen, die treibt ihm auf jeden Fall den kalten Schweiß auf die Stirn.

Viele Kleinigkeiten, die es im Grunde genommen gar nicht wert sind, dass man sie erwähnt.

Max ist ein sehr großzügiger Mensch, der anderen gerne eine Freude macht, er hat ein Herz aus Marzipan.

Wir beide hatten jedoch nie geplant zu heiraten, warum auch, es war gut so, wie es war.

Eine Hochzeit, ganz in Weiß mit Kutsche und fliegenden Tauben, war noch nie mein großer Lebenstraum.

Uns ging es gut, obwohl wir beide nicht gerade die Top-Verdiener waren.

Max pendelte weiterhin jede Woche nach Hamburg und ich arbeitete als Kinderbetreuerin in einer Mutter-Kind-Klinik. Das Gehalt war mies, aber ich liebte diesen Job.

Nur war es leider nicht mein erlernter Beruf, doch ich wollte es richtig machen.

Also setzte ich mich nochmal auf die Schulbank, immer Freitagabend nach der Arbeit und jeden Samstag. Nach drei Jahren durfte ich mich endlich staatlich anerkannte Erzieherin nennen.

Ein paar stressige Jahre, auch für Max. Er kochte in dieser Zeit immer für mich. Richtig mit Kochbuch und Rotwein in der Hand.

Gegen 21 Uhr kam ich von meiner Schule nach Hause und es gab ein köstliches Dinner für uns zwei.

Um uns beide für die anstrengende Zeit zu belohnen, kaufte ich für uns nach meinem Abschluss zwei Tickets für eine Fahrt mit der Fähre nach Bornholm.

Samt Pick-up ging es mit dem Schiff für ein Wochenende auf diese dänische Ostseeinsel.

Schon die Überfahrt war ein Erlebnis.

Auf Bornholm hatten wir uns vorher kein Zimmer gebucht, wir wollten uns da einfach für eine Nacht etwas suchen.

Mit dem Auto fuhren wir kreuz und quer über die Insel.

Mit Begeisterung erlebten wir die unglaubliche Landschaft mit steilen Klippen und feinem Sandstrand. Wir waren beide das erste Mal hier.

Am frühen Abend machten wir uns auf die Suche nach einer Bleibe für die Nacht und kamen irgendwann an einer kleinen Hotelanlage vorbei.

Von der Hauptstraße aus musste man in einen schmalen Weg abbiegen, an dessen Ende sich mehrere kleine Apartmenthäuser befanden.

Da man in Skandinavien seinen Urlaub eher ganz klassisch in Ferienhäuschen verbringt, findet man Hotelanlagen nur sehr vereinzelt.

An dem etwas größeren Haus mit der Aufschrift »HOTEL« parkten wir und gingen hinein.

Man stand direkt an der Rezeption.

Wir warteten eine ganze Weile, doch kein Mensch war zu sehen.

Um uns irgendwie bemerkbar zu machen, riefen wir ein paarmal etwas lauter. »Hallo?«

Das Rufen brachte uns jedoch nicht weiter und so kundschafteten wir die anderen Räumlichkeiten aus.

Hinter einer Tür war ein hübsch eingerichteter, ganz kleiner Speisesaal, in dem ungefähr acht Tische standen. Alle eingedeckt mit Gläsern, Tellern und Besteck.

Nach der nächsten Pendeltür mit großen Bullaugen standen wir schon in der Küche.

Jetzt mussten wir lachen, denn ich fragte Max, ob ich ihm ein Spiegelei in die Pfanne hauen soll.

Ein Koch war ja auch weit und breit nicht zu sehen.

So langsam hatten wir alles durchkämmt, also gingen wir zurück.

Draußen, neben der Eingangstür, entdeckten wir ein Telefon mit einer Wechselsprechanlage.

Ich nahm den Hörer ab und nach ein paar Sekunden meldete sich eine weibliche Stimme.

Ich erklärte ihr, dass wir hier vor dem Hotel stehen würden und gern ein Zimmer hätten.

Im Hintergrund war laute Musik zu hören, so dass ich sie kaum verstand.

Sie meinte aber, es wäre leider keiner im Hotel, weil sie alle auf einer Familienfeier seien.

Doch ich solle hineingehen und mir an der Rezeption den Schlüssel mit der Nummer 12 nehmen.

Dann fragte sie mich noch, ob ich Handtücher bräuchte.

Ich antwortete ihr schnell: »Nein!«, denn ich befürchtete, ich müsste mich sonst auch noch auf die Suche nach der Wäschekammer begeben.

Zudem sagte sie zu mir, dass sie am nächsten Morgen zurück sei und ich könnte dann bei ihr bezahlen.

Das niedliche Apartment mit der 12 an der Tür gefiel uns sehr.

Wenn man die Terrassentür öffnete, stand man auf einer Wiese mit Apfelbäumen.

Wir wären gern länger geblieben.

Einerseits war es für uns unvorstellbar, dass jemand sein Hotel mit allem, was dazugehört, einfach so offen stehen lässt.

Auf der anderen Seite waren wir von der Freundlichkeit und dem Vertrauen, welches uns die Menschen schenkten, einfach nur berührt.

So etwas hatten wir zuvor noch nie erlebt.

Wir liebten schon immer das Reisen. Immer wenn wir Geld hatten, zogen wir los, wobei es nicht die großen Weltreisen sein mussten.

Dänemark, Uckermark, ganz egal. Wir fuhren gerne durch die Lande, mit unserem uralten Pick-up, den wir schon seit mehr als zehn Jahren besaßen.

Unterwegs schauten wir uns dann nach einer preisgünstigen Bleibe um.

Obwohl, im Januar 97 flogen wir mit Hannes gemeinsam für drei Wochen nach Brasilien. Nach Praia Grande. Eine Stadt, etwa zwei Autostunden von Sao Paulo entfernt und direkt am Atlantik.

Die Reise konnten wir uns nur leisten, weil wir dort bei einer Freundin von Hannes wohnten. Er war wieder mal bis über beide Ohren verliebt, nur dieses Mal eben in eine Brasilianerin.

Hannes hatte nach seiner Kariere bei der Volksmarine, die es ja inzwischen auch nicht mehr gab, einen Job in Bremerhaven als Lotse. Wieder mal hatte er es zum Kapitän auf diesem Schlepper gebracht.

Der Maschinist auf dem Lotsenkahn war mit einer Brasilianerin verheiratet und Hannes flog jedes Jahr für ein paar Wochen mit den beiden ins Paradies. Dort lernte er dann Hita kennen.

Sie war eine schöne Frau.

Braungebrannt, dunkelhaarig und fast einen Kopf größer als Hannes.

Jedenfalls zogen auch wir für drei Wochen bei Hita und ihren drei Kindern ein.

Sie hatte ein kleines Haus, mitten in Praia Grande, in dem auch noch ihre Großmutter wohnte.

Ich glaube aber, das Haus gehörte der alten Dame, denn die hatte dort eindeutig das Sagen.

Trotzdem konnte man sie schnell ins Herz schließen, Hauptsache, man antwortete ihr immer höflich mit »SIM SENHORA«, dann war sie zufrieden.

Was für eine Verbindung das mit Hannes und Hita war, kann ich gar nicht sagen.

Ich denke, ER hat sie geliebt.

Ja, Hannes, ein kleiner, korpulenter Mann mit südländischem Aussehen. Er könnte auch gut als Grieche oder Italiener durchgehen. In Brasilien ist er jedenfalls nicht aufgefallen.

Als ich ihn kennenlernte, hatte ich ehrlich gesagt ein bisschen Respekt vor ihm, immerhin ist er fünfzehn Jahre älter und hatte damals einen hohen Posten bei der Marine.

Er machte auf mich schon damals einen intelligenten Eindruck, er las unglaublich viel und in politischen Dingen war er immer auf dem allerneusten Stand.

Sein eigenes Arrangement zu DDR-Zeiten konnte ich jedoch nie ganz durchschauen.

Er kann sich jedoch kein Hemd alleine kaufen, ich meine so, dass es ihm auch passt. Er würde immer aus Versehen das teuerste Paar Strümpfe im Laden kaufen, aber nicht weil er ein Angeber ist, sondern weil er gar nicht weiß, was Socken so im Durchschnitt kosten. Er hatte immer gut verdient und ihm war es schlichtweg nicht wichtig, sich um Geld Gedanken zu machen. Er ist aber nie damit hausieren gegangen, dass er mehr verdiente als andere. Im Gegenteil, er ist immer sehr großzügig und hat in seinem Leben mehr Geld an vermeintliche Freunde verliehen, als es Möwen an der Küste gibt.

Den Menschen, die ihm am Herzen liegen, möchte er ebenso ein bisschen etwas gönnen. So kaufte er einem befreundeten Maler regelmäßig ein paar Kunstwerke ab, wenn dieser knapp bei Kasse war. Oder er ließ sich gleich mehrmals selbst von ihm porträtieren. Und im benachbarten Blumenladen, der einer kleinen vietnamesischen Frau gehört, kauft er so viele Blumentöpfe, obwohl er überhaupt keinen grünen Daumen hat.

So viel Gutes, wie er seinen Mitmenschen geben kann, so strapaziös ist er aber auch.

Er vermag es, einem schnell das Gefühl zu geben, dass er geistvoller und klarblickender wäre.

Den einen oder anderen Menschen versucht man sein ganzes Leben lang irgendwie einschätzen zu können und kommt dabei permanent ins Straucheln.

Hannes hatte Beziehungen mit Frauen, da muss, beiläufig gesagt, sein Verstand immer wieder monatelang ausgesetzt haben.

Doch er schien immer glücklich zu sein, wenn auch nur für kurze Zeit.

Die drei Wochen bei Hita und ihrer Familie waren wundervoll, Brasilien live, wenn man so will.

Und die Signora hat jeden Tag für alle gekocht. Herrliche brasilianische Hausmannskost.

Aber wenn man glaubt, Brasilien sei ein Land des Kaffees, hat man sich ordentlich geschnitten. Ganz unspektakulär wird morgens Kaffeepulver mit viel Zucker in ein Glas gehäufelt und dann nur noch mit heißem Wasser aufgefüllt. Fast so, wie es die Polen machen. Eine leidenschaftliche Kaffeetrinkerin wie ich hat da eher schlechte Karten.

Da kann man sogar stundenlang durch die Straßen schleichen, keine Chance, irgendwo einen vernünftigen Kaffeeshop zu finden. Brasilien gehört zwar zu den größten Kaffeelieferanten der Welt, doch die Brasilianer selber trinken ein klebrig-süßes Heißgetränk aus schlechten Bohnen.

Natürlich haben wir Hita und ihrer Großmutter auch Geld für Kost und Logis gegeben, ist ja selbstverständlich.

Vor unserer Reise meinte Hannes zu uns, wenn wir in Brasilien ankommen, müssten wir uns zuerst einen Sonnenschirm für den Strand besorgen.

Auf gar keinen Fall wollte ich mich mit so einem »Ding« gleich kilometerweit als Tourist outen, doch er sollte recht behalten. Keine Minute hielten wir es dort ohne Schirm aus, ich verbrannte mir alles, was möglich war, sogar die Ohren.

Ich bin eigentlich ein unkomplizierter Gast in einem anderen Land, ich esse das, was es dort gibt und kann mich gut auf die gegebenen Umstände einstellen. Max ist da genauso.

Wir brauchen in der Fremde kein deutsches Essen und kein deutsches Bier.

Nur beim Kaffee fiel mir das mit dem »Einstellen« etwas schwerer.

Die meisten Tage verbrachten wir mit dem »jungen Glück« am Strand.

Hita war eine nette Frau, sie sprach ein paar Brocken Deutsch, ein bisschen Englisch und so verstanden wir uns schon.

Abends saß man mit Nachbarn und Freunden zusammen vor dem Haus und feierte mit Essen und Trinken das Leben.

Wobei man bei der Wärme mit dem Trinken ganz schön aufpassen musste, dass einem das Haus, in dem man zu Gast ist, nicht abhandenkam. Schließlich waren es nachts auch noch über 25 Grad und man blieb ewig durstig, egal wie viel man trank.

Die Brasilianer sind ein lebenslustiges Völkchen, die immer irgendwie über die Runden zu kommen scheinen mit dem, was sie gerade haben. Beneidenswert.

Die Beziehung mit Hannes und Hita hielt auch nur fünf Sommer.

Sie hatte irgendwann Schluss gemacht, per Brief natürlich.

Seine Trauer war grenzenlos.

Einige Zeit später verstarb ganz plötzlich der Vater von Max.

Er war mit dem Hund spazieren gegangen, brach zusammen und sah sein Zuhause nie wieder.

Er bekam eine schöne Seebestattung auf Rügen, wo er ursprünglich herstammte.

Wir waren traurig, dass er es nicht noch ein paar Jährchen länger geschafft hatte.

Die Mutter von Max wollte daraufhin in eine kleinere Wohnung ziehen, gleich im Nachbarhaus war eine frei.

Alle Kinder richteten für sie zusammen das neue Heim ein. Leider lebte sie es ohne ihren Mann auch nur noch ein knappes Jahr.

Ich hatte immer ein gutes Verhältnis zu den beiden und mochte sie.

Einfache liebe Leutchen, die fünf Kinder großgezogen und ihr Leben lang bescheiden gelebt hatten.

Sie sprachen beide stets nur plattdeutsch, am Anfang hatte ich da so meine Schwierigkeiten, doch Max übersetzte edelmütig.

Und auch Oma, wie sie alle nur nannten, bekam eine Seebestattung.

Mit einem Schiff und etwa fünfzehn Angehörigen ging es von Sassnitz hinaus auf die Ostsee.

Die Urne stand mit Blumenkränzen unter Deck, feierlich bewacht vom Kapitän.

Nach etwa zwanzigminütiger Fahrt hielt das Schiff und die Urne wurde ins Meer gelassen.

Alles sehr feierlich und würdig.

Meine Stelle und die von weiteren vierzehn Kollegen in der Mutter-Kind-Klinik wurden gestrichen beziehungsweise, man wollte uns einen sogenannten Saisonvertrag anbieten.

Wir sollten nur noch sechs Monate im Jahr beschäftigt werden und das andere halbe Jahr zum Amt laufen.

Angeblich waren die angebotenen Kuren in den Wintermonaten nicht mehr so rentabel und man wollte dann für die Zeit im Winter zwei Kurhäuser zusammenlegen, bedeutet, man benötigte auch weniger Personal.

Keiner von meinen lieben Kollegen hatte sich auf diesen Deal eingelassen und wir alle hatten diesem Unternehmen den Rücken gekehrt.

Das fiel mir damals unsagbar schwer, denn wir waren ein wundervolles Team. Solche Kollegen bekommt man nur einmal im Leben.

Zudem hatten wir einen großartigen Job. Den ganzen Tag kümmerten wir uns um die Kinder, die dort mit ihren Müttern die Kur verbrachten. Insgesamt drei Wochen, dann war Ab- und Anreise.

Es gab fünf verschiedene Gruppen, welche nach dem Alter der Kinder eingeteilt waren.

Das Kurhaus war erst ein paar Jahre alt, hervorragend ausgestattet und nur fünf Minuten vom Strand entfernt.

Meine zwei Lieblingskollegen waren Anna und Sophie.

Sophie war unsere Teamleiterin und fünf Jahre jünger als ich.

Sie machte ihren Job gut, war zu allen fair und hatte keinerlei Chefallüren.

Anna wurde zu meiner »Schwester«, denn wir sehen uns nicht nur beängstigend ähnlich, sondern wir haben auch noch am selben Tag Geburtstag.

Es war für die Patienten in der Klinik immer ein Verwirrspiel mit uns beiden.

Und auch wir hatten unseren Spaß damit.

Nun jedoch war unsere gemeinsame Zeit im Kurhaus abgelaufen und so trennten sich vorerst unsere Wege.

Jeder von uns bewarb sich in ganz unterschiedlichen Einrichtungen in der näheren Umgebung.

Wobei ich wahrscheinlich die schlechteste Karte von uns dreien gezogen hatte.

Schon beim ersten Betreten des orangefarbenen Kinderhauses wurde mir flau im Magen.

Eine schöne heile Kinderwelt. Mich begrüßten nur eine Handvoll vermeintlich nette Kollegen und eine Chefin, wie ich sie niemals haben wollte.

Klein, drahtig und irgendwie hatte sie so etwas von einem Terrier, der sich überall festbiss.

Da sie kurz vor der Rente stand, zählten alle Kollegen die Tage bis zu ihrem Ruhestand und schnitzten heimlich Kerben in die Tür.

So hatte sie es sich zur Angewohnheit gemacht, ihren allmorgendlichen Rundgang durchzuführen, wenn alle Kinder gerade in ihren Gruppen beim Frühstück saßen.

Sie riss nacheinander jede der im Haus befindlichen Türen auf und bellte die Kinder mit lauter Stimme an: »Rechte Hand an Tasse, linke Hand ans Brot!«

Wenn man glaubt, das gibt es heute nicht mehr? Oh doch!

Eines Morgens bekam ich einen Anruf von einer Schwester des Pflegedienstes, die meine Mutter seit kurzer Zeit zu Hause betreute. Sie sagte gleich nach der Begrüßung, dass meine Mutter eingeschlafen sei.

Was wir noch am Telefon gesprochen haben, weiß ich nicht mehr.

Ich war total geschockt! Von einer Sekunde auf die andere war meine Mutter weg, sie war einfach nicht mehr da!

Max war noch in Hamburg und ich vollkommen allein mit meinem Unglück.

Ich rief ihn an und er wollte gleich am nächsten Tag von Hamburg nach Dresden fahren.

Bei Silvie, meiner alten Schulfreundin, meldete ich mich auch gleich, sie wohnte ja nur ein paar Straßen von meiner Mutter entfernt.

Ich bin noch am selben Tag mit dem Auto von der Ostsee nach Sachsen gefahren.

Die gesamte Strecke fuhr ich in einem Ritt durch.

Silvie und ihr Mann erwarteten mich schon.

Ich kann nicht einmal mehr sagen, wie wir in die Wohnung meiner Mutter kamen, wo wir den Schlüssel herhatten oder ob uns eine Nachbarin aufgeschlossen hatte.

Als wir in die Wohnung kamen ging ich wie im Wahn als Erstes in die Küche zum Kühlschrank und stopfte den gesamten Inhalt in große blaue Müllsäcke.

Mehr schaffte ich allerdings nicht, ich bekam einen fürchterlichen Heulkrampf, alles tat mir weh.

Silvie entschied dann für uns beide, die Wohnung meiner Mutter erst einmal zu verlassen und zu ihr nach Hause zu fahren.

Max kam am nächsten Tag aus Hamburg und wir hatten das Glück, die nächsten Tage bei Silvie und ihrem Mann zu wohnen.

Innerhalb von einer Woche sollte ich die Wohnung räumen und übergeben, besenrein, wurde uns gesagt.

So bestellte ich einen großen Container, in den ich dann das Leben meiner Mutter stopfte.

Genauso fühlte ich mich, als würde ich ihr alles nehmen, was sie je besessen hatte, und das war bei Gott nicht viel. Sieben Tage – und ein ganzes Leben war verschwunden.

Das Chaos in meinem Kopf lässt sich kaum beschreiben.

Ich wollte es nicht, dass es hier und jetzt so einfach endet.

Ich hätte mich von ihr verabschieden wollen, sie drücken wollen und ich hätte gern ihre Hand gehalten.

Ich stand vor ihrem leeren Bett und meine Tränen liefen.

Ich brachte es jedoch nicht übers Herz, all ihre Sachen einfach wegzuwerfen. So gab ich etliche Dinge zum Deutschen Roten Kreuz und verschenkte auch einiges an die Nachbarn.

Wer mich aber völlig aus der Fassung brachte, war die nette Dame vom Pflegedienst.

Sie tauchte gleich am ersten Tag auf und wollte von mir wissen, was ich mit der Schrankwand und dem hübschen Couchtisch mache?

Sie würde sich dafür interessieren.

Und so kam sie zwei Stunden später mit ihrem »Pflegedienstwagen« samt Anhänger und Ehemann. Die Stehlampe meiner Mutter fand sie außerdem noch schön.

Silvie arbeitete bei einem Amtsgericht als Sekretärin und war bestens vertraut mit dem ganzen Papierkram und den Behördengängen, die dann noch erledigt werden mussten.

Was ich letzten Endes aus der Wohnung trug, passte in zwei Wäschekörbe.

Einen Korb mit ein paar Papieren und Fotos meiner Mutter und einen Korb mit dem Rest vom »Rosenthaler«. Nun hatte ich doch noch ein Andenken an meine Großmutter!

Nach sieben Tagen waren sämtliche Räume besenrein. Sieben Tage, in denen ich das Gefühl hatte, ich könne nicht mehr klar denken.

Ich polierte noch die Wanne und das Waschbecken im Badezimmer, Max brachte unterdessen den Kühlschrank meiner Mutter zu einem Recyclinghof in der Nähe.

Ich schob die beiden Wäschekörbe mit den restlichen Sachen in den Hausflur und wollte noch einen letzten Rundgang machen.

Doch es war mir überhaupt nicht mehr möglich. Ich musste fluchtartig die Wohnung verlassen, ich fing an zu zittern und meine Knie wurden weich. Mein Herz fing an zu schlagen, dass ich Angst hatte, aus den Latschen zu kippen.

Eine Woche war ich hier in der Wohnung und nun hielt ich es keine Minute länger mehr in diesen Räumen aus.

Taumelnd verließ ich das Treppenhaus und setzte mich auf die Straße, um auf Max zu warten.

Meine Mutter verstarb, laut Totenschein, nachts an Herzversagen.

Auf diesem Schein steht nicht einmal eine Uhrzeit, nur zwischen ... und ... Uhr.

Was für ein Lebensende.

Sie starb ganz einsam in ihrem Bett zwischen ... und ... Uhr.

Wahrscheinlich habe ich versagt, als Tochter jämmerlich versagt!

Ich ließ meine Mutter an die Ostsee überführen und sie wurde ebenfalls auf See bestattet.

Weiße Rosen hatte ich für sie ausgesucht.

Bei der Traueranzeige fiel es mir schwer, die richtigen Worte zu finden.

»BEHALTET MICH SO IN ERINNERUNG, WIE ICH IN DEN SCHÖNSTEN JAHREN MEINES LEBENS BEI EUCH WAR.«

Diesen Satz hatte ich für sie ausgesucht, den ich in die Anzeige schreiben ließ.

Ich weiß nicht, ob es richtig war, ihr eine Seebestattung gegeben zu haben?

Einerseits wollte ich sie auf gar keinen Fall in dem kleinen Dorf ganz alleine »liegen« lassen, wo nur selten jemand ans Grab gekommen wäre, andererseits hatte ich ein schlechtes Gewissen, sie in der Ostsee wie einen Seemann zu bestatten.

Keine Mutter mehr, keinen Vater, keine Großmutter und keinen Großvater, keine Geschwister.

Ich war, bis auf eine Tante und meinen Cousin, die Letzte aus meiner Familie, sie hatten mich zurückgelassen.

Und eigentlich wusste ich nicht viel über sie.

Kurze Zeit nach der Beisetzung meiner Mutter fing es an, mir schlecht zu gehen.

Ständig war mir schwindlig und mein Herz fing wie aus heiterem Himmel an zu hämmern, dass es mir bis zur Halskrause schlug.

Meine Hände zitterten unentwegt.

Wenn ich abends ins Bett ging, fing es in meinem Kopf an zu kreisen.

Ich sah meine Mutter und die letzten Jahre mit ihr, das Karussell ließ sich nicht mehr anhalten.

Ständig hatte ich das Gefühl, ich explodiere und zudem dieses ständige Zittern.

Ich wusste absolut nicht, was mit mir los war.

In wollte mir unbedingt Hilfe suchen und ging zu einem Arzt in meinem Wohnort,

eine kleine verschlafene Praxis mit einer grauhaarigen kurz vor der Rente stehenden Schwester am Empfangstresen.

Die Räumlichkeiten erinnerten eher an eine Heimatstube.

Selbst der Doktor war jenseits der siebzig und ich hoffte von vornherein nicht auf Hilfe.

Er redete mit gut zu, sagte, es wäre wahrscheinlich alles ein wenig viel für mich geworden.

Für diese Diagnose hätte ich allerdings seine Praxis auch nicht aufsuchen müssen.

Verlassen hatte ich den guten Mann mit einer Hand voll Tabletten, von denen ich nicht einmal wusste, wofür oder wogegen ich sie nehmen sollte.

Die Pillen ließ ich unberührt zu Hause in einer Schublade verschwinden, da ich den festen Glauben hatte, da auch ohne Tabletten wieder herauszukommen.

Vor allem die Nächte waren schlimm, ich wartete regelrecht darauf, bis mein Herz so schnell begann zu schlagen, dass ich fast keine Luft mehr bekam.

Manchmal trank ich am Abend Alkohol, um das aushalten zu können, oft trank ich auch viel zu viel.

Bei einer Psychologin sollte ich später diverse Holzmännchen auf einem Tisch hin und her rücken und mit meiner toten Oma und meiner verstorbenen Mutter sprechen.

Von mir aus, ich hätte auch tagelang diese Puppen verrückt, wenn es mir geholfen hätte. Doch es brachte nichts und so konnte ich der Holzpuppentherapie leider auch nicht länger beiwohnen.

Trotz allem ging ich weiterhin voll arbeiten, immer in der Hoffnung, dass ich einigermaßen durch den Tag komme und das keiner irgendwas merkte.

Besonders mein unruhiges Zittern musste ich verbergen.

Die meisten Menschen sind jedoch viel zu sehr mit sich selbst beschäftigt, nur die wenigsten bemerkten, dass es mir unglaublich schlecht ging.

Was hätte ich auch sagen sollen, ich wusste ja selbst nicht, was mit mir los war.

Irgendetwas war mit mir passiert, irgendetwas war nicht mehr richtig mit mir und schnürte mich zusammen wie ein Paket.

Ich musste versuchen, mich damit zu arrangieren, um nicht den Verstand zu verlieren.

Und so war ich immer bestrebt, alles möglichst zu umgehen, was in mir Angst und Panik auslösen könnte.

Und das war eine ganze Menge. Keinen Fahrstuhl konnte ich betreten, den konnte man unter Umständen jedoch gut vermeiden. Im Bus musste ich genau neben der Tür sitzen, um im äußersten Notfall an der nächsten Station aussteigen zu können. Beim Einkaufen im Supermarkt konnte es passieren, dass ich zwischendurch hinauslaufen musste. Das war nicht nur sehr peinlich, sondern auch äußerst nervenaufreibend und anstrengend.

Es kostete unsagbar viel Kraft und ich spürte mehr und mehr, wie meine Energie dahinschwand.

Max hatte das alles ebenso wenig verstanden, das wusste ich. Trotz allem versuchte er, mit mir klarzukommen, doch es war hart an der Grenze.

Man muss sich schon selbst in dieser elenden Hilflosigkeit befinden, sonst ist es absolut nicht nachvollziehbar.

Vieles blieb auf der Strecke in dieser Zeit. Und so skurril es klingt, die Wochenenden oder Urlaubsreisen waren besonders anstrengend.

Irgendwie war ich am Ende und konnte froh sein, dass Max mich noch nicht verlassen hatte.

Fast drei Jahre waren inzwischen ins Land gegangen.

An manchen Tagen ging es mir besser, ich gab die Hoffnung jedenfalls nicht auf.

Es war inzwischen auch an der Zeit, etwas zu verändern, vielleicht ein erster Schritt.

So kündigte ich meinen Job bei dem Terrier und fing in der Kindereinrichtung an, in der »meine Schwester« arbeitete.

Auch Anna freute sich, dass wir wieder zusammen waren.

Bei meiner neuen Arbeit, einem 24-Stunden-Kindergarten, fühlte ich mich von Anfang an wohl und hatte die Absicht, dort länger meine Zelte aufzuschlagen.

Nach meinem Arbeitswechsel hatten Max und ich geplant, umzuziehen.

Wir mussten zwar fast ein Jahr warten, denn die Häuser, wo wir eine Wohnung für uns fanden, wurden alle neu gebaut und waren noch längst nicht fertig.

Doch das Warten hatte sich gelohnt.

Wir zogen in ein wunderschönes Viertel, vor unserer Haustür fließt ein kleiner Fluss entlang.

Die Wohnung ist traumhaft.

Mir ging es allmählich besser und ich danke Max für seine unendliche Geduld.

Meine Mutter

Die einzigen zwei Fotos, die ich von meinem Vater besitze

Meine Mutter

Meine Oma mit mir im Garten

Frisch geputzt liegt es sich gut

Knut und ich in der alten Zinkbadewanne und unsere Großmütter

Knut und ich mit unserem Zirkus

Mein Onkel »Seppel« mit seiner Frau Margit

Tante »Lorli« und mein Onkel »Hermi«

KAPITEL 2

Das wichtigste Stück des Reisegepäcks ist
und bleibt ein fröhliches Herz.
(Hermann Löns)

Drei Tage, nachdem Max ins Krankenhaus eingeliefert wurde, hatte er immer noch keinen Herzschrittmacher, dafür eine neue Diagnose.

Zwei weitere Ärzte wurden hinzugezogen und so musste sich Max in diesem Fall für eine OP an der Schilddrüse zur Verfügung stellen. Wenn es für uns nicht so dramatisch angefangen hätte, könnte man fast schon wieder darüber lachen.

Sieben weitere Tage musste er noch das alte Metallbett hüten und wurde dann als geheilt entlassen.

Ich meine, wir sind bis heute glücklich, dass es dann doch kein Herzschrittmacher geworden ist. Man kann nur beten, dass andere Patienten von den Diagnosen dieser »Göttin in Weiß« verschont bleiben.

Max war wieder zu Hause und es fiel uns beiden plötzlich wie Schuppen von den Augen!

Wer weiß schon, was sonst noch kommt?

Unsere Zeit ist jetzt!

JETZT mussten wir uns unseren Traum erfüllen!

Wir wollten doch ernsthaft nicht bis zur Rente warten.

Wie verkauften unseren Pick-up und das alte Angelboot von Max, um wenigstens ein paar Scheine in der Tasche zu haben.

Also machten wir uns auf den Weg und fuhren zu einem Wohnmobil-Händler in unserer Nähe, einfach nur mal so zum Schnuppern.

Mehrere Stunden verbrachten wir wohl auf diesem Gelände und ich stieg in jedes Fahrzeug ein, was da stand.

Einfach nur sitzen und träumen.

Doch dann ging alles ganz schnell. Einer der kleineren Camper-Busse war wie für uns gemacht. Ein weißer sogenannter Kastenwagen mit schwarz getönten Scheiben. Er war jedoch nagelneu und musste nun natürlich auch noch in unser Budget passen.

Wir hatten genau im Auge, was wir monatlich ausgeben konnten für diesen neuen Gefährten.

Der Chef bat uns an seinen Schreibtisch und warf seinen Computer an.

Max war wieder die Ruhe in Person und ich sah schon wieder, wie jetzt alles den Bach runtergehen könnte.

Zwei Bankabfragen später stand es fest, wir waren für diesen Camper-Bus kreditwürdig und die Anzahlung reichte auch.

»JETZT IST BIRNENZEIT!«, dachte ich.

Ich konnte es nicht glauben und mein Blick wurde wässrig, dass ich nicht mehr sah, wo ich unterschreiben sollte.

Ich bin immer so emotional, dass es Max oft ein bisschen peinlich ist. Macht aber nichts.

Eine Woche später sollten wie wiederkommen und ihn abholen.

Als wir vom Hof gingen, schob der Verkäufer noch ein Schild hinter die Heckscheibe, auf dem stand: BIN SCHON VERKAUFT UND FREUE MICH AUF MEINE NEUE FAMILIE.

Mein Traum ging gerade in Erfüllung, ich glaube, das war genau so ein Gefühl wie das, als ich als Kind mein kleines rotes Fahrrad bekam.

Von Anfang an hatte ich mich in diesen Bus verliebt.

Mir ging es wieder richtig gut und ich konnte es kaum erwarten loszufahren.

Ich wurde allerdings zur Bahnfahrerin degradiert, schließlich hatten wir dafür den alten Pick-up verkauft, aber das störte mich weniger.

So eine Straßenbahnfahrt kann zwar manchmal ganz schön nervenaufreibend werden, wenn man auf Menschen trifft, die ihren Verstand zu Hause gelassen haben oder erst gar keinen besitzen. Für solch extreme Notfälle habe ich immer ein paar Kopfhörer in der Tasche.

Eine Woche später waren wir wie verabredet wieder da, um unser »neues Familienmitglied« abzuholen.

Zwei Stunden dauerte die Übergabe nebst Einführung. Ich habe gar nicht richtig zugehört, ich habe nur gestrahlt.

Dann brausten wir vom Hof. Max saß natürlich am Steuer.

Mein Herz hüpfte, dieses Mal allerdings vor Freude.

Unser Camper bekam von mir gleich einen Namen, »Rüdiger« sollte er heißen.

Seinem Auto einen Namen zu geben, ist schon albern, das weiß ich wohl.

Doch es musste sein und Max war mit meinem Vorschlag einverstanden, er lächelte jedenfalls.

Und meine Wahl hatte auch einen Grund.

»Rüdiger« hieß das Eseltier, welches mich etwa zwei Jahre zuvor genüsslich, doch vielleicht ohne böse Absicht in meinen linken Daumen gebissen hatte.

Bei einem Ausflug mit unseren Kindern in den Zoo durften wir zum Abschluss gemeinsam mit einem Pfleger den Eseln einen Besuch abstatten und sie sogar füttern.

Es waren riesige Maultiere, die schon eher aussahen wie Pferde.

Mein kleiner Juri hatte etwas Angst und so nahm ich seine kleine Hand in meine und wir reichten gemeinsam dem Langohr die Möhre hin.

Er war weiß, hatte hinreißend blaue Augen und biss einfach zu. Als ich den Schmerz spürte, rief ich wutentbrannt: »Wie heißt der?«

Warum ich das fragte, weiß ich selbst nicht. Als ob das was geändert hätte.

»Der heißt Rüdiger!«, sagte der Pfleger erschrocken, als er meine Wunde sah.

Meine Erstversorgung fand gleich nebenan im Schlangenhaus statt.

Mal abgesehen davon, dass ich überaus glücklich war, dass es Max wieder so gut ging, als ich jedoch an diesem Tag in dem Bus saß, dachte ich, das ist der schönste Tag meines Lebens.

Immer hatte ich davon geträumt, frei und ungewaschen durch die Weltgeschichte zu reisen.

Keinesfalls wollte ich, dass am Ende mein Dasein in zwei Fotoalben passt.

Wir fuhren mit »Rüdiger« nach Hause und packten all die Sachen ein, die ich, wie im Rausch, schon in den Tagen zuvor gekauft hatte.

In dieser Größenordnung kaufen bestimmt Frauen ein, wenn sie erfahren, dass sie schwanger sind.

Es war Samstag und der Plan war, für eine Nacht nach Mukran auf Rügen zu fahren. Ungefähr eineinhalb Autostunden von unserem Zuhause entfernt.

Mukran ist ein Fährhafen in Sassnitz, der in den 1980er Jahren gebaut wurde. Mit ihm sollte vor allem eine Fährverbindung für den Güterverkehr mit dem großen Bruder geschaffen werden, Sassnitz–Klaipedea.

Heute gibt es dort einen kleinen Stellplatz, direkt am Meer. Eigentlich ein Insidertipp.

Bevor wir dort aber unsere erste Nacht mit »Rüdiger« verbringen wollten, hielten wir zuerst an einer Tankstelle in der Nähe, um den Wassertank zu füllen. Man muss schon ein bisschen suchen, denn nicht an jeder Tankstelle gibt es Zapfsäulen für Wasser. Um noch ein paar Lebensmittel und vielleicht ein Fläschchen Sekt für unseren ersten Abend einzukaufen, fuhren wir zu einem Supermarkt.

Als wir mit unserem gut gefüllten Korb aus dem Markt schlenderten, sahen wir unseren Bus in einem kleinen, aber stillen See stehen. So circa vierzig Liter Wasser waren aus dem gerade gefüllten Tank ganz langsam, aber stetig wieder herausgeplätschert.

Bei der technischen Einweisung war höchstwahrscheinlich ein

Hebel für die Leitungen nicht wieder richtig geschlossen worden, und so landeten wir gleich hier unseren ersten Fauxpas.

Wir drehten auf dem Hacken um und kauften ein paar Liter stilles Wasser in Flaschen.

Unsere erste Nacht war genauso, wie wir es uns immer vorgestellt hatten.

Da wir direkt am Strand standen, hörte man das Meeresrauschen und konnte durch die Dachluke über dem Bett die Sterne sehen.

Am Morgen klappten wir einfach unsere Stühle im Sand auf und frühstückten mit Blick aufs Meer.

Unser erstes Wochenende war idyllisch, verbunden mit einem tiefen Glücksgefühl und der Freude auf das, was jetzt noch kommt.

Wir hatten erst September und so ging es die folgenden Wochenenden immer noch Richtung Strand, denn wenn man einmal mit seinem Frühstückstisch fast im Meer gesessen hat, macht das süchtig.

Anfang Oktober ging es für ein verlängertes Wochenende nach Carwitz. Ein malerischer Ort, gelegen in der Mecklenburgischen Seenlandschaft.

Am Carwitzer See gibt es einen Campingplatz, klein und fein. So heißt er wirklich, und so ist er auch. Wenn schon ein Campingplatz, dann nur so einen wie diesen, ohne viel Trubel, Golfplatz und Tennisanlage.

Die meisten Plätze haben bis Ende Oktober geöffnet.

Hier gibt es nur den Badesee, ein kleines Sanitärgebäude und morgens kommt ein Bäckerwagen. Die Wagen und Zelte stehen nebeneinander und die XXL-Liner haben keinen Platz auf der Wiese.

Wir kannten Carwitz schon ein wenig, waren schon drei Jahre zuvor mal da, aber mit dem Pkw. Da hatten wir uns ein Schlafplätzchen suchen müssen, was in den Sommermonaten auf gut Glück nicht ganz so einfach ist.

Als wir damals die Suche schon fast abgebrochen hatten, sahen wir in einem alten Haus an der Straße ein handgeschriebenes Schild in einem Fenster hängen mit der Aufschrift: FERIEN-WOHNUNG ZU VERMIETEN.

Wir klingelten und die Tür öffnete ein dicker Mann um die fünfzig, in einem ehemals weißen Unterhemd.

Er versprach uns ein Bett mit dem Hinweis, man müsse aber mindestens drei Nächte bleiben, sonst lohne sich DAS mit der Bettwäsche nicht.

Wir blieben.

Max und ich betraten eine fast in Vergessenheit geratene Welt. Alles in diesem Domizil war aus DDR-Zeiten. Angefangen von der Bettwäsche »für mindestens drei Tage« bis hin zum Toaster, Eierbecher, Handtuch, selbst die Kaffeemaschine war von AKA Electric.

Alte DDR-Menschen kennen die Werbung noch, die es auch ein paar Jahre gab.

»AKA ELEKTRIC – IN JEDEM HAUS ZU HAUSE.«

Wir hatten den Vorteil, dass wir weder verwöhnt noch pingelig sind, im Gegenteil, wir freuen uns, wenn wir etwas Außerge-wöhnliches geboten bekommen. Nur sauber muss es sein, und das war es.

Max schmunzelte, als er in einer Lektüre aus alten Zeiten blät-tern konnte, die er im Wohnzimmer in einem Regal aus Press-pappe fand.

Denn er griff sich gleich das Buch »Lütt Matten und die weiße Muschel«.

In der Küche stand auch die Duschkabine, praktisch, so konnte ich meinen Mann morgens, während er sich abbrauste, gleich durch die Glasscheibe fragen, ob er Rührei oder lieber Spiegelei wollte. Wenigstens hatten wir fließend Wasser und Strom.

Hinter dem Haus mit der bezaubernden Ferienwohnung hatte der Vermieter, der nur ein Unterhemd zu besitzen schien, ein Ruderboot auf dem Carvitzer See liegen.

Das durften wir benutzen, war also im Preis mit inbegriffen.

Diese Nostalgie-Reise wird uns jedenfalls immer in Erinnerung bleiben.

Wir schrieben den 14. Oktober und unsere erste längere Urlaubsreise mit dem Camper begann.

Drei Wochen wollten wir nun kreuz und quer durchs Land gondeln, wir befanden uns allerdings noch in der Eingewöhnungsphase.

Ein Glücksfall für uns, dass wir beide unseren Jahresurlaub verschieben konnten.

Die ersten zwei Nächte verbrachten wir in Burg und Lübben im Spreewald und wurden, warum auch immer, mit tollem Wetter belohnt. 23 Grad, und das im Oktober.

Man konnte sich sogar noch Kanus ausleihen und durch die Spreewald-Kanäle schippern.

Für diese zwei Tage blieben wir auf einem kleinen Stellplatz, denn wir haben in unserem Bus alles, was wir brauchen.

Eine winzige Küchenzeile mit Gaskocher und Kühlschrank, ein kleines Bad mit Waschbecken, Dusche und Toilette und hinten im Heck ein relativ großes Doppelbett.

Dank einer Solarplatte auf dem Dach schaffen wir es etwa drei bis vier Tage, auch ohne einen Stromanschluss auszukommen.

Da ich ja aus Sachsen stamme, sollte unser nächster Zwischenstopp in meiner alten Heimat sein. In Königstein, in der Sächsischen Schweiz. Den schönsten Platz hatten wir uns ausgesucht.

Direkt am Ufer der Elbe mit Blick auf den Lilienstein. Beeindruckend.

Weil es uns so gut gefiel, blieben wir auch gleich drei Tage.

Wir fuhren mit dem Schaufelraddampfer, radelten stundenlang am Elbufer hoch und runter und wanderten einfach nur ziellos durch die traumhafte inzwischen herbstliche Landschaft.

Von Königstein ging es weiter über Decin nach Prag.

Am Rande der Stadt standen wir auf einem Platz, diesmal vis-a-vis der Moldau.

Mit der tschechischen Tram kutschierten wir landestypisch in die Innenstadt.

Prag ist absolut eine Reise wert, wir freuten uns, hier zu sein.

Mitten auf der Karlsbrücke kauften wir an einem Stand Baumkuchen, gefüllt mit Sahne.

Man wusste zwar nicht so recht, wie man ihn essen sollte, weil die Sahne überall rausquillte, aber er schmeckte göttlich.

Stundenlang bummelten wir durch diese zauberhafte Stadt und zu meiner großen Freude entdeckte ich an einem Kiosk, wo es Tee und Kaffee gab, den kleinen Honigbären.

Der stand da auf der Theke und man konnte sich damit seinen Tee süßen.

Den kannte ich schon aus meiner Kindheit, hatte ihn aber völlig vergessen.

Meine Oma und ich fuhren früher oft zusammen in die CSSR, da wir nur etwa zwanzig Kilometer hinter der Grenze wohnten. Oft kauften wir uns dann diesen Bären, gefüllt mit Honig.

Ich hatte mich so über dieses »Wiedersehen« gefreut, dass Max mit mir sofort die halbe Stadt durchkämmen musste. Auf Bärenjagd gingen wir, sozusagen. Es war gar nicht so leicht, doch keinesfalls hätte ich die Stadt ohne Honigbären verlassen.

Zwei Tage Prag, dann ging es zurück nach Dresden.

Auch hier standen wir mit dem Bus mitten in der Altstadt.

Wenn ich in Dresden zu Besuch bin, überkommt mich so ein heimisches Gefühl. Dresden ist eine wundervolle Stadt und die Menschen in Sachsen haben ein sonniges Gemüt, immer noch.

Als Kind war ich auch hier sehr oft mit meiner Oma, die knapp dreißig Kilometer von unserem Dorf bis in die große Stadt kamen mir jedes Mal wie eine Weltreise vor.

Ich hatte vor kurzem ein Buch von Jan Josef Liefers gelesen, in dem er seine Kindheit in Dresden beschreibt.

In seinem Buch schwärmt er von der Prager Straße, die wohl mal eine der schönsten Straßen in ganz Europa gewesen sein musste, und von den Bronzeplastiken, die hier standen.

Von einer Plastik schreibt er, die eine Märchendarstellung zeigte, TISCHLEIN DECK DICH.

Genauso erinnere ich mich an das Dresden aus meiner Kindheit, an die vielen Springbrunnen, die es hier gab. In einem der Brunnen standen riesige Pusteblumen, aus denen das Wasser ganz fein nebelig herauskam. Und wenn die Sonne schien, glitzerte alles. Das war mein Lieblingsbrunnen.

Als Erstes jedoch fuhren Max und ich ins zwanzig Kilometer entfernte Dippoldiswalde.

Und zwar ins dortige Standesamt, in dem ich mich ein paar Wochen vorher schon telefonisch gemeldet hatte.

Die Beamtin half mir vorab bei der Suche nach dem zuständigen Archiv, in dem ich ihr am Telefon schon mal die Daten meiner Großmutter gab. Ihr Geburtsdatum und ihren Mädchennamen kannte ich ja. Ein Glück nur, dass diese Angaben wenigstens stimmten.

Endlich wollte ich mehr herausfinden, warum meine Großmutter in eine andere Familie gegeben wurde. Ich wollte wissen, wer ihre leibliche Mutter war.

Und hier, in diesem Amt, suchte ich nun nach ihrer Geburtsurkunde.

Meine Tante Lorli hatte mir ein paar Jahre nach dem Tod meiner Großmutter einen handgeschriebenen Zettel gegeben, auf welchem jedoch nicht allzu viel stand.

Eben nur, dass meine Oma in Dippoldiswalde geboren sei, dass sie zwei Schwestern gehabt hätte und dass die Eltern ihrer Mutter eine Seifen- oder Textilfabrik gehabt hätten.

Mehr wusste ich nicht.

Ich verstand sowieso nicht, warum meine Mutter und meine Tante sich nicht längst selbst auf die Suche gemacht hatten, warum sie nicht wissen wollten, wer eigentlich ihre richtigen Großeltern waren?

Schweigen, das konnten sie alle am besten.

Dank meines vorherigen Telefonats ging alles recht schnell.

Nach einer halben Stunde hielt ich eine Kopie der Urkunde in der Hand.

Alles natürlich in Altdeutsch geschrieben, denn sie war von 1909.

Ich konnte jedoch alles schnell entziffern, obwohl es sehr klein und filigran geschrieben war.

Als Kind hatte ich mal die altdeutsche Schrift schreiben und lesen gelernt, nur so, ich hatte mir das selber beigebracht.

##Vor dem unterzeichneten Standesbeamten erschien heute der Persönlichkeit nach
   bekannt
   die Johanna Emma verehelichte Gneufs,
   wohnhaft in Dippoldiswalde Steingasse No 122
   und zeigte an, daß in ihrer Gegenwart
   von der ledigen Selma Marie Weise, ohne Beruf,
   evangelischlutherischer Religion,
   wohnhaft in Dippoldiswalde, Mühlstraße No 291
   in bezeichneter Wohnung
   am ein- und – dreißig – ten August des Jahresrückblickes
   taußend – neunhundert – und – neun, vor mittags,
   um drei – und – drei – viertel Uhr ein Mädchen
   geboren worden sei und daß das Kind den Vornamen
   Marie Lotte
   erhalten habe.

Vorgelesen, genehmigt und unterschrieben
   Emma Gneufs ##

Die Mutter meiner Oma hieß also Selma Marie Weise, war ledig und ohne Beruf.

Schon fingen meine Gedanken an zu kreisen, als wir noch in diesem Amt standen.

Ich wollte von der Standesbeamtin nun wissen, wie ich erfahren könnte, wo meine Urgroßmutter geboren war.

Sie meinte, ich solle mal in die Kirche von Dippoldiswalde gehen und dort versuchen herauszufinden, ob meine Oma dort getauft worden ist. Auf dem Taufschein müssten ja die leiblichen Eltern eingetragen sein.

Also gingen wir gleich im Anschluss in die kleine Kirche, die nur eine Straße entfernt steht.

Und wir hatten tatsächlich Glück. Die Tür war offen und auf meine Bitte schaute der Pfarrer gleich in das Taufregister.

Dort fand er den Namen meiner Oma, die in dieser Kirche am 06.09.1909 getauft wurde.

Ihre Mutter Selma Marie wurde demnach am 29.11.1889 in Colditz geboren.

Sie war also zwanzig Jahre alt, als sie meine Oma bekam.

Als Taufpaten auf diesem Schein waren eingetragen:

Anna Selma Marie Weise und Friedrich Herman Weise.

Waren das meine Ururgroßeltern?

Aber warum hatte meine Urgroßmutter ihr Kind in eine Pflegefamilie gegeben?

Oder geben müssen, weil sie ledig war? Und wer war der Vater?

Es ist mehr als kompliziert und dann diese immer wiederkehrenden Doppelnamen.

Die Pflegeeltern meiner Oma hießen Müller und wohnten in einem Dorf, nur fünfzehn Kilometer von Dippoldiswalde, ihrem Geburtsort, entfernt.

Die leiblichen Eltern und die Pflegeeltern meiner Oma haben sich vielleicht sogar gekannt?

Nicht nur, dass ich meinen Großvater nie kennengelert hatte und meinen Vater auch kaum kannte, nein, ich wusste auch nicht, wer meine richtigen Urgroßeltern waren und woher sie stammten.

Doch eines wusste ich zu diesem Zeitpunkt ganz genau.

Ich wollte weiterforschen. In Colditz.

Es gab ja noch den Hinweis auf die angeblichen Schwestern und die Fabrik.

Trotz der tausend Gedanken, die mir durch den Kopf schwirrten, gingen Max und ich an diesem Abend aus. Wir waren im Restaurant 1900, direkt neben der Frauenkirche. Eine Museumsgaststätte der Dresdner Verkehrsgeschichte, so stand es jedenfalls im Flyer.

Die Speisekarte war teilweise auf »Sächsisch« geschrieben. Gut, dass jetzt ich für Max übersetzen konnte:

##Überbagnes Würzfleesch mid Griemelgääse, midner knackschen Bemme.

Oder, Gebradne Gefliechelleber mit Garduffelbambe un Äbbelringe.##

Die Kellner trugen alte Schaffner-Uniformen und servierten uns mit voller Leidenschaft diese traditionelle sächsische Küche. Mitten in dem Lokal stand ein riesiger alter Triebwagen, in dem man ebenfalls sitzen und essen konnte, ansonsten gab es Tische mit alten Tram-Bänken.

Uns bediente ein kleiner Kellner, der ein bisschen aussah wie der brave Soldat Schwejk.

Langsam hatten wir uns mit Rüdiger eingefuchst und unsere Reise ging am nächsten Morgen weiter, von Dresden nach Zittau. In dieser Stadt waren wir noch nie.

Man muss natürlich vorher stets schauen, wo man über Nacht mit seinem Gefährt stehen bleiben kann, bevor man eine Stadt ansteuert, aber das lernt man relativ schnell.

In Zittau fanden wir einen Stellplatz etwas außerhalb, auch kein Problem, denn die Fahrräder hatten wir dabei.

Wir waren ein wenig entsetzt von dieser Stadt, viele leere und kaputte Häuser, als hätte hier jahrzehntelang keiner mehr gewohnt. Nur der Marktplatz und die Gebäude drum herum wirkten etwas restaurierter.

Ansonsten erschien uns dieser Ort menschenleer und traurig.

Wir besuchten aber die Kreuzkirche und schauten uns dieses riesige Fastentuch von 1472 an, welches hier in Zittau angefertigt wurde. Unglaublich, ein etwa acht mal sieben Meter großes von

Hand besticktes Leinentuch, was damals benutzt wurde, in der Fastenzeit den Altarraum von der Gemeinde zu trennen.

Nur einen Tag später verließen wir Zittau wieder und entdeckten unterwegs ganz zufällig auf unserer Durchreise, dass wir im Ort Herrnhut gelandet waren. Dieser Ort ist eigentlich nur durch die Herrnhuter Sterne zur Weihnachtszeit bekannt, viel mehr wusste ich aber auch nicht. Wenn ich ehrlich bin, wusste ich nicht einmal, dass es den Ort Herrnhut überhaupt gibt und warum die Sterne so heißen. Darüber hatte ich noch nie etwas gelesen.

Auf jeden Fall war ich gleich Feuer und Flamme und wollte mir dieses riesige Geschäft, was mitten im Ort liegt, unbedingt anschauen.

Tausende von Sternen und anderen wundervollen handwerklichen Kunstwerken für die Weihnachtszeit kann man dort kaufen. Die netten Damen an der Kasse machten uns anschließend darauf aufmerksam, dass es nur ein paar hundert Meter weiter ein sogenanntes Stammhaus gibt, wo man sehen kann, wie die Sterne hergestellt werden, in einer Schauwerkstatt. Ein kleines Museum über die Geschichte der Herrnhuter Sterne gebe es da auch.

Also machten wir uns auf den Weg.

Herrnhut ist der Hauptsitz einer evangelischen Brüdergemeinde, die damals die Kinder der Missionare zurück in die Heimat schickten, sobald sie das schulfähige Alter hatten.

Unter der Obhut der Bürgergemeinde erhielten die Kinder hier Bildung und Erziehung.

Sie waren hier in Schulheimen untergebracht und besonders in der Advent- und Weihnachtszeit war die Trennung von ihren Eltern sehr schmerzhaft.

Ein Erzieher der Kinder nutzte den Stern im Mathematikunterricht als Vorlage, um ein besseres geometrisches Verständnis zu vermitteln. Er ließ die Internatskinder hier Sterne aus verschiedenen geometrischen Formen bauen und diese schmückten später damit ihre Internatsstuben.

So bastelten die Kinder fortan stets am ersten Sonntag im Advent ihre Sterne und trugen damit den Brauch in ihre Familien.

Das habe ich natürlich im Museum gelesen. Reisen bildet.

Über einen Abstecher nach Weimar ging es weiter nach Leipzig. Hier gab es in der Nähe der Stadt nicht einen einzigen Stellplatz, leider.

Wir fanden jedoch ein Plätzchen etwa fünf Kilometer entfernt. Es war sehr klein, nur ungefähr zehn Mobile konnten hier stehen. Wir passten noch dazwischen und parkten genau unter einer riesigen Pappel, die schon ein wenig alt und morsch aussah.

Von der Betreiberin des kleinen Platzes bekamen wir am nächsten Tag eine selbstgemalte Karte mit einer Wegbeschreibung, wie man am besten in die City radelt.

Schnell stellte sich heraus, wie bescheiden diese Beschreibung war. Etliche Male sind wir falsch abgebogen und so brauchten wir für die fünf Kilometer ziemlich lange.

Das störte uns aber keinesfalls, denn die Radtour war dennoch schön.

Und dank dieser selbst kreierten Karte konnte Max an diesem Morgen noch zwei ältere Damen aus der Weißen Elster retten. Denn wir kamen zufällig vorbeigeradelt, als sie gerade mit ihrem Paddelboot kenterten und ihr Boot nicht mehr alleine ans Ufer bekamen.

Da Max immer gern seine Hilfe älteren Frauen anbietet, wischte er auch noch eine Stunde das Boot trocken.

Auch in Leipzig waren wir schon einige Male, aber man sieht doch immer etwas Neues.

Es war ein sehr stürmischer Tag und wir hatten Probleme, mit den Fahrrädern überhaupt voranzukommen.

Einen ausgedehnten Stadtbummel machten wir dennoch.

Wir wollten aber auf gar keinen Fall auf unserem Rückweg wieder dieser irrsinnigen Wegbeschreibung folgen, sondern waren der Meinung, wir würden uns auch ohne Plan zurechtfinden.

Und so traten wir in die Pedale und fuhren vom Leipziger Hauptbahnhof erst einmal in eine uns bekannte Richtung.

Kurz hinter dem Bahnhof durchquerten wir eine Straße, wo man nach zweihundert Metern dachte, man macht eine Radtour durch Tel Aviv.

Im Grunde genommen kannten wir mehr oder weniger nur das Zentrum von Leipzig, mit dem Fahrrad waren wir hier eigentlich noch nie unterwegs.

Es war die Eisenbahnstraße, eine kilometerlange andere Welt.

Hier wurde im November 2018 die erste Waffenverbotszone im Freistaat Sachsen eingerichtet, ein Verbot von Schusswaffen, Messern, Reizstoffsprühgeräten sowie anderen gefährlichen Gegenständen wie Elektroschockgeräten oder Baseballschlägern.

So wie das klingt, fühlte man sich da, in dieser Straße.

Etwas seltsam, dachte ich, dass ich noch nie von dieser Eisenbahnstraße gehört oder gelesen hatte.

Froh, ohne Schussverletzung bei Rüdiger angekommen zu sein, hatten wir eine grauenvolle Nacht. Der Sturm nahm richtig zu und unter dieser überdimensionalen Pappel mussten wir erneut um unser Leben fürchten.

Ich glaube, es war gegen fünf Uhr morgens, als wir fluchtartig den Platz verließen.

Bezahlt hatten wir im Voraus.

Bei Wind und Regen kamen wir gegen Mittag in Wittenberg an. Hier wollten wir ganz gediegen den Reformationstag verbringen, der am nächsten Tag war.

Wir standen an der Elbe, in einer kleinen Marina mit Blick auf das alte Wittenberg.

Wir parkten nur kurz ein und stiegen auf unsere Räder um.

Gleich durchkämmten wir die schöne Stadt und landeten am Marktplatz in einem kleinen Café. Eine der besten Käse-Sahne-Torten, die ich je gegessen habe, gab es da.

Das nostalgische Kaffeehaus war gut besucht, an allen Tischen saßen jedoch ausschließlich alte Damen in ihren Festtagsblusen, die sich hier ihr Törtchen schmecken ließen.

Mein Highlight aber an diesem Nachmittag war die Ausstellung von Asisi.

»360° Panorama Luther« heißt dieses Riesenrundbild in Wittenberg, wo man in die Zeit von Luther und Katharina von Bora eintauchen kann.

Ich stand praktisch auf dem Marktplatz in einer völlig anderen Zeit.

Man erlebte sogar den Wechsel der Tages- und Nachtzeiten.

Wir hatten schon mal eine dieser Ausstellungen von Yadegar Asisi im Panometer in Dresden gesehen. Unglaublich schön.

Den ganzen Reformationstags-Rummel erlebten wir dann am kommenden Tag, ein herrliches Markttreiben in der ganzen Stadt.

Die erste längere Fahrt mit unserem Bus endete, doch wir machten schon wieder Pläne.

Auf jeden Fall wollten wir mal wieder in den Harz, denn da waren wir schon oft und es gefällt uns da.

Als wir das letzte Mal dort bei Freunden in Schierke waren, wollten wir mit der »Bimmelbahn« zum Brocken fahren. Das hatten wir komischerweise zuvor noch nie gemacht.

Unsere Freunde rieten uns aber, nicht in Schierke einzusteigen, sondern in Wernigerode.

Von da aus hätten wir mehr von der Fahrt, denn von Schierke bis zum Brocken sind es ja nur zwei Stationen. Der Preis für dieses Erlebnis würde von allen Bahnhöfen aus gleich sein, egal, wo man einsteigt, sagten sie.

Den Preis sagten sie uns nicht. Na gut, wir hatten auch nicht gefragt.

Wir folgten ihrem Rat und fuhren mit dem Auto von Schierke nach Wernigerode, um dort in diese Kleinbahn einzusteigen.

Als ich den Bahnhof betrat und die Tickets kaufte, schaute die zierliche Frau mich durch ihre Luke an und sagte zu mir: »Zweimal Hin- und Rückfahrt? Macht 78 Euro!«

Ich bekam weiche Knie und erwiderte etwas lauter: »Ich will nicht auf den Brocken fliegen!«

Sie sagte nichts!

Nun hatte ich mir gleich vorgestellt, wie es gewesen wäre, wenn wir nicht den Tipp von unseren Freunden bekommen hätten und wir wären in Schierke eingestiegen.

Wenn der Schaffner dann von mir für zwei Stationen hätte achtundsiebzig Euro haben wollen, hätte ich in der Bimmelbahn einen Herzinfarkt bekommen.

Heute sind die »Flugtickets« wahrscheinlich noch teurer.

Am Geburtstag von Max im November waren wir auf Rügen, in Lohme.

Da gab es einen kleinen Dorfkonsum und genau dahinter konnte man mit seinem Bus stehen, es gab sogar Strom und ein Sanitärgebäude. Man musste sich nur im Laden anmelden und bezahlen. Alles unkompliziert.

Ich hatte das ganze Auto innen und außen mit Luftballons geschmückt, als Max mal kurz eine Runde mit dem Rad drehte.

Und am Abend gab es ein nettes Dinner für uns zwei in einem Wirtshaus gleich gegenüber.

Schon ein paarmal waren wir dort zum Essen, es schmeckt immer lecker und die Preise sind fair.

Max ist gern auf Rügen, schließlich stammen sein Vater und sein Urgroßvater von dieser Insel. Er hatte sich über sein Geburtstagsgeschenk gefreut.

Bis Ende Dezember verbrachten wir noch einige Wochenenden auf Rügen, oder wir besuchten kleine Weihnachtsmärkte in der Nähe.

Wir hatten uns sogar einen ganz kleinen Tannenbaum für den Bus gekauft, richtig schön altmodisch und spießig, mit Lichterkette und Kugeln. Manche Dinge müssen einfach sein.

Da wir eine Gasheizung in unserem Camper haben, können wir auch im Winter über Nacht stehen bleiben, es wird schön warm und gemütlich.

Den Silvestertag wollten wir bei uns in der Nähe an einem stillgelegten Fährhafen verbringen. Da kann man direkt am Wasser stehen und auf die ganze Stadt schauen, genau richtig für das nächtliche Treiben zum Jahreswechsel.

Ich machte Kartoffelsalat, Lachs und gebratene Schrimps und packte alles ein, was ich sonst noch zu Hause fand.

Max hatte uns am Morgen noch eine Tüte mit Pfannkuchen gekauft.

Außerdem noch Schokolade und Walnüsse, und weil wir keinen Nussknacker im Haus hatten, kramte er noch einen Hammer und ein altes Holzbrett hervor.

Manchmal packten wir Essen ein, als gebe es kein Morgen mehr.

Ich glaube, gegen fünf am Nachmittag standen wir schon an dem alten Hafen.

Schön gemütlich hatten wir es uns gemacht, mit all dem Essen und Trinken.

Die ganze Nacht wach zu bleiben, ist schon eine kleine Herausforderung geworden, wenn man nicht mehr dreißig ist.

Kurz vor zwölf ließ ich schon die Korken knallen, denn wir wollten nach draußen, um anzustoßen.

Max drängte plötzlich, ich solle doch, bevor wir rausgehen würden, noch eine Walnuss essen.

Ich hatte gelernt, nicht alles zu hinterfragen.

Ich dachte nur, warum bitte soll ich jetzt noch eine Walnuss essen? Gleich war es zwölf und wir wollten uns mit gefüllten Gläsern küssend in den Armen liegen!

Dennoch zog ich das Holzbrett ran und schlug mit dem Hammer auf die Walnuss, die Max dort schon für mich platziert hatte.

Nachdem die Nuss nun so zerbröckelt vor mir lag, sah ich darin einen kleinen beschriebenen Zettel.

Ach, wie toll, dachte ich, schreibt er mir, um mir ein gesundes neues Jahr zu wünschen?

Max saß neben mir und sagte kein einziges Wort.

Er wirkte plötzlich blasser als sonst, das konnte ich sogar bei dem schummrigen Licht erkennen.

Inzwischen war es drei nach zwölf. Ich rollte das Briefchen auseinander und konnte es gar nicht so richtig lesen! Es war dunkel im Auto und Brille hatte ich auch keine auf.

»Dein Max will Dich heiraten!« Das stand auf diesem kleinen Zettel, der wie ein Herz ausgeschnitten war.

Und dasselbige blieb mir fast stehen.

Bevor ich irgendetwas sagen konnte, schoss mir nur ein Gedanke durch den Kopf: »Was ziehe ich an?«

Natürlich habe ich JA gesagt, keinen anderen würde ich lieber heiraten!

Was für eine Nacht. Mit zehnminütiger Verspätung küssten und tranken wir uns dann doch noch in das neue Jahr.

Wir hatten eigentlich nie übers Heiraten gesprochen, es konnte alles so bleiben, wie es war.

Dennoch empfanden wir es immer als unfair. Man lebte nun über zwanzig Jahre zusammen, hatte aber keinerlei Rechte, wenn einem von uns beiden etwas passieren würde.

Die ersten Tage im neuen Jahr überlegten wir, wie und vor allem wo wir überhaupt heiraten wollten.

Na, das Wie war im Grunde genommen klar.

Auf jeden Fall nur wir beide.

Und wo?

Auch da brauchten wir eigentlich nicht lange nachzudenken, auf Rügen wäre schön.

Inzwischen hatte ich weiter recherchiert und im Stadtarchiv von Colditz, wo ja nun nachweislich meine Urgroßmutter geboren war, angerufen.

Ich fragte nach, wo ich nach entsprechenden Einträgen suchen müsse, und die Frau am anderen Ende der Leitung meinte, dass ich im Stadtarchiv nicht weiterkommen würde.

Sie gab mir eine Adresse und eine Telefonnummer von einem Mann aus Colditz, der mir sicherlich bei meiner Suche helfen könne und mit mir eventuell die alten Kirchenbücher durchsuchen würde. Ich solle den Herren doch mal anrufen.

Noch am selben Tag meldete ich mich bei ihm.

Der gute Mann hieß Herr Breuner und freute sich offensichtlich, dass ich ihn anrief und um Hilfe bat.

Wir suchten beide nach der Möglichkeit zu einem baldigen Treffen und verabredeten uns für Anfang Juni.

In diesem Jahr hatten wir unseren Jahresurlaub etwas anders geplant, damit wir eben so viel wie möglich unterwegs sein konnten.

Die Wochenenden verbrachten wir bis März fast alle auf Rügen.

Nach Ostern blieben uns noch ein paar freie Tage.

Einen genauen Plan hatten wir nicht, also machten wir uns erst mal auf den Weg.

Es war Karfreitag und wir fuhren morgens gemütlich los.

Ich fand einen Platz an einer Therme, ungefähr zwei Autostunden von unserem Zuhause entfernt, und den steuerten wir erst einmal an.

Als wir dort ankamen, holten wir die Stühle raus und saßen für zwei, drei Stunden mit Kaffee und Kuchen in der Sonne. Es war erst Ende März, doch schon herrliches Wetter an diesem Nachmittag.

Ach, es war toll und wir hatten noch sieben Tage frei. Genug Zeit, um durch das Land zu streifen, dachten wir. Vielleicht in den Spreewald?

Als wir jedoch am nächsten Morgen die Rollos im Auto hochzogen, sahen wir, dass wir total eingeschneit waren.

Da die Jalousien an jedem Fenster im Bus angebracht sind, bekommt man nachts überhaupt nicht mit, was draußen so passiert. Es war zwar ein wenig frisch um die Nase, wir dachten uns aber nichts weiter dabei.

Unsere Nachbarn in den anderen Bussen schauten genauso verwirrt wie wir. Einen Tag vorher war noch der herrlichste Sonnenschein und jetzt kam über Nacht der Winter mit Schneegestöber zurück.

Den Bus neben uns schaufelten wir alle gemeinschaftlich frei.

Der Mann mit seinen zwei kleinen Söhnen kam aus Berlin und musste unbedingt weiter.

Wir hingegen entschieden uns, einfach noch eine Nacht stehen zu bleiben und schön den Tag in der Therme zu verbringen. Zu essen und zu trinken hatten wir genug dabei.

Doch es schneite weiter.

Und so wurden es drei Nächte, die wir dort standen, mit endlosen Saunaaufgüssen und Fangopackungen.

Also rundum gelungene Osterfeiertage, doch leider nicht mehr genug Zeit, um in den Spreewald weiterzureisen.

So machten wir kehrt und fuhren die zwei Tage, die noch übrig waren, zurück ans Meer, nach Mukran.

Dieses kleine Fleckchen Erde hatte sich schon jetzt als unser absoluter Lieblingsplatz entpuppt, das Frühstück direkt am Strand ist unbezahlbar.

Es wurde Zeit, an den »schönsten Tag im Leben« zu denken!

Welchen »Anputz« sollte ich nur tragen?

Die Mutter von meiner Freundin Anna verwendete immer diesen Ausdruck für Kleidung.

»Hab ich nicht einen schönen Anputz an?«, fragte sie wohl immer.

Ja und was machte ich nun, ein Brautkleid?

Ich wusste, dass dies für mich nicht in Frage kommen würde.

Ich wollte trotzdem schön aussehen und sollte mich so langsam mal auf die Suche machen.

Doch vorher mussten wir erst einmal herausfinden, ob man überhaupt noch auf Kap Arkona heiraten konnte.

Konnte man. Im Schinkelturm, dem zweitältesten Leuchtturm an der deutschen Ostseeküste.

Also rief ich dort an, und wir bekamen einen Termin Anfang September.

Pfingsten verbrachten wir in Ummanz. Wir waren auf einem Abschiedskonzert für Holger Biege, der kurz vorher in Berlin beerdigt worden war.

Das Konzert hatte der Liedermacher Thomas Putensen aus Greifswald für ihn organisiert und viele gemeinsame Freunde dazu eingeladen.

Ein herzergreifender Abend, mit Musik aus alten Tagen, unseren alten Tagen.

Sagte mal ein großer Dichter …
Wie viel Bücher hat die Menschheit?
Und wie kurz ist so ein Leben?
Nur ein Bruchteil davon liest man dann.
Warum denn ein Buch noch schreiben, viele ungelesen bleiben.
Nicht zu reden davon, ob man`s kann.
Ja so einfach sprach er aus das Wort,
und nun lebt es in den Menschen fort.
Aber wo nur, wo nur ist noch der Sinn?###

Dieses Lied sang nun an diesem Abend sein Bruder Gerd Christian für ihn.

Und sofort drehte sich die Zeit zurück und man war wieder siebzehn Jahre alt.

Das Konzert fand in einer großen Scheune statt, bei »Bauer Lange«, wie ihn hier alle nennen und der für alle Rüganer eine Institution ist.

Nach diesem wundervollen Abend mit Musik und Wein konnten wir gleich auf dem Hof hinter der Scheune mit unserem Camper stehen bleiben und übernachten.

Diese Nacht mit den Liedern und einzigartigen Texten von Holger Biege war schon was Besonderes.

In den Wochen nach Pfingsten waren wir ständig unterwegs. Ich glaube, von Mai bis Juli gab es nur zwei Wochenenden, wo wir nicht losfuhren.

So landeten wir mal in Rerik, in Koserow und Heringsdorf auf Usedom oder durchkämmten Zicker und Mönchgut.

Auch Kamminke, kurz vor Swinemünde, ist ein wirklich schöner Ort.

Hier kann man im alten Hafen stehen und wenn man morgens die Tür vom Bus aufreißt, könnten einem die Tränen kommen, so schön ist es. Gleich hinter der Autotür Sandstrand und das Stettiner Haff.

Immer, wenn ich früher von so einem »Lotterleben« geträumt hatte, war es genau so!

Kurze Hose und Badelatschen, zerzauste Haare und der Duft von Sonnencreme in der Nase.

Sassnitz auf Rügen steuerten wir ebenfalls an, denn hier gab es eine besondere Werkstatt einer Silberschmiedin. Als ich das erste Mal in ihre Schaufenster blickte, war ich hellauf begeistert von ihrem außergewöhnlich schönem Schmuck.

Einen Silberring und eine Kette hatte ich bereits von ihr.

Also wusste ich, das war der perfekte Laden, um mir einen Ehering machen zu lassen.

Ich hatte mir vorsorglich den alten Ring von meiner geliebten Großmutter eingesteckt, von ihrer Hochzeit. Dieses Erbstück landete noch bei mir, als meine Mutter starb.

Es war kein Goldring, er sah eher kupferfarben aus. Den wollte ich unbedingt in meinen Ehering mit einarbeiten lassen.

Die Künstlerin schlug mir vor, einen silbernen breiten Ring mit kleinen Kugeln an einer Seite zu machen, was letztendlich aussehen würde wie eine Krone.

Über diese Fassung wollte sie dann den Ehering meiner Großmutter ziehen.

Mir gefiel ihre Idee und ihre Begeisterung.

Nach zwei Wochen besuchten wir sie erneut und konnten das Schmuckstück abholen.

Er sah noch weitaus schöner aus, als ich es mir vorgestellt hatte.

Für Max suchten wir auch einen Ring bei ihr aus, einen etwas breiteren Silberring.

Er ist da eher pragmatisch.

Es war Anfang Juni geworden.

An diesem ersten Wochenende war unser Treffen in Colditz.

Schon am Freitag konnten wir nachmittags losfahren, denn ich hatte Frühdienst. Immerhin liegt das kleine Städtchen in der Nähe von Leipzig und wir hatten uns am Samstag 11 Uhr mit Herrn Breuner in der dortigen Kirche verabredet.

Wir kamen gegen 22 Uhr in Colditz an und da es keinen Stellplatz gab, übernachteten wir ausnahmsweise mit Rüdiger vor einem kleinen Supermarkt.

Ehrlich gesagt, hatte ich wenig Hoffnung, am nächsten Tag mehr über meine Urgroßeltern zu erfahren.

Doch einen Versuch war es wert.

Der überaus nette Herr Breuner empfing uns am nächsten Morgen pünktlich an der Eingangstür der Kirche.

Als wir hineingingen, meinte er zu mir, es gebe noch einige Personen in Colditz mit dem Namen Weise und auch auf dem Friedhof nebenan wären noch Gräber mit Verstorbenen, die Weise hießen.

Wir betraten einen Raum, in dem ein riesiger alter Holztisch in der Mitte stand.

Darauf lagen schon mehrere Kirchenbücher, die der alte Herr schon für uns herausgesucht und auf dem Tisch ausgebreitet hatte.

Ich glaube, mit den Büchern um 1850 fingen wir drei an, nach dem Namen Weise zu suchen.

Speziell suchte ich jedoch zunächst nach Friedrich Herman Weise, dem Namen, der auf dem Taufschein stand.

Ich fand heraus, dass er und eine Anna Selma Weise am 03.06.1884 geheiratet hatten, sie trug den Mädchennamen Barth.

Wir blätterten uns durch die vergilbten Seiten der uralten Bücher, die alle muffig rochen.

Ich wusste nach vier Stunden nicht mehr, in welchem Buch ich schon gelesen hatte und in welchem noch nicht. Überall dazwischen lagen Zettel mit unseren Notizen.

Es gab jedoch so viele Einträge von Personen mit diesem Namen, dass man nicht mehr nachvollziehen konnte, wer hier mit wem verwandt war.

Es fiel mir immer schwerer, mich zu konzentrieren, überall lagen gestapelte Kirchenbücher und vollgeschriebene Papierseiten.

Nach etwa fünf Stunden brachen wir unsere Suche erst einmal ab.

Es war Nachmittag geworden und wir verabschiedeten und bei unserem netten Helfer.

Viele Notizen hatte ich in der Hand, doch wir wollten wiederkommen und vereinbarten mit Herrn Breuner ein weiteres Treffen.

Ich habe die stille Hoffnung, irgendwo noch eine Familie zu haben und sie zu finden.

»Meine« gibt es ja inzwischen fast nicht mehr.

Und wenn meine Großmutter tatsächlich noch leibliche Schwestern hatte, wäre dies nicht so unwahrscheinlich.

Es war nun schon Anfang Juli und ich musste mich jetzt wirklich um meinen »Hochzeitsanputz« kümmern, denn ich war noch keinen Schritt weiter und völlig ratlos.

Ich schlich durch hunderte Geschäfte und konnte mich nicht mal für eine passende Farbe entscheiden. Weiß? In diesem Alter?

Anna bot mir inzwischen ihre Hilfe an und irgendwann zogen wir gemeinsam los.

Danach wusste ich zumindest schon mal, was ich nicht wollte.

Kein langes Kleid, keine hochhackigen Schuhe, kein Kostüm und auf gar keinen Fall etwas in Weinrot, die Farbe macht alt beziehungsweise noch älter!

Tagelang befand ich mich in diesem Zustand der absoluten Hilflosigkeit.

Irgendwann, beim zehnten oder elften Anlauf, sah ich nur so im Vorbeihasten ein paar weiße Sommerstiefel. Es war Liebe auf den ersten Blick.

Dann ging eigentlich alles sehr schnell. Wenn man erst mal ein Teil gefunden hat, gibt es eventuell auch einen Plan.

Ein paar Tage später kaufte ich mir ein wunderschönes weißes Oberteil mit einem weiten Schalkragen, den man an den Schultern etwas runterziehen konnte, aber nur leicht.

Das mit dem Weiß und dem Alter hatte ich inzwischen ignoriert.

Nun nur noch etwas für »dazwischen«!

Einen Rock hatte ich schon im Visier. Der war eigentlich perfekt für mich und meine Figur. Auch die Farbe war toll, so leicht silberfarben.

Es gab aber, wie sollte es anders sein, auch da einen Haken. Auf dem Rock waren auf einer Seite überall kleine Strass-Steine eingearbeitet. Und Glitzer mag ich überhaupt nicht.

Kreativität ist zwar auch nicht alles im Leben, aber manchmal von unschlagbarem Vorteil.

Noch beim Anprobieren entschied ich mich zum Kauf und wusste auch sofort, wie ich das Problem mit den Steinen beheben könnte.

Im nächsten Geschäft kaufte ich also einen hellgrauen Lackstift und malte die Glitzersteine einfach über.

Ich hatte tatsächlich alles zusammen, es gefiel mir und ich musste mich nicht verkleiden.

Genau SO war es schön.

Genau SO wollte ich aussehen.

Doch erst einmal Sommerurlaub!

Und unser Startpunkt hieß Kammike.

Wir wollten eine Tour entlang der polnischen Ostseeküste machen.

Über Swinemünde ging es per Autofähre zuerst nach Wolin.

Von da aus weiter bis ins einhundert Kilometer entfernte Kolberg.

Wir hatten einen Campingplatz angesteuert, da wir zwei Tage bleiben wollten. Der Platz war zwar riesig, aber trotzdem schön angelegt, ein wenig abgeteilt durch Hecken und Sträucher.

Kolberg ist ein Städtchen direkt an der polnischen Ostsee, mit einer Seebrücke, die über zweihundert Meter ins Meer hinausreicht.

Auf dem Campingplatz bekamen wir einen Prospekt mit den Sehenswürdigkeiten der Stadt. So suchten wir sofort nach dem dort beschriebenen Bernsteinmuseum.

Mitten in der Altstadt gelegen, war es gut zu finden. In dem Museum gab es ein kleines Atelier, wo man selbst mal Bernstein schleifen konnte.

Nach einem kleinen Rundgang im Museum kamen wir zu der kleinen Schauwerkstatt, und der Mann, der dort arbeitete, winkte mir freundlich zu und bat mich herein.

Er gab mir einen schwarzen Klumpen in die Hand und ich sollte mich an den Schleifstein setzen.

Ich dachte, die wollen doch hier nur ein wenig die Besucher hinters Licht führen wie überall, wo sich nur genug Fremde herumtreiben.

Unser Freund Hannes konnte das zum Beispiel auch in Perfektion, das mit dem Touristen verschaukeln!

Wenn seine Kumpels aus Thüringen oder Sachsen zu ihm an die Küste zu Besuch kamen, lud er alle regelmäßig zu Strandspaziergängen ein.

Vorher kaufte er billige bernsteinfarbene Halsketten, fädelte diese auseinander und verteilte die Einzelteile unbemerkt am Strand.

Und jedes Mal freute er sich wie ein Schneekönig, wenn er erzählen konnte, wie glücklich seine Freunde immer waren, weil sie »Bernstein« gefunden hatten.

Dabei war völlig uninteressant, dass in jedem dieser Steine schon ein Loch war.

Und nun sollte ich mich hier zum Deppen machen und an irgendwelchen Steinklumpen herumschleifen?

Weil der gute Mann sah, wie skeptisch ich dreinblickte, begann er selbst erst mal an dem Stück herumzuwerkeln.

Doch gleich nach wenigen Minuten konnte man erkennen, dass er wirklich einen Bernstein in den Händen hielt.

Ab hier übernahm ich den Schleifstein.

Ich gab mir die allergrößte Mühe, man musste jedoch höllisch auf seine Finger achten.

Das ganze Prozedere dauerte circa dreißig Minuten, wobei den allerletzten Feinschliff der nette Mann übernahm.

Das Ergebnis war ein wunderschön geschliffener bräunlicher Bernstein. Er erklärte mir, dass es bei den Farben immer auf die Einschlüsse im Stein ankäme, bei diesem zum Beispiel wären Holzfasern und Erde eingeschlossen.

Ich bekam noch eine Silberöse in den Stein gebohrt und konnte mir ein Lederband dazu aussuchen. Ich musste keinen Pfennig, in dem Fall Zloty, dafür bezahlen.

Ich schämte mich ein wenig für meinen Anfangsverdacht, niemand wollte hier die Touristen ärgern. So ein wunderschönes Schmuckstück, ich trage die Kette oft.

Nach zwei Tagen ging es weiter nach Darlowo, zu Deutsch Rügenwalde.

Darlowo hat einen herrlichen breiten Strand, kleine Bars und Straßencafés.

Nun waren wir schon in Westpommern, in diesem Landstrich hatten einmal die pommerschen Herzöge residiert.

Von hier stammt übrigens die Bezeichnung der Rügenwalder Teewurst.

Aus Rügenwalde vertriebene Wurstfabrikanten gründeten in Westdeutschland neue Betriebe und nahmen dort die Produktion der traditionellen Teewurst wieder auf.

Es ist schon erstaunlich, man umgibt sich jeden Tag mit hunderten von Dingen und Begriffen, doch im Grunde genommen weiß man so gut wie gar nichts über sie.

Einen hinreißenden Stellplatz hatten wir hier gefunden.

Ein kleiner Landstrich, wie ein Paradies, hinter einer unscheinbaren Toreinfahrt gelegen.

Zwischen Bäumen und Blumen stand unser Bus an der kleinen Wieprza, einem Fluss.

Der Chef von dem zauberhaften Ort sprach ein wenig Deutsch, was sonst.

Eigentlich müssten wir jedes Mal, wenn wir im Ausland sind, im Erdboden versinken.

Überall, wo der Deutsche unterwegs ist, erwartet er, dass alle seine Sprache sprechen.

Bei mir ist nur ein bisschen Englisch übrig geblieben.

Jedenfalls wurden wir hierauf Deutsch über die riesige Wiese gelotst.

Der Chef hieß Marian und erzählte uns, dass er hier auf diesem Gelände mal eine Gärtnerei betrieben hatte. Leider ging er pleite und so vermietete er nun Stellplätze für Wohnmobile und Wohnwagen.

Eines der ehemaligen Gewächshäuser hatte er erst einmal provisorisch mit Duschen und Toiletten ausgestattet. Genau so sahen sie auch aus. Der Bereich für die Frauen und Männer war nur durch eine dünne Presspappwand getrennt, so dass ich hier meinem Mann beim Strullen zuhören konnte und auch den anderen.

Aber wir sind bei solchen Dingen beide ganz entspannt und freuen uns eher über die Einzigartigkeit.

Weil es bei Marian so besonders war, blieben wir auch gleich zwei Nächte.

Etwas wehmütig packten wir unsere sieben Sachen, doch wir hatten vor, weiterzuziehen, und zwar nach Leba.

Ein großer Badeort mit der berühmten Wanderdüne in der Nähe.

Wir hofften nur, dass wir jetzt in der Hauptsaison überhaupt eine Bleibe für uns finden würden.

Nach vier oder fünf Anläufen hatte es letztendlich geklappt, auf einem Campingplatz genau hinter dem Strand.

Alle standen hier dicht an dicht mit ihren Wohnwagen und Zelten nebeneinander, ganz Polen schien gerade hier zu sein.

Doch für uns völlig in Ordnung. Ich kann mich eigentlich gar nicht erinnern, dass wir jemals auf unseren Reisen so unzufrieden oder pingelig gewesen waren, dass wir abgereist wären.

Auch früher nicht, als wir ohne Camper unterwegs waren.

Der Strand von Leba ist besonders, ganz feiner Sand, wie Mehlstaub.

Und jeder Sonnenuntergang am Meer ist wie Schlafen in frisch gewaschener Bettwäsche, einfach unvergleichlich.

An diesem Abend in Leba ging mir plötzlich durch den Kopf, dass wir in diesem Sommer alle irgendwie auf der ganzen Welt verstreut waren.

Anna war mit ihrem Mann in Florida, meine Kollegin May war in Vietnam, Hannes machte eine Rundreise durch Estland, Lettland und Litauen.

Romi und »Brösi«, Kinder aus meiner Gruppe, lagen auf Mallorca und in Italien in der Sonne, meine Chefin wanderte durch Österreich und wir tingelten durch Polen.

Am nächsten Tag hatten wir ganz planmäßig noch einen ausgedehnten Zwischenstopp bei den Wanderdünen von Leba gemacht. Die Düne ist zwischen dreißig und vierzig Meter hoch, schon von weitem ist sie mehr als beeindruckend.

Aber es war unerträglich heiß, ich glaube 35 Grad im Schatten.

Max störte die Hitze weniger, also hechtete er wie ein kleiner Junge, der sich freut, auf diese riesige Düne und ich war circa dreihundert Meter dahinter.

Und dann hieß es für mich nur noch, den Schein zu wahren.

Bloß nicht den zehntausend Menschen, die da noch hoch- und runterjagten, zeigen, wie niedrig doch meine Schmerzgrenze war.

Es erfreute mich, als ich sah, dass auch andere am Limit waren.

Nur bei Max hatte man den Eindruck, er wäre zwanzig und die Düne sei einen Tag später eventuell nicht mehr da. Er hatte schon den Gipfel erklommen und winkte allen.

Ich kämpfte mich auch irgendwie nach oben, doch die Luft war knapp. Gut, dass man immer und überall sein Telefon dabei hat, da kann man alle paar Meter stehen bleiben und so tun, als würde man fotografieren.

Max jedoch schwebte im Glück und das war es wert.

Eine Abkühlung war immerhin in Sicht, denn wie die anderen Dünenwanderer wollten auch wir nach dieser Strapaze ein erfrischendes Bad im Meer nehmen.

In weiser Voraussicht hatte ich jedenfalls Handtücher in den Rucksack gepackt.

Zwar saßen und badeten da genau diese zehntausend Menschen, die sich eben noch auf der Düne befanden, aber das war mir so ziemlich egal.

Max wollte zudem an diesem Strand noch ein wenig seinen geliebten Bernstein suchen und schlenderte nach dem Schwimmen los, in seiner schicken Badehose.

Ich blieb zurück und saß zwischen den Menschenmassen, ich weiß nicht mehr, wie viele verschiedene Sprachen ich hörte.

Die Sonne prasselte auf meinen Kopf. Die Hitze war unerträglich.

Außerdem machten mir wieder meine Hände zu schaffen. Seit ein paar Wochen waren sie ständig entzündet und ich hatte keine Ahnung, warum.

Und so kam es letztendlich, wie es kommen musste.

Man muss dazusagen, dass ich Max über alles liebe! Wirklich!

Doch manchmal neigt er dazu, alles um sich herum zu vergessen.

Leider auch mich.

Ich hockte also in der brütenden Sonne und meine Gefühlswelt schwankte.

Ich wusste nicht, ob er mich nun tatsächlich wieder vergessen hatte oder ob er irgendwo am Strand liegen würde und einen Hitzeschlag bekommen hatte.

Anrufen konnte ich ihn auch nicht, denn er verließ mich nur in Badehose.

Die Zeit verging, ich kochte vor Wut und Hitze. Angst hatte ich genauso.

Ich hätte es nicht einmal erfahren, wenn er irgendwo am weißen Sandstrand zusammengebrochen wäre, dachte ich.

Es verging eine Stunde und ich versuchte freundlich auszusehen, obwohl mir das Wasser am Rücken runterlief.

Ich starrte auf den endlos wirkenden Strand, in der Hoffnung, ihn zu sehen.

Als Max nach eineinhalb Stunden am Horizont auftauchte und mir dann auch noch aus der Ferne freudestrahlend zuwinkte, dachte ich, ich platze!

Ich winkte nicht zurück!

Er lächelte mich an, zeigte mir stolz die Steine, die er gefunden hatte, und erzählte, wie schön es gewesen sei.

»So«, sagte ich. »Das war es jetzt! Du glaubst doch nicht im Ernst, dass ich dich in einem Monat heirate?«, schrie ich ihn an.

Er schaute mich ganz unschuldig an und sagte: »Ach, doch! … Oder?«

Ganz wohl war ihm inzwischen jedoch auch nicht mehr und er merkte, dass ich wirklich sauer auf ihn war. Er versuchte, mich zu trösten, und ich merkte, wie unsagbar leid es ihm tat.

Am Abend war es immer noch unerträglich heiß, wir hatten keine Lust, etwas Deftiges zu essen.

Wir kauften uns süße Waffeln in einem Straßencafé.

Die gab es überall und schmeckten einfach lecker, schon ihr Duft war verlockend.

Die Waffeln wurden frisch gebacken und wie zu einer riesigen Tüte zusammengerollt. .

Gefüllt wurden sie mit Eis und Früchten. Das konnte man sich aussuchen.

Am nächsten Morgen war ich schon um halb sechs wach, so hatte ich im Waschraum Glück und ergatterte die einzige Steckdose, die es dort gab.

Ich wollte mir mal die Haare föhnen und nicht so zerzaust aussehen wie in den letzten Tagen. Immerhin war ein Stadtbummel in Danzig geplant.

Von Leba bis Danzig sind es nur ungefähr einhundert Kilometer und da wir sehr früh losfuhren, blieb uns fast ein ganzer Tag in dieser schönen Stadt.

Über den langen Markt ging es kreuz und quer durch die Straßen, vorbei an den prächtigen Fassaden der Giebelhäuser.

In kleinen Läden wurde vor allem wertvoller Bernsteinschmuck verkauft, für den der Norden Polens berühmt ist.

Selbst wer keinen Bernstein mag, hätte eventuell schwach werden können.

Am späten Nachmittag fuhren wir weiter. Unser nächstes Ziel hieß Elblag, weitere fünfundsechzig Kilometer entfernt.

In Elblag wollte sich Max unbedingt den Oberländer Kanal anschauen, ich natürlich auch.

Die besondere Attraktion waren hier die fünf sogenannten Rollberge, auf denen die Schiffe zur Bewältigung des Höhenunterschiedes auf Schienenwagen über das Land transportiert wurden.

Das wollten wir erleben und ich musste es sehen, um es überhaupt ansatzweise zu verstehen.

Irgendwann trudelten wir in Elblag ein, auf einem kleinen sehr schönen Campingplatz.

Hier wurden wir von den Besitzern sehr freundlich empfangen, ein schon sehr altes Ehepaar, die sich bestimmt nicht von ihrem Plätzchen trennen konnten.

Der ganze Platz war mit vielen Hecken und Sträuchern be-
pflanzt und lag unmittelbar am Elblagkanal.

Es war zwar schon etwas spät, doch es reichte noch für einen
Plausch mit unserem neuen Nachbarn.

Er stand mit seinem Wohnmobil genau neben uns, ein kleiner
älterer Herr mit Feinripp-Unterhemd und Goldkettchen.

Er kam aus Köln und auch er hatte eine Tour auf dem Oberländer Kanal geplant.

Am nächsten Morgen sind wir früh aufgestanden, wir wollten
gleich zu dem Schiffsanleger, wo die Tickets verkauft wurden.

Für die Tour am Vormittag waren schon alle Karten ausver-
kauft, also buchten wir die nächste Fahrt, 14.30 Uhr.

So verplemperten wir den Vormittag auf dem Campingplatz.

Es ging los. Das Schiff war rappelvoll, aber wir bekamen einen
angenehmen Platz auf dem Oberdeck.

Vor uns saß ein Pärchen aus Leipzig, ungefähr in unserem
Alter.

Wir unterhielten uns ein wenig unter unseren Schirmen, denn
inzwischen hatte es angefangen zu regnen.

Das irritierte aber niemanden.

Die Landschaft rings um den Oberlandkanal ist malerisch und
ich sah Vögel, die ich gar nicht kannte.

Was uns nun hier erwarten würde, wussten wir nicht.

Fünf Stunden lagen nun vor uns, in denen wir jedoch nur eine
Teilstrecke befahren würden.

Nach kurzer Zeit durften wir dann auch schon den ersten
»Rollberg« überwinden.

Dazu wurde das gesamte Schiff auf sogenannte Schienenwagen
gehievt und über das Land gezogen.

Ein eher befremdliches Schauspiel, wenn man an Apfelbäumen
vorbeigezogen wird.

Der Kapitän pflückte zwischendurch von dem vorbeiziehenden Geäst frische Äpfel und servierte sie seinen Gästen an
Bord.

Insgesamt eroberten wir auf unserer Schiffsreise sechs dieser »Rollberge«.

Max und der nette Mann aus Leipzig versuchten unaufhaltsam, mir dieses Prinzip mit den Schienenwagen und den Seilwinden zu erklären. Ob ich es richtig verstanden hatte, sei dahingestellt.

Der gute Wille auf beiden Seiten war zumindest da.

Auf jeden Fall war diese Tour etwas Besonderes.

Irgendwo, nach einer spannenden fünfstündigen Reise, gingen alle von Bord und ein Bus brachte uns zurück zum Ausgangspunkt nach Elblag.

Es war schon nach 20 Uhr, als wir wieder im Hafen ankamen.

Die Nacht sollte etwas kürzer werden als sonst. Gegen 2 Uhr vermisste ich plötzlich ein vertrautes Geräusch im Auto und wurde wach.

Ich krabbelte aus meinen kuscheligen Federn und riss den Kühlschrank auf, denn sein beruhigendes Brummen hatte aufgehört.

Mein geliebtes Eis, was ich in dem kleinen Gefrierfach gebunkert hatte, war geschmolzen und der Eisschrank blinkte rot.

Irgendetwas war hier nicht mehr ganz richtig, das erkannte auch ich sofort.

Wir warteten mit unserer Suche nach dem Defekt, bis es heller wurde.

Das Eis war sowieso hinüber.

Max hatte am Morgen den Fehler schnell gefunden. Ein Relais war hinüber, denn die Sat-Antenne auf dem Dach ließ sich auch nicht mehr einfahren.

Bereits kurz nach 8 Uhr verließen wir den Platz und verabschiedeten uns von den netten Besitzern. Wir wollten so schnell wie möglich weiter, denn es war um diese Uhrzeit schon fast 30 Grad heiß.

Max wollte sich nun, beiläufig erwähnt, doch noch die »Wolfsschanze« anschauen.

Ursprünglich stand ein Abstecher dahin gar nicht auf unserem Reiseplan.

Von Elblag aus sind es immerhin 170 Kilometer bis nach Rastenburg und so manche Straße in Polen ist mehr als gewöhnungsbedürftig.

Für ungeplante Zwischenstopps ist es gut, dass man sein Bett immer dabeihat.

Es ist praktisch egal, wann man wo ankommt.

Also ging es nun, auf Wunsch, nach Rastenburg zur »Wolfsschanze«.

Umso näher wir diesem riesigen Waldstück mit dem ehemaligen »Führerhauptquartier« kamen, umso mehr hatte man ein beklemmendes Gefühl.

Die Sonne schien zwar und es war brütend heiß, trotzdem sah es hier gespenstig und kalt aus.

Fast kein Sonnenstrahl verirrte sich hier noch auf den Waldboden, so eng standen die morschen, verkrüppelten Bäume nebeneinander, als wären sie auch übrig geblieben aus dieser Zeit.

Dieser Ort ist tausende Male beschrieben worden, doch als ich selbst dort stand, lief es mir eiskalt den Rücken runter.

Heute ist es wohl für die Menschen nicht mehr als eine Touristenattraktion.

Bei Google kann man lesen: »An einer seriösen Präsentation der Bunkeranlage mangelt es bislang.«

Man hätte sogar dort, auf einer extra gekennzeichneten Fläche, mit dem Wohnmobil stehen und übernachten können.

Nie im Leben hätte ich das tun wollen.

Wir rannten zwischen den Bunkern hin und her, die inzwischen mit Moos und Farnen bedeckt sind. Alles roch modrig. Wir durchstreiften planlos diesen Wald und sprachen beide fast kein Wort .

Und den »Souvenirladen« auf diesem zerbröckelten Gelände hätten wir uns auch lieber erst gar nicht anschauen sollen.

Es gab Handgranaten als Schlüsselanhänger! Handtücher, Taschen und Basecaps mit dem altdeutschen Schriftzug »Wolfsschanze« darauf konnte man erwerben, sogar für Kinder.

Das Furchtbarste aber ist, dass es tatsächlich Menschen gibt, die so etwas kauften.

Selbst Mütter standen dort mit ihren Kindern und shoppten genüsslich.

Wir waren nach einer Stunde schon zurück am Auto.

Obwohl ich in Geschichte nicht so belesen bin wie Max, weiß ich wohl über unsere Vergangenheit Bescheid.

Ich frage mich aber auch, wo wir heute stehen.

Wir leben in einer Gesellschaft, die sich nicht besonders viel Mühe zu geben scheint, zu zeigen, dass sie wenigstens etwas aus unserer Geschichte gelernt hat.

Gut für die Seele ist eine Fahrt quer durch Masuren.

Stundenlang hätte ich so im Auto sitzen können und aus dem Fenster schauen.

In jedem Dörflein gab es mindestens zehn Storchennester, auf jeder Wiese saßen sie.

Eine Dorfstraße hatte ich fotografiert mit elf Storchennestern hintereinander.

Es war einfach nur schön!

Was mich in Polen genauso faszinierte, waren die Friedhöfe.

Auf ganz kleinen Flächen gab es hunderte von Gräbern.

Und alle waren mit Unmengen von Blumen geschmückt, zumeist jedoch Plastikblumen.

Wenn es dämmerte und die Sonne unterging, sahen diese Friedhöfe noch beeindruckender aus und strahlten eine erhabene Ruhe aus.

Sie hatten gleichzeitig etwas Familiäres, weil die Verstorbenen so dicht beieinander lagen.

Erst spät an diesem Abend landeten wir auf einem kleinen Platz an einem See, in der Nähe von Olsztyn, der Hauptstadt von Ermland-Masuren.

Die Eigentümer waren ausgesprochen nett, dieses Mal versuchten wir jedoch, uns auf Englisch zu verständigen.

Wir parkten Rüdiger unter ein paar alten Bäumen und gingen gleich schlafen.

Als ich morgens die Tür aufschob, watschelten dutzende Enten ums Auto herum und ein Mann war schon mit seinem Hund im See zum Schwimmen.

Ich wollte erst einmal schauen, wo wir zum Duschen gehen konnten.

Einen Blick hatte ich zwar schon am Vorabend erhascht, aber so richtig wusste ich es trotzdem nicht.

Ein altes weiß gekalktes Häuschen stand mitten auf einer Wiese, ringsherum eingesäumt von vielen duftenden Apfelbäumen.

Draußen an der Pforte waren Zeichen für Duschen und WC angebracht.

Wie ich aber sehen konnte, war hier alles gemischt, egal ob Mann oder Frau. Wenn was frei war, ging man rein.

Die Duschen waren nur durch Vorhänge getrennt.

Glück hatte ich hingegen bei den Toiletten, da gab es Holztüren.

Muss man auch mal mitgemacht haben, dachte ich.

Neben uns stand ein kleiner blauer Camper, aber mit einem Dachaufbau, wo man oben schläft.

Als die Tür aufging, schauten wir nicht schlecht.

Ein uraltes Pärchen stieg aus und jeder hatte eine Waschtasche unter dem Arm.

Wir kamen gleich ins Gespräch und erfuhren, dass sie 83 und er 89 Jahre alt war.

Sie würden schon über fünfzig Jahre so zusammen verreisen und das wäre für sie das Schönste, was es gibt.

Mehr als drei Wochen am Stück fahren sie aber jetzt nicht mehr, sie müssten zwischendurch immer mal wieder nach Hause.

Sofort rechnete ich nach und sagte zu Max: »Wenn wir beide auch über 80 Jahre alt werden, dann könnten wir noch 30 Jahre reisen!«

Ich habe es eigentlich nicht so mit dem Alter, ich denke nicht so oft darüber nach, wie alt ich bin.

Wenn ich ehrlich bin, kann ich mit »meiner Zahl« gar nichts anfangen.

Ich bin in meinem Herzen irgendwie bei dreißig hängen geblieben, werde eher nur wachgerüttelt, wenn ich in den Spiegel schaue.

Für mich hat sich nichts verändert, gut, ein paar Falten habe ich natürlich auch.

Allerdings habe ich keine Knieschmerzen, habe noch keine bunte Pillenbox, trage keine Faltenhosen und Mokassins und habe auch nicht ständig ein Taschentuch in der Hand.

Ich rechne eher schon mal nach, wie viel Zeit uns noch bleiben könnte.

Man sollte für die richtigen Dinge leben und Menschen, die einem nicht guttun, endlich ganz und gar meiden.

Es ist schon sehr wertvoll, wenn man das kann.

Für den vor uns liegenden Tag hatten wir eine längere Strecke geplant, fast vierhundert Kilometer, bis nach Posen.

Doch schon auf halber Fahrt legten wir einen Zwischenstopp ein. In Torun.

Wir sahen dort mehrere Camper am Ufer der Weichsel stehen und entschieden uns einfach anzuhalten. Bei dieser Hitze hatten wir auch nicht unbedingt Lust, weiterzufahren.

Uns gefiel der kleine Platz und wir blieben einfach über Nacht.

Am nächsten Morgen setzten wir dann unsere Reise nach Posen fort.

Mittlerweile waren es über vierzig Grad.

So richtig konnten wir diese Stadt jedoch nicht genießen. Die erbarmungslose Hitze machte uns ganz schön zu schaffen und wir flüchteten nach einem kurzen Rundgang zurück zum Auto und entschieden uns, weiterzureisen.

Mit Klimaanlage war dies eindeutig die klügere Entscheidung.

Wir fuhren Richtung deutsche Grenze, nach Frankfurt Oder.

Es war schon spät und so richtig hatten wir auch keine Lust mehr, einen Platz zu suchen.

Dank Handy fand ich eine Bleibe an einer Schwimmhalle, die noch geöffnet hatte.

Es gibt mittlerweile an den meisten Thermen und Schwimmbädern Stellflächen und Übernachtungsmöglichkeiten für Wohnmobile und Kleinbusse.

Wir checkten ein, sozusagen, und fielen todmüde ins Bett.

Da unser Urlaub noch nicht ganz vorüber war, wollten wir versuchen, noch zwei oder drei Nächte in Carvitz stehen zu bleiben.

Also steuerten wir Rüdiger genau in diese Richtung.

Wir machten uns ehrlich gesagt keine großen Hoffnungen, wir hatten Anfang August und nicht reserviert.

Als wir ankamen, bat ich Max, an die Rezeption zu gehen, er hat meist gute Karten, auch wenn eigentlich schon alles belegt ist.

Max schaffte es auch dieses Mal und wir rollten durch die Schranke.

Zwischen ein paar Birkenbäumchen ließen wir uns nieder und es waren auch nur wenige Meter bis zum See. Ich war happy!

»Was für ein schöner Urlaubsabschluss!«, sagte ich zu Max. »Das hast du gut gemacht.«

Nette Nachbarn ringsherum, was will man mehr!

Gleich neben uns stand mit einem riesigen, offenen umgebauten Lkw die »Kelly-Family«.

Man hätte es echt denken können, denn sie trugen alle lange Haare und leinige Flatterhemden.

Wie wir von ihnen erfuhren, waren sie jeden Sommer hier. Es war ihr zweiter Wohnsitz sozusagen.

Dann zogen sie mit der ganzen Familie auf den Platz und die sechs Kinder verbrachten hier ihre Sommerferien.

Der Vater und die Mutter fuhren auch beide mit dem Auto morgens von hier aus zur Arbeit.

Alles war unkompliziert, geschlafen haben sie alle auf der offenen Ladefläche, diese war nur mit riesigen Tüchern und einer Plane abgedeckt.

Die Tische und Stühle, ein Kühlschrank und ein Herd standen draußen, unter einem kleinen Vordach.

Die Älteren der Kinderschar versorgten dann die Jüngeren, solange die Eltern »außer Haus« waren.

Ist doch eigentlich bewundernswert, wenn man sich traut, so zu leben.

So vertrödelten wir die letzten Urlaubstage, fuhren Kanu, gingen baden und grillten am Abend mit unseren neuen langhaarigen Freunden.

Langsam wurde es Zeit, auch mal an einen passenden Zweiteiler für Max zu denken.

Nur noch vier Wochen bis zum »JA-Wort«.

Max blieb wie immer ruhig, er würde schon etwas finden, meinte er.

So wollte er auch unbedingt den flotten Anzug anziehen, den er schon besaß, sich nur ein schönes neues Hemd dazu kaufen und vielleicht eine passende Krawatte.

Aber auch da könnte er Kompromisse eingehen, sagte er.

Es liegt mir im Übrigen fern, ihn von etwas anderem zu überzeugen.

Also begaben wir uns in einen Herrenausstatter.

Dort angekommen, nahm ich mir vor, mich auf gar keinen Fall einzumischen. Ich wollte kein einziges Wort sagen.

Max tut sich in solchen Dingen etwas schwer, er weiß trotzdem genau, was er will, beziehungsweise was er nicht will.

Also nur ein Hemd und eventuell noch eine neue Krawatte, so war sein Plan.

Ich setzte mich in den einladend aussehenden Ledersessel, der gleich neben der Eingangstür stand, und überließ meinen zukünftigen Mann seinem Schicksal.

Eine große korpulente Fachverkäuferin flanierte auf ihn zu und bot ihm ihre uneingeschränkte Aufmerksamkeit an. Sie war um die fünfzig und trug ein groß geblümtes Kleid.

Nun war Max am Zug.

Er brauche ein Hemd für einen dunklen Anzug, wenn möglich in Weiß, sagte er leise.

Die nette Dame zeigte ihm bestimmt mehr als zehn.

An jedem fand Max etwas, was ihm nicht gefiel.

Ich sagte, wie mit mir verabredet, kein Wort.

Dann wollte sie wissen, wie in etwa sein Anzug aussehen würde, vielleicht könnte das helfen?

Max beschrieb ihn.

Ich saß weiterhin ruhig und fast entspannt in meinem dicken Sessel. Hinter mir war ein Regal, in welchem sich weitere Herrenhemden auftürmten.

Aber diese waren alle bunt, mit den verschiedensten Mustern.

Hawaii-Hemden, pinkfarbene Hemden und Hemden mit lustigen Tieren drauf.

Wir kamen irgendwie nicht weiter, Max konnte sich für kein Hemd begeistern lassen.

Dann fragte die korpulente Fachverkäuferin, für welchen Anlass das neue Hemd denn gewünscht wird?

Das würde Max nicht über seine Lippen bringen, der netten Dame zu sagen, dass er heiraten möchte, das wusste ich! So gut kenne ich ihn.

Und ich hatte recht, denn er antwortete: »Ach, wir wollen uns zusammenschreiben lassen.«

Nun musste ich leider doch den angewärmten Ledersessel verlassen.

Ich nahm das Hemd mit den lustigen Tiermotiven aus dem Regal hinter mir, zeigte es ihm und sagte: »Wenn du dich nur zusammenschreiben lassen willst, dann kannst du auch das Hemd hier mit den Elefanten nehmen!«

Obwohl die geblümte Dame nicht sofort erkannte, dass dies ein Scherz gewesen war und sich ein wenig erschrak, schaute sie professionell freundlich. Jetzt hatten wir einen Anlass!

Und nun fanden wir für DIE HOCHZEIT auch das passende

Hemd. Ein weißes, welches innen am Kragen und an den Bündchen schwarz abgesetzt war.

Dazu eine neue Krawatte und da Max jetzt im Kaufrausch war, noch ein paar Socken, in dezentem Grau.

Bevor wir uns jedoch nach Kap Arkona aufmachen konnten, war noch ein wenig Zeit und wir gingen arbeiten.

In meinem Fall kann ich nur sagen, tue ich das gerne.

Ich stelle es mir furchtbar vor, wenn man einen Job hat, den man nicht mag oder vielleicht sogar hasst.

Wenn man sich jeden Morgen zur Arbeit quält und hofft, dass die Zeit nur schnell genug vorübergeht.

Schließlich verbringt man die Hälfte seines Lebens mit seiner Arbeit.

Nicht weniger bedeutend sind aber auch die Menschen, die einen täglich umgeben.

Es gibt wahrscheinlich überall Kollegen, die Dienst nach Vorschrift machen und welche, die ihren Job wirklich lieben und sich den Hintern aufreißen.

Alle vorhandenen Charaktere unter einen Hut zu bekommen, mag aussichtslos erscheinen, doch man kann lernen, Kompromisse einzugehen.

Und dann wären da noch die »Geber« und die »Nehmer«.

Es gibt die, die jeden Tag eine Packung Kekse auf den Tisch stellen und ihren Arbeitskameraden uneingeschränkt ihre Hilfe anbieten. Doch es gibt auch diejenigen, die an ihrem Geburtstag die zwei mitgebrachten Stück Kuchen in acht Teile schneiden.

Schön zu wissen, dass es für diese ausgeprägten menschlichen Charaktere schon ein Buch für Kinder gibt.

Geschrieben haben es Roland Kaiser und Georg Babetzky und es heißt: »Die Giblinge und die Nimmlinge.«

##Die Giblinge sind kleine, freundliche Wesen. Sie sind nicht größer als Pinguine und wohnen in Baumhäusern in einem Dorf im Wald. Man könnte fast glauben, die Giblinge lebten dort im Paradies, wenn da nicht die Nimmlinge wären! Denn ein Nimmling nimmt, was er kriegen kann. Am liebsten, was ihm nicht gehört und mehr, als ausgemacht war.##

Es sollte mehr von diesen Kinderbüchern geben, man hat sonst die Befürchtung, die Welt würden »Anna und Elsa« regieren.

Es ist der 14. September, ein Tag vor meiner Hochzeit.

Eigentlich wusste keiner von meinen Absichten, bald zu heiraten.

Dachte ich jedenfalls.

Genau genommen, hatte ich es nur Anna erzählt.

Und einer Mutter, die ihre Tochter Emily bei mir in der Gruppe hat.

Sie war Floristin und ich hatte sie gefragt, ob sie mir einen Strauß fertig machen könnte.

Ich hatte ernsthaft länger darüber nachgedacht, ob ich in meinem Alter überhaupt einen »Brautstrauß« nehmen sollte?

Ich weiß nicht, BRAUTSTRAUß klingt irgendwie so jugendlich.

Aber auf der anderen Seite fand ich es OHNE auch nicht schön.

Max konnte eben nicht »heiraten« aussprechen und ich tat mich mit dem »Brautstrauß« schwer.

Auf jeden Fall sprach ich mit der Mutter von der kleinen Emily und bat sie, mir nur weiße Hortensien zu einem Blumenstrauß zu binden, alles sehr dezent.

Sie freute sich, dass ich sie eingeweiht hatte.

Am Freitagnachmittag brachte sie mir dann mein Sträußchen mit, gut verpackt in fünf Lagen Papier, damit ihn bloß keiner meiner Kollegen sah und mir vielleicht noch Fragen stellte.

Zum Feierabend verabschiedete ich mich bei allen und wünschte ihnen wie immer ein schönes Wochenende.

Mein Kollege Jacob grüßte freundlich zurück und fragte noch schnell im Vorbeigehen, was ich denn mit dem Blumenstrauß vorhätte?

Ich meinte nur, dass ich am nächsten Tag zu einer Geburtstagsfeier eingeladen wäre.

Damit war er zufrieden.

Alles war eigentlich wie immer, als ich mit der Bahn nach Hause fuhr.

Ich war überhaupt noch nicht aufgeregt und dachte nur darüber nach, dass ich wohl schon gegen 5 Uhr aufstehen sollte.

Schließlich wollte ich die Schönste auf meinem Fest sein, an diesem besonderen Tag.

Wir gingen beide auch recht früh schlafen, jede zusätzliche Falte sollte vermieden werden.

15. September!

Ich stand nicht wie geplant um 5 Uhr auf, sondern schon um vier.

Irgendwie war ich hellwach.

Alles, was wir brauchten für dieses Wochenende, hatten wir schon am Vorabend in unseren Bus verfrachtet. Auch unsere Festtagsgarderobe.

Seltsam, ich war die Ruhe in Person, als wir uns auf den Weg ins Glück machten.

Zwei Stunden Autofahrt lagen vor uns. Da wir erst um 11 Uhr unseren Termin hatten und die Straßen Richtung Kap Arkona frei waren, blieb noch genügend Zeit, einen Abstecher nach Mukran zu machen, lag schließlich auf dem Weg.

So packten wir am Strand in aller Seelenruhe die Campingstühle aus und schlürften Kaffee.

Eigentlich hätte mich hier schon die Panik packen sollen, ich bin jemand, der nie zu spät kommen möchte und immer eine Zeitreserve in der Tasche haben muss.

Doch nichts dergleichen.

Dass Max wie immer die Ruhe weg hatte, war ja nichts Neues. Dieses Mal konnte ich mithalten.

Fast eine ganze Stunde verbrachten wir noch entspannt und unverheiratet am Strand, bevor es weiterging.

Kurz vor Kap Arkona war dann eine Straße gesperrt, so dass wir einen riesigen Umweg fahren mussten.

Es machte mir Angst, dass ich nicht mal da unruhig wurde.

Vor dem Leuchtturm auf Kap Arkona gab es extra vier reservierte Parkplätze für die Fahrzeuge der Hochzeitsgäste, da man ansonsten nicht mit dem Auto bis ganz nach oben fahren darf.

Wir parkten ein, doch ich blieb sitzen und schaute noch ein wenig aus dem Fenster.

Neben uns stand ein Auto mit einem anderen heiratswilligem Paar, sie waren aber im Gegensatz zu uns schon als Braut und Bräutigam zu erkennen.

Ich trug noch meine kurze Hose und Badelatschen. Wir hatten noch fast eine Stunde Zeit, doch ich kramte schon mal unsere Sachen hervor, alles hatte ich ordentlich auf Bügel gehängt. Max sah mir zu und schmunzelte gemütlich.

Es hätte nur noch gefehlt, dass er vorgehabt hätte, noch ein wenig spazieren zu gehen.

Doch er blieb sitzen und wartete, bis ich umgezogen war.

Ach, es war so hinreißend! Meine Sachen gefielen mir und ich fand mich ein bisschen schön.

Ich glaube, Max war ein klein wenig gerührt, jedenfalls schaute er so.

Noch ein kurzer Blick in den Spiegel und die Haare zurechtgezupft, dann war ich bereit. Ich fühlte mich gut und ging schon mal nach draußen, damit auch mein Zukünftiger sich in Ruhe seinen Anzug anziehen konnte.

Ich schlenderte, nun schon mal als Braut zu erkennen, um unseren Bus herum und blinzelte in die Sonne.

Das Wetter meinte es gut mit uns, nicht einmal das kleinste Wattewölkchen war zu sehen, nur strahlend blauer Himmel.

Als ich da so stand, ging es los. Ich hatte irgendwie schon die ganze Zeit darauf gewartet.

Ich fing an zu zittern und mein Herz klopfte mir bis zu den Ohren.

Jetzt war ich aufgeregt, mehr als gewollt.

Dann riss Max auch noch die Autotür auf, weil er verzweifelt eine Schere suchte, um seine schönen neuen Socken von dem Plastikband zu lösen.

So groß ist unser Bus gar nicht, er findet trotzdem nie etwas.
Er würde es nie zugeben, doch ich sah es in seinem Gesicht, jetzt war auch er nervös.

Herausgeputzt liefen wir die fünfzig Meter bis zum Eingang des Schinkelturmes.
Die nette Standesbeamtin erwartete uns schon und begrüßte uns mit einem Geschenk.
Sie überreichte uns einen liebevoll gepackten Korb, mit kleinen Andenken an diesen besonderen Tag.
Mein Geflatter hörte nach und nach auf und ich konnte wieder normal gehen, auch Max sah überraschenderweise gelöster aus.
Wir betraten ein winziges Trauzimmer und nahmen Platz, auf zwei handgeschnitzten, bunt bemalten Stühlen. Die Standesbeamtin lächelte uns an und schritt zur Tat.
Es war, als würden wir mit einer Freundin in ihrem Wohnzimmer sitzen.
Ich hatte es kaum erwarten können, meinen Ring aufzustecken.
Viele nette Worte und einen dicken Kuss später waren wir nun Mann und Frau.
Dafür, dass wir im Grunde genommen nie vorhatten zu heiraten, sahen wir beide sehr glücklich aus.

Beringt und lächelnd, rauschten wir mit Rüdiger davon und fuhren an einen kleinen Strand bei Juliusruh.
Alles hatten wir dabei, eine Picknickdecke, UNS und ein Fläschchen Sekt zum Anstoßen.
Wir waren verheiratet, saßen barfuß im Sand und die Sonne funkelte durch unsere Gläser.
In einem kleinen Hafenrestaurant gleich in der Nähe hatten wir zu Mittag gegessen, bevor wir weiterzogen.
Auf einem kleinen Stellplatz in Lohme verbrachten wir dann den restlichen Nachmittag und schnitten am Campingtisch unsere Hochzeitstorte an.

Ich hatte eine kleine »Schwarzwälder« mitgebracht, auf die ich so ein Brautpaar aus Plastik gesteckt hatte. Ein wenig traditionell sollte es dann doch schon sein.

Nur fürs Abendessen hatten wir einen Tisch in einem Restaurant im Ort bestellt, da wollten wir auf Nummer sicher gehen.

Ein phantastischer Tag.

Ich bin froh, dass es ihn gab.

Und dass er so war, wie er war.

Am Montag gingen wir beide wieder arbeiten, als sei nichts passiert.

Doch es war etwas durchgesickert, denn alle Kollegen im Haus hatten für mich gesammelt und mir mit einem zauberhaften Geschenk gratuliert.

Sie schenkten mir ein großes Glas, das mit dutzenden selbst genähten »Glückskeksen« gefüllt war.

In jedem dieser Kekse war ein Briefchen mit Wünschen und ein Geldschein versteckt.

Wir hatten noch traumhaftes Wetter, man glaubte, der Sommer ginge nie zu Ende.

Schön für unsere Kinder, so konnten wir fast noch den ganzen Tag draußen verbringen.

Es ist ein riesiger Kindergarten, in dem ich arbeite. Es gibt zwei Häuser mit jeweils einer Krippe im Erdgeschoss und einem Kindergarten in der oberen Etage.

Außerdem den Bereich für die 24-Stunden-Betreuung.

Auf unserer Etage sind es achtzig Kindergartenkinder.

Wir werden oft gefragt, wie wir das aushalten, den ganzen Tag mit so vielen Kindern um einen herum.

Dabei sind die Kinder der schönste Teil unserer Arbeit.

Sie sind zwar klein, aber nicht dumm.

Sie lieben dich für die Zeit, die du mit ihnen verbringst.

Sie sind nie nachtragend.

Sie wollen alles für dich tun, wollen alles richtig machen.

Sie malen jeden Tag hunderte Bilder für dich.

Sie freuen sich, wenn sie dich sehen.

Sie sagen dir, dass du schön bist.

Sie geben dir ihr vorletztes Gummibärchen.

Sie wollen immer, dass du neben ihnen sitzt und halten dir einen Platz frei.

Und ... sie blättern die Seite im Buch um, wenn du ihnen vorliest.

Dann aber geht die Tür auf und eine genervte Mutter tritt herein.

»Was hat Paul heute gegessen? Waren es zwei kleine Kartoffeln oder eher zwei große?«

»Hat Paul heute seinen Schlafanzug angezogen beim Mittagsschlaf?«

»Paul hatte doch heute seinen Dinosaurier mit. Wo ist der denn?«

»Kann ich heute seine Bettwäsche mitnehmen, ich wasch heute sowieso.«

»Hat er heute Morgen noch lange geweint, als ich weg war? Er wollte heute gar nicht in den Kindergarten.«

Paul verhungert nicht, wenn er nur eine Kartoffel ist statt zwei.

Und wenn es immer noch 25 Grad draußen sind, braucht Paul auch keinen Schlafanzug.

In Hemd und Schlüpfer schlafen ist eh viel cooler.

Den Saurier suche ich natürlich!

Ich kenne mittlerweile alle möglichen Verstecke.

Ich grase dann alle sechs Gruppenräume, die zwei Bäder, die gesamte Garderobe und die Küche ab und suche das Tier! Es war schließlich sehr teuer, sagte mir die Mutter mit Tränen in den Augen.

Sicherheitshalber durchwühle ich noch die mehr als dreißig Spielzeugkisten auf unserer Etage!

Ja, und die Bettwäsche ziehe ich gleich danach ab, kein Problem.

Geweint hat Paul auch nicht mehr lange, er kann auch mal schlechte Laune haben, genau wie die Erwachsenen.

Morgen »klappt« es bestimmt besser mit ihm!

Meistens sind es doch die Eltern, die ihre Kinder morgens verrückt machen, wenn sie sagen: »Nur noch heute musst du in den Kindergarten, morgen darfst du dann zu Hause bleiben.«

Manche drücken ihren Kindern noch schnell einen Schokoriegel in die Hand oder stopfen ihnen Gummibärchen in die Taschen, damit sie bloß den schlimmen Kindergartentag mit uns überleben mögen. Sie beanstanden dann aber, in gut dosierten Abständen, unsere Essenspläne, weil sie unbedingt auf eine gesunde Ernährung achten wollen.

Wir haben tausend Listen in unserer Küche hängen, welches Kind was essen darf, was nicht, wovon nur die Hälfte, was noch verdünnt oder was vorher noch durchgesiebt werden muss.

Da sind aber die Unverträglichkeiten, die vegetarische und vegane Kost und die Laktose-Extras noch nicht mal mit dabei.

Ich habe einen kleinen Jungen in meiner Gruppe, da gaben mir die Eltern einen handgeschriebenen Plan, worauf ich alles beim Essen bei ihrem Martin achten müsse:

##KEINE MILCH; WENN MILCH – NUR EIN HALBES GLAS

KEINEN JOGHURT; KEINEN PUDDING; KEINEN KAKAO

KEINE BANANEN;KEINE ÄPFEL;WENN ÄPFEL – NUR OHNE SCHALE

KEINEN FRUCHTSAFT – WENN SAFT, DANN MIT WASSER AUFGEFÜLLT

BEIM MITTAGESSEN NUR EINE PORTION

BEI GEBURTSTAGEN NUR EIN PAAR GUMMIBÄRCHEN##

Wenn alle Eltern so eine Liste abgeben würden, müssten wir noch eine Diätassistentin einstellen.

Dabei wird der kleine Martin regelmäßig von seinem Papa

mit Schokoladenbonbons abgeholt, die er sich dann, in unserer Garderobe, hastig in den Mund schiebt.

Manche Eltern denken, wir sind ein bisschen doof.

Es war Anfang Oktober. Eine Woche Urlaub hatten wir nun noch.

In diesem Jahr war es echt unglaublich, fast noch Sommertemperaturen.

In einer Ecke von Deutschland war ich auch noch nie, nämlich in Kassel.

Das sollte unser nächstes Reiseabenteuer werden.

So richtig wussten wir nicht, was wir einpacken sollten, auch der schönste Sommer musste mal zu Ende gehen, eigentlich war schon Herbst.

Zur Sicherheit füllten wir noch die Gasflasche auf, falls wir heizen müssen.

Dann reisten wir los.

Mit einem nächtlichen Zwischenstopp in Dömitz ging nun unsere Fahrt mal ins Hessische.

Dort angekommen, besuchten wir natürlich die »Wilhelmshöhe« und hatten von dort oben einen phantastischen Blick über die ganze Stadt.

Der gesamte Schlosspark war einfach märchenhaft.

Mein Mann, der er nun war, beschwor an diesem sonnigen Tag die erste Ehekrise herauf, denn auf dem Weg nach oben kamen wir an einer kleinen Bogenbrücke vorbei.

Kleine Felsen und Wasserfälle und darüber eben die besagte Brücke.

Als ich diese traumhafte Kulisse sah, fragte ich Max: »Lass mich raten. Ich muss jetzt bestimmt auf die Brücke hinaufklettern und du willst dort oben ein Foto von mir machen?!«

Überall muss ich mich nämlich vor Denkmälern, Statuen, anderen witzigen Figuren und besonders schönen Motiven von ihm ablichten lassen, egal wo wir gerade sind!

Doch dieses Mal war es anders.

»Ach nein. So ein Model bist du nun auch nicht mehr«, antwortete er mir leise.

Also, da fehlen einem doch die Worte, und das vier Wochen nach der Hochzeit, dachte ich.

»Ich kann unsere Ehe auch noch annullieren lassen!«, rief ich ihm zu und er schaute gleich wieder so erschrocken.

Jetzt aber bestand ich auf ein Foto samt Felsen, Brücke und Wasserfall!

Zudem muss ich ehrlicherweise erwähnen, dass Max nie etwas Schlechtes über mein Äußeres sagt, weder über meine Haare noch über fünf Kilo zu viel auf der Waage.

Das hatte er nur ein einziges Mal gemacht.

Da trug ich eine rosafarbene Jacke, eigentlich war sie eher altrosa.

Er meinte, in diesem Jäckchen sehe ich ein bisschen aus wie Frau Merkel.

Am nächsten Tag lenkten wir unseren Camper nach Mainz, wo wir mitten im Zentrum parkten.

Da wir unseren Schlüssel für die Räder zu Hause vergessen hatten, mussten wir erst einmal zu Fuß den nächsten Fahrradladen ansteuern.

Mit einem neuen Schloss ging es dann mit dem Fahrrad quer durch die Altstadt von Mainz.

Wieder schmerzten meine Hände, so dass ich kaum die Griffe am Lenker umfassen konnte.

Ich zog mir meine weißen Baumwollhandschuhe an, die ich immer und überall dabeihatte.

Das sah ein wenig lächerlich aus!

Man dachte bestimmt, ich sei von einer Pantomime-Vorstellung übrig geblieben.

Wir radelten am Rheinufer entlang, wo es dutzende zauberhafte Lokale und Weinstuben gab. Meist hatten diese schönen Terrassen, wo wir am Wasser sitzen konnten und die Beine baumeln ließen.

Es war tatsächlich Herbst und noch über zwanzig Grad warm! Was für ein Glück!

Wiesbaden wurde unser nächstes Reiseziel und wir entdeckten einen Stellplatz hoch oben über der Stadt.

Das Hauptgebäude war offen und drinnen hing ein Zettel, worauf stand, dass der Eigentümer leider nicht immer vor Ort sein könne. Man solle die hier bereit gelegten Briefumschläge nehmen, 12 Euro hineinlegen und das Kennzeichen plus den An- und Abreisetag darauf notieren.

Das Ganze sollte man dann in einen Briefkasten werfen, der dort hing.

Das taten wir.

In diesem Haus befanden sich auch Toiletten und Duschen.

Für diese Eingangstür brauchte man jedoch einen Tastencode, um die Tür öffnen zu können.

Den Code bekamen wir auch gleich von einer netten Camperin aus Belgien, die auf der Treppe saß und telefonierte.

»4711!«, sagte sie.

Und schon hatten wir eingecheckt.

Gut geschlafen, sozusagen über Wiesbaden, suchten wir am nächsten Morgen die Strecke raus, die uns zur sogenannten »Nero-Bahn« führen sollte.

Wir brauchten nur etwa fünfzehn Minuten.

Vorbei ging es an wunderschönen alten Häusern und Villen.

In jeder Straße konnte man sie sehen. Einfach eine Augenweide.

Mit der über einhundert Jahre alten Seilbahn gondelten Max und ich auf den Neroberg und genossen von dort oben den gigantischen Blick über die Stadt.

Zudem wollten wir uns unbedingt noch das »Opelbad« anschauen.

Und was soll ich sagen?

Es war einfach ein Traum!

Ein Schwimmbad hoch oben über der Stadt gelegen.

Wilhelm von Opel ermöglichte 1933 den Bau dieses Bades auf dem Wiesbadener »Hausberg«, so hatte ich es gelesen.

Er wollte damit den Kur -und Fremdenverkehr in der Stadt neu beleben.

Lange saßen wir in dem Restaurant, tranken Milchkaffee und freuten uns einfach, dass es uns so gut ging.

Wenn man von da aus ein paar Minuten durch den kühlen Wald schlenderte, kam man an eine russisch-orthodoxe Kirche, deren goldene Kuppeln man schon von Weitem durch die Bäume schimmern sah.

Von Wiesbaden bis Heidelberg sind es nur knappe einhundert Kilometer.

Die fuhren wir noch an diesem Nachmittag, doch in Heidelberg wollten wir unbedingt zwei Tage bleiben.

Da wir keinen Platz in der Nähe der Stadt fanden, entschieden wir uns nach Ladenburg zu fahren, nur 15 Kilometer von Heidelberg entfernt.

Man kann ja auch gut radeln und ein neues Fahrradschloss hatten wir auch.

Der Platz in dem kleinen Ort war sehr schön und wir waren froh, ihn gefunden zu haben.

Mitten zwischen Feldern und Bäumen standen wir und Rüdiger, mit Blick auf die Weinberge.

Und auch hier wieder die »Geld in Briefumschlag«-Variante.

Eine weiß gestrichene Gartenlaube befand sich mitten auf dem Gelände, wo man sich, laut Öffnungszeiten-Schild, nur zwei Stunden am Vormittag anmelden konnte, ansonsten würde die Umschlagoption greifen.

Zehn Euro für die Nacht, in unserem Fall zwanzig für zwei Nächte.

Ein großartiger Radweg schlängelte sich durch die Landschaft bis nach Heidelberg.

Wieder strahlte die Sonne für uns und alles um uns herum erschien in einer solchen Farbenpracht, dass einem fast die Augen weh taten.

Den Herbst konnte man sich kaum schöner vorstellen.

Wer Heidelberg kennt, weiß, welch besonders schöne Stadt das ist.

Vom Schloss konnten wir über die ganze Region schauen und die Kulisse war einfach atemberaubend.

Foto!

Stundenlang sind wir durch die schönen Straßen und Gassen spaziert.

In Heidelberg fanden wir zudem unzählige bezaubernde Geschäfte, wie man sie so nicht in vielen Städten sieht.

Kleine Handwerksläden, Galerien und in schmalen Seitengassen versteckte Ateliers.

Erst am späten Abend kehrten wir zu unserem Bus zurück.

Wenn ein neuer Tag anbricht und ich mit leicht zerdrückten Augen die Sonnenstrahlen sehe, wie sie sich durch das Dachfenster drängeln, liege ich ganz ruhig da und denke, DAS IST DAS GLÜCK.

Glück kann man fühlen.

Man wird ganz ruhig und leicht, nur das Herz holpert ein wenig.

So, als hätte man ein Glas Wein getrunken.

Es sind wohl tausende Bücher, die über das Glück geschrieben wurden.

Und alle sollen sie uns weismachen, dass jeder glücklich sein kann und dass man Glücklichsein lernen könnte.

Von der »Anleitung zum Glücklichsein« bis zum »Glücksprojekt«, wo Leute versuchen sollen, der glücklichste Mensch auf der Welt zu werden, gibt der Markt wirklich alles her.

Es gibt sogar Glücksbücher für Kinder.

»Wie die Biene Dir hilft, glücklich zu sein!«

Ist ja alles gut gemeint, aber wenn man in eine Hartz-IV-Familie hineingeboren wird, welche auch nie die Absicht hat, an ihrer Situation etwas zu ändern, nützt einem die Biene auch nicht mehr viel.

Ich hatte vor kurzem einen Bericht gelesen, da behauptete ein Diplompsychologe, dass Glück eine Entscheidung wäre.

Wenn ich so etwas lese, geht mir der Hut hoch. Dann könnten sich alle Menschen entscheiden, glücklich zu sein und gut wäre es. Würde sich dann auch jemand dafür entscheiden, unglücklich zu sein?

Mir erscheint es wesentlich sinnvoller, den Menschen Ratschläge zu geben, wie sie mehr Achtung voreinander haben und wenn möglich, dieses Wissen auch weitergeben würden!

Ich glaube, davon alleine wäre so mancher von uns schon glücklicher.

Auch den darauffolgenden Tag verbrachten wir noch in Heidelberg, denn es gab so viel zu sehen und man konnte so herrlich in den verführerischen Cafés sitzen.

Zweimal hatten wir die »Alte Brücke« überquert und dutzende Fotos gemacht. Auch von mir!

Wir mussten uns jedoch so langsam von der Stadt verabschieden, es war Zeit, die Heimreise anzutreten.

Wir wollten dennoch nicht in einem Ritt durchfahren und so machten wir auf dem Weg nach Hause einen Zwischenstopp hinter Hannover, wo wir die Nacht über an einer Sporthalle standen.

Seit wir den Bus haben, fahren wir auch gern an unseren Geburtstagen übers Land.

Alle wissen inzwischen, dass wir keine riesigen Partys wie früher, mit zwanzig Leuten am Tisch, mehr feiern. Und das ist auch gut so.

Es meckert auch keiner, jedenfalls nicht offiziell.

Dieses Jahr blieben wir dennoch zu Hause, als Max Geburtstag hatte.

Wir luden unsere liebe Nachbarin Christel ein und verprassten zu dritt den letzten Gutschein, den wir von Freunden zu unserer Hochzeit bekommen hatten.

Wir waren schick essen.

Die Adventszeit stand vor der Tür. Im Kindergarten eigentlich die schönste Zeit des Jahres, wenn auch die anstrengendste.

Da werden dutzende von Fenstern geschmückt, mindestens fünfzehn Adventskalender auf jeder Etage gefüllt und kilometerlange Lichterketten verlegt.

Man braucht in diesen vier Wochen bestimmt acht Kilogramm Mehl und weil wir gesund leben, nur ungefähr zwei Kilogramm Zucker, um die Weihnachtsbäckerei für die Plätzchen am Laufen zu halten. Die Backöfen kühlen praktisch nie aus.

Es werden hunderte von Wunschzetteln gemalt, alle Märchenbücher vorgelesen, die in den Regalen stehen, und die rote Fingermalfarbe geht irgendwann auch zur Neige.

Das ganze Haus glitzert, weil das Zeug nach dem Basteln nirgendwo mehr abgeht.

Die Erzieher erzählen den Kindern ununterbrochen, dass jeden Tag zur Mittagszeit, wenn sie eigentlich schlafen sollten, der Weihnachtsmann durch die Fenster schauen würde, und das auch in der oberen Etage!

Eine herrliche Zeit.

Und jedes Jahr, kurz vor dem Fest, spielen die Erzieher den Kindern ein Weihnachtsmärchen vor, immer ein anderes.

Und da wir einen riesigen Fundus an Kostümen besitzen, sehen wir auch aus wie richtige Schauspieler.

Ich spiele natürlich auch mit! Einmal war ich Rotkäppchen, das schon ein wenig in die Jahre gekommen ist, ein anderes Mal spielte ich die bösartige Stiefmutter von Schneewittchen.

Dann wird der ganze Flur zur Bühne.

Wochenlang vorher bauen wir mit den Kindern die Requisiten.

Den meisten Spaß jedoch haben wir, wenn wir die Rollen verteilen und die Kostüme anprobieren.

Auch die männlichen Kollegen übernehmen gern eine weibliche Hauptrolle.

Das Schneewittchen zum Beispiel übernahm im vorigen Jahr unser Kollege Jacob.

Er scheute sich auch nicht davor, sich bei der Kostümprobe der Länge nach auf den Küchentisch zu legen und nicht mehr zu atmen, damit wir ihm sein weißes Schneewittchenkleid zumachen konnten.

Er wollte aber auch unbedingt dieses anziehen.

Dieses Weihnachten stand »Frau Holle« auf unserem Spielplan.

Ich spielte die alte Holle und Anna war die Mutter von Goldmarie und Pechmarie.

Bei uns zu Hause hatten wir für die Feiertage noch keinen Plan.

Ich wäre gern mal wieder an Weihnachten in meine alte Heimat gefahren. Und Schnee dazu, das wäre schön.

Auch Max mochte meine Idee, wir mussten jedoch herausfinden, wo es einen Campingplatz gab, der ganzjährig geöffnet hatte.

Unsere Wahl fiel auf Gorisch.

Ein kleiner Ort in der Sächsischen Schweiz.

Dort gab es einen Campingplatz, auf den man sich auch in den Wintermonaten stellen konnte.

Wir fuhren am ersten Feiertag los, im Gepäck hatten wir unter anderem den Rest von unserem Weihnachtsmenü, Ente mit Rotkohl und Klößen.

Im Grunde genommen war es kein Rest, denn ich koche immer so viel, als ob am nächsten Tag die Welt untergehen würde.

Nach einer sechsstündigen Fahrt waren wir am Ziel.

Der Platz war eine sehr gute Wahl.

Wir standen mit unserem Rüdiger mitten im Wald, mit Blick auf die Festung Königstein und … wir hatten Schnee!

Wir machten es uns am Abend gemütlich, mit der Gasheizung im Bus wurde es schnell kuschelig warm.

LED-Kerzen und aufgewärmte Ente, was will man mehr.

Und draußen glitzerte der Schnee im Licht der Straßenbeleuchtung.

Im Winter, wenn es wirklich richtig kalt ist, lassen wir die Heizung im Bus oft die ganze Nacht auf kleiner Stufe laufen, da braucht man morgens nicht zu befürchten, dass einem die Füße am Boden festfrieren.

Auf dem Campingplatz wurde an alles gedacht.

So bekamen wir morgens frische Brötchen, die man sich einfach an der Rezeption abholte.

Obwohl wir oft in meiner alten Heimat zu Besuch sind, hatten wir jedoch noch nie

die Ausstellung »Drei Haselnüsse für Aschenbrödel« in Moritzburg gesehen.

Viele Szenen dieses Filmes wurden im Winter 1972 dort gedreht.

Ich fand, zur Weihnachtszeit war es auf jeden Fall romantischer, sich das Ganze anzuschauen.

Im Schloss drehte sich alles um diesen besonderen Kultfilm.

Natürlich musste man den Film kennen und lieben, dann war es wirklich wie im Märchen.

Für alle anderen war es vielleicht nicht mehr als eine Ansammlung von aufgestellten Puppen, wie in einem Wachsfigurenkabinett.

In jedem Raum des Schlosses war eine andere Szene des Films aufgebaut und überall war die Filmmusik zu hören.

Eine neue Attraktion gab es auch in Dresden, genauer gesagt im Schloss Pillnitz: den »Christmas Garden«.

Auf über zwei Kilometern Länge schlängelte sich ein Weg durch den gesamten Schlossgarten.

Ich musste es nachlesen. Es waren mehr als zehn Millionen Lichtpunkte, die den ganzen Park und das Schloss Pillnitz in eine unsagbar schöne Weihnachtswelt verwandelten.

Nach dem märchenhaften Besuch in Moritzburg genau das Richtige für den Abend und das winterliche Gemüt.

Als ob wir nicht schon genug weihnachtliche Stimmung abbekommen hätten, war unser nächstes Ziel Seiffen, die Hochburg der Spielzeugmacher und Schauwerkstätten.

Man nennt es auch schlecht hin »das Spielzeugdorf«.

Also brachen wir unsere Zelte in Gorisch ab und bedankten uns für den wunderschönen Aufenthalt.

Da es bis Seiffen nur knappe einhundert Kilometer sind, planten wir noch einen Besuch bei meiner alten Schulfreundin Katrin ein, mit der ich in eine Schulklasse ging. Mit einem riesigen Paket Eierschecke machten wir bei ihr Halt.

Sie freute sich riesig, als wir vor ihrer Tür standen.

Es ist eine kleine verbale Herausforderung, in zwei Stunden so viel wie möglich aus den letzten zehn Jahren zu erzählen.

Wir hatten uns das letzte Mal bei einem Klassentreffen gesehen.

Drei Kilometer von Seiffen entfernt gab es einen Campingplatz, der ebenfalls im Winter geöffnet hatte.

Und es waren sogar viele Wohnmobile da.

Die meisten Camper blieben über Silvester und wollten hier zusammen den Jahreswechsel verbringen.

Wir bezahlten wieder für zwei Nächte, mittlerweile war es schon Abend und wir wollten den ganzen kommenden Tag durch Seiffen schlendern.

Hellwach und voller Vorfreude stapften wir am darauffolgenden Morgen über die verschneiten Wege bis ins Spielzeugdorf.

Das Museum schauten wie uns zuerst an, bevor wir in die Schauwerkstatt gleich gegenüber einmarschierten.

Unten in der ersten Etage war der riesige Verkaufsraum, darüber befanden sich die Werkstätten, die man sich alle ansehen konnte.

In der obersten Etage befand sich außerdem ein Werkraum, in dem sich die Besucher selbst verwirklichen durften.

Ich brauchte Max nicht lange zu überreden.

Und so nahmen wir auch gleich an einem der Tische Platz und bauten uns eine eigene Pyramide.

Man suchte sich ein Modell aus und bekam dann den gesamten Bausatz.

Alles war dabei, klitzekleine Figuren und handgeschnitzte Tannenbäumchen.

Wir bemalten all die Rehe und Schneemänner und bauten nach und nach alles zusammen.

Mindestens zwei Stunden werkelten wir an unserem Schmuckstück.

Nach dem kreativen Teil unseres Besuches ging es kreuz und quer durch den ganzen Ort.

Ich hatte wieder einmal ein wenig gelesen, es waren über fünfzig Geschäfte, nur mit Weihnachtsschmuck und Holzspielzeug.

Natürlich hatte auch alles seinen Preis, aber das ist auch gut so, denn es stecken viel Liebe und echtes Kunsthandwerk in jedem einzelnen Stück.

Und da ich ja selbst aus dem Erzgebirge stamme, weiß ich das zu schätzen.

Ich habe sogar heute noch meine kleine Holzpyramide, die ich schon als Kind besaß.

Am nächsten Morgen machten wir uns auf den Heimweg, doch wir wollten auf unserem Rückweg unserem Freund Hannes noch einen Besuch abstatten.

Er wohnt schon seit vielen Jahren in Berlin, Prenzlauer Berg.

Nach der Trennung von seiner vielleicht achten großen Liebe wieder mal allein.

Vor vielen Jahren war er von Stralsund nach Berlin gezogen und natürlich hatten Max und ich ihm damals beim Umzug geholfen, Hannes hat eher zwei linke Hände.

Eine schöne Altbauwohnung hat er, gefüllt mit hunderten Büchern und diversen Weinregalen.

Er kauft nach wie vor Eigenporträts und Gemälde von verarmten Künstlern, so dass es kaum eine kahle Stelle an den Wänden gibt.

Auch von mir hängen ein paar kleine Kunstwerke dazwischen, allerdings geschenkte.

Hannes kaufte sich ein Jahr vor uns ein Wohnmobil, nur eben schon die Rentnerversion.

Wesentlich größer und in einer anderen Preisklasse.

Schade nur, dass er immer allein auf Reisen geht, er hat eben kein Glück bei den Frauen.

Wir hatten es bisher noch nicht geschafft, mal zusammen eine Tour zu planen.

Auch Hannes hatte schon traumhafte Reisen gemacht und uns vom Baltikum erzählt, wo er in den Sommermonaten wochenlang unterwegs war.

Gegen Mittag trudelten wir bei ihm ein und ich kochte Kaffee.

Er jammerte unentwegt und meinte, er hätte es heute so mit dem Kreislauf zu tun.

Ganz abwegig wäre das ohnehin nicht in seinem Alter.

Ich machte mir schon Sorgen, denn er kam gar nicht so richtig hoch von seinem dicken braunen Ledersofa und war auch etwas verschwitzt um sie Nase.

Trotzdem trank er den leckeren Kaffee, den ich mit viel Liebe in seiner Küche gekocht hatte.

In dieser steht auch sein riesiger Töpferofen, denn das schönste Hobby für alternde Männer ist und bleibt das Töpfern.

Ärgerlich nur, dass er keines seiner Meisterwerke weggeben oder verschenken kann.

Er hängt so sehr an jedem einzelnen Stück!

Nur ein einziges Mal hatte er mir in all den Jahren eine selbst getöpferte Blumenvase feierlich überreicht. Allerdings, nachdem er drei Gläser feinsten Whisky getrunken hatte.

In seinem Schlafgemach stapelt sich seine Töpferware in Regalen, die bis zur Decke reichen.

Und die sind in so einem Altbau überaus hoch.

So saßen wir nett zusammen und plauderten ein wenig von unseren Reisen.

Hannes erwähnte dann beiläufig seinen Vorabend, den er mit einem Bekannten und jeweils zwei großen »Tütchen« verbrachte.

Ein Abenteuer, welches man in seinem Alter eher weniger vermuten würde.

Ich meinte nur, dass er sich nicht über seinen heutigen Zustand wundern solle und es auch keine altersbedingte Kreislaufbeschwerden seien.

Und außerdem hätte ich auch nicht einen Gedanken an einen möglichen Schlaganfall verschwenden müssen.

Wir waren wieder zu Hause, einen Tag vor dem Jahreswechsel.

Unglaublich, mein Heiratsantrag war schon wieder ein Jahr her.

Wir verbrachten den Abend und die Nacht genauso wie im Jahr zuvor, in unserem Camper im alten Fährhafen.

Schön entspannt und ruhig, mit Kartoffelsalat und ein paar Gläschen Sekt.

Wir hatten noch nie »gute« Vorsätze für das neue Jahr.

Keiner wollte zwanzig Kilo abnehmen oder Marathonläufer werden.

Es ging uns so wahnsinnig gut in den letzten eineinhalb Jahren, wir wussten dies zu schätzen und waren auch dankbar dafür.

Schließlich hatte ich nicht erwartet, dass sich unser Traum so schnell erfüllen würde.

Ehrlich gesagt, dachte ich bestimmt ein ganzes Jahr nach dem Kauf unseres Busses, dass sich das Blatt wohl bald wieder wenden würde und etwas Schlimmes hinter der nächsten Ecke auf uns lauert.

So viel Glückseligkeit an einem Stück hatten wir noch nie!

Irgendeine Katastrophe rollte ständig auf uns zu.

Auto geklaut, Minus auf dem Konto, Fahrrad weg, Magengeschwür, Beerdigung, Miete erhöht ... irgendetwas war immer.

Und nicht zu vergessen, der verordnete Herzschrittmacher!

Ich hatte mich schon fast daran gewöhnt, an das ewige Auf und Ab.

Und nur allzu oft sind mir dann die Worte meiner Großmutter eingefallen, dass es immer gute und schlechte Zeiten geben wird.

Doch nun sind auch meine Jahre ins Land gegangen und ich beabsichtige, mich nicht mehr immer gleich aus der Bahn werfen zu lassen.

Die ersten drei Monate des neuen Jahres tingelten Max und ich durch die verschiedensten Saunawelten in der Umgebung.

Einer unserer Favoriten wurde eine Kristalltherme in der Nähe von Havelberg, eine Badelandschaft mit verschiedenen Solebecken und einem kleinen Salzsee.

Auch vor der Therme wurden viele neue Plätze für Wohnmobile angelegt.

Alles sehr modern, mit eigenen Sanitäranlagen und Stromversorgung.

Als wir den Salzsee dieser Therme das erste Mal besuchten, hatte ich keine Ahnung, wofür die ganzen Schwimmbretter gut sein sollten, die da alle am Beckenrand lagen.

Als ich jedoch versuchte, in den See zu steigen, war es mir klar.

Man musste sich regelrecht an seinem Brett festklammern, denn wegen des hohen Salzgehaltes im Wasser hatte man Schwierigkeiten, seine Füße auf den Boden zu bekommen.

Man schwamm praktisch oben, wie pures Fett.

Wenn man aber den Bogen erst einmal raushatte, war es total entspannend.

Leider sollte man dann aber das Becken schon wieder verlassen.

Man durfte nur maximal 25 Minuten im salzigen Nass verweilen, weil sonst der Kreislauf verrücktspielen würde.

Ich kann gar nicht mehr sagen, wie viele verschiedene Saunen sich in der Therme befanden.

In der größten von ihnen fanden sage und schreibe zweihundert Nackte Platz.

Richtige Showeinlagen gab es da, während man schwitzte. Der lustige Mann, der diese Aufgüsse zelebrierte, wurde von seinen Sauna-Fans bejubelt wie ein Showmaster.

Max musste diese Großraumsauna leider ohne mich besuchen, ich mag es lieber kleiner und ein paar Grad weniger.

Ich kann nicht verstehen, warum Max sich das jedes Mal antut.

Da hockt er dort drinnen bis zur Schmerzgrenze und jenseits der einhundert Grad.

Immer wenn er nach einem Sauna-Gang die Tür von der Blockhütte aufreißt, denkt man, sein hochroter Kopf platzt gleich und er kippt zur Seite weg.

Er dampft aus allen Löchern und meint dann noch, es gehe ihm gut.

Da könnte ich ihn jedes Mal erwürgen, er ist ja auch keine zwanzig mehr.

Bei einem dieser sensationellen Aufgüsse, die er Gott sei Dank unbeschadet überstanden hatte, kamen wohl zwei alte Damen herein und hatten beide jeweils einen Rollkoffer dabei.

Sie waren Gäste, die einen Tagesausflug zur Therme mit einem Busunternehmen gebucht hatten.

Max erzählte, alle hatten beim Anblick der hochbetagten Damen schallend gelacht, er auch.

Der Saunameister, der sich gerade mit seinem Handtuch in Ekstase schwang, hätte ziemlich locker reagiert, indem er den Damen zurief: »Die Gepäckaufbewahrung ist draußen, hinter der Dampfsauna, gleich rechts.«

Es ist paradiesisch, einen Tag entspannt in der Sauna zu liegen oder auf der Oberfläche eines Salzsees dahinzudriften.

Vor allem, wenn es draußen kalt und schmuddelig ist.

Mein Mann hatte aus der Stadt ein Buch über das Baltikum mitgebracht.

Hannes hatte uns mit seinen Erzählungen ganz neugierig gemacht, vor allem war er von der unsagbar schönen Natur begeistert, von den Menschen und den abgelegenen Dörfern.

Somit war unser Reiseziel für den Sommerurlaub schon gefunden.

Wir hatten dieses Mal wenigstens gleich drei Wochen Urlaub genommen und nicht nur 14 Tage wie im Vorjahr.

Bei unserer letzten Reise durch Polen, da waren wir nach acht Urlaubstagen immer noch auf der Hinfahrt. Ich dachte schon, ich müsste meine Chefin anrufen, weil ich es nicht rechtzeitig zurückschaffen würde.

Doch es war erst Mitte April und arbeiten gehe ich glücklicherweise auch gern.

Trotzdem gab es in unserer schönen Kindergartenwelt immer wieder Momente, wo auch ich ins Straucheln komme.

Vor ein paar Tagen hatte mir einer unserer kleinen Erdenbürger das Leben ganz schön schwer gemacht.

Wir räumten gerade das Spielzeug auf unserem Hof ein, denn es war spät und Zeit für uns, nach drinnen zu gehen.

Der kleine Mann saß in seiner Pfütze und war der Meinung, er könne da ohne uns weiter mit seinem gelben Bagger vor sich hin planschen.

Er wollte bleiben!

Sein rundes Gesicht hatte inzwischen die dunkle Farbe seiner Matschhose angenommen.

Also ging ich zu ihm, beugte mich hinunter, um ihm das vierte Mal zu sagen, er möchte mit uns aufräumen.

Er drehte sich nur kurz zu mir um und spuckte mir ins Gesicht, was wohl ein NEIN bedeuten sollte.

Der kleine Terrorist hieß Matteo und war gerade vier geworden.

Er ist einer der Jungen, der anderen Kindern in den Bauch tritt, sobald aber ein Erzieher auftaucht, sich vor Schmerzen auf den Boden wirft und schreiend behauptet, sein Gegenüber habe ihn halb tot gehauen.

Auch wir müssen uns einiges gefallen lassen, doch hier hatte er eindeutig eine Grenze überschritten.

Als seine Mutter ihn kurze Zeit später bei uns abholte, sagte ich ihr, dass heute so einiges »schiefgelaufen« sei, er schließlich vier Jahre alt ist und nun auch schon wissen müsste, dass man anderen Menschen nicht ins Gesicht spuckt.

Daraufhin bekam sie ein wutverzerrtes Gesicht und erwiderte, dass ihr Matteo so etwas noch nie gemacht hätte und ich solle eventuell mal meine Arbeit überdenken.

Die beiden ließen mich stehen und verschwanden im Treppenhaus.

Hätte nur noch gefehlt, dass der kleine Teufel mir zum Abschied gewunken hätte.

Plötzlich ging erneut die Tür auf, nur stand dieses Mal der Vater vor mir.

Er schnaufte vor Wut und wollte wissen, wer denn hier seine Frau so »angemacht« hätte.

Ich sagte: »Ich!«

Es war ja auch kein anderer da, ich hatte den Spätdienst.

Da er immer näher kam, schickte ich die anderen Kinder in einen der hinteren Räume, unter dem Vorwand, sie sollen schon mal die Stühle hochstellen.

Er hatte den gleichen verzerrten Gesichtsausdruck wie seine Frau und brüllte mich an, dass ich das noch bereuen werde.

Dann knallte er die Tür zu und die Kinder fragten mich, was das für ein böser Mann gewesen sei.

Ich antwortete ihnen nicht!

Gleich am darauffolgenden Tag wollten die Eltern mit mir, der unmöglichen Erzieherin, ein Gespräch führen.

Und natürlich mit meiner Chefin im Büro.

»Ich werde mich auf gar keinen Fall entschuldigen!«, sagte ich ihr.

Wir wussten beide nicht im Geringsten, was uns erwartet.

Wir wussten nur, dass es fies wird.

»Das können wir hier auf gar keinen Fall wegatmen«, begann die Mutter unser Gespräch.

Sie hätte schließlich viel Wert auf die Erziehung ihres Jüngsten gelegt.

Sie hätten ja auch schon zwei andere Söhne großgezogen, zudem noch zwei Pflegekinder in ihrer Familie aufgenommen.

Der Vater gab mir unterdessen eine verbale Lektion im »menschlichen Miteinander«.

Er sei in einem Security-Unternehmen tätig, welches ein Asylbewerberheim betreut und er wäre auch rund um die Uhr stressigen Situationen ausgesetzt! Er hätte jeden Tag fast ein Messer im Rücken, doch er müsse auch immerzu höflich bleiben.

Ich hörte gar nicht mehr richtig zu, denn ich konnte diesem Geschwätz nicht mehr folgen.

Ich dachte nur, ich sollte einen Selbstverteidigungskurs anfangen.

Doch der Vater fuhr fort und meinte, ich bräuchte vor ihm keine Angst zu haben, er würde mir nichts tun, er wäre eben so und das sei so seine Art.

Ich merkte, wie mir die Tränen in die Augen schossen, doch ich wollte nicht mal ansatzweise den Versuch unternehmen, mich zu rechtfertigen.

Respekt sollten auch Mutter und Vater besitzen, dann könnten sie ihn auch weitergeben.

Es war inzwischen Mitte April und genau wie im Jahr zuvor hatten wir nach Ostern wieder ein paar Tage frei.

Erneut wollten wir Anlauf nehmen und, dieses Mal schneefrei, in den Spreewald reisen.

Max holte mich mit dem Camper gleich von der Arbeit ab.

Essen und Trinken kauften wir, wie immer, unterwegs .

Der Kühlschrank in unserem Bus ist zwar klein, doch es passt viel mehr hinein, als man glaubt.

Die erste Nacht verbrachten wir im Lenzer Hafen, der liegt genau an der Müritz-Elde-Wasserstraße.

Eigentlich perfekt, nur dass man mit seinem Camper dort so dicht am Rande des Kanals stand, dass man reinspucken könnte.

Mein Mann nutzte das mit dem Einparken genüsslich aus,

denn ich habe den nötigen Respekt vor so einer Wasserkante. Er fuhr dann so weit er konnte nach vorn, bis ich aus der Frontscheibe kein Land mehr unter den Rädern sah.

Er meinte zwar, er mache dies doch nicht mit Absicht, doch ich glaubte ihm kein Wort.

Es ist wie bei Kindern, umso mehr man sagt, sie sollen es NICHT machen, umso mehr Freude kommt bei ihnen auf, es doch zu tun.

Beim nächsten Mal steige ich vorher aus!

Wir standen also mit Rundumblick auf den Kanal und genossen den Abend.

Ich hatte noch zwei-, dreimal heimlich nachgesehen, ob die Handbremse auch angezogen war, doch ansonsten hatten wir eine geruhsame Nacht.

Von da aus ging unsere Tour direkt nach Lübbenau, mitten ins Herz des schönen Spreewaldes. Ich mag ihn einfach und auch die »Spreewaldkrimis«.

Dieses Mal hatten wir es tatsächlich geschafft und waren nicht, wie im Jahr zuvor, eingeschneit und mussten Powerwellness machen.

Gleich neben dem Schlosspark gab es für uns einen Platz zum Campen.

Den ganzen Nachmittag und den darauffolgenden Tag radelten wir kreuz und quer durch die umliegenden Dörfer, sahen dutzende von Bibern und Bisamratten, wobei ich die zugegebenermaßen schwer auseinanderhalten kann.

Purer Sonnenschein, zwanzig Grad und überall der Duft von Frühling, der in der Luft lag.

Von unterwegs, bei einer Rast mit Fassbrause und frischem Spargel, versuchte ich, Lena anzurufen.

Lena ist die Schwester von meinem Ex-Mann Steffen.

Wir haben uns all die Jahre nie ganz aus den Augen verloren.

Einmal, ich glaube sogar, es war an dem vierzigsten Geburtstag von Max, da war sie zu Besuch bei uns.

Ihre damalige Lebensgefährtin, die sie mitbrachte, hieß Bea.

In ihrem Reisegepäck hatten die beiden, neben einem Geschenk und Blümchen, auch noch »hausgemachtes Gebäck« dabei.

Ich wusste damals wirklich nicht, warum Lena unbedingt darauf bestanden hatte, dass ich es probiere.

In jüngeren Jahren machte ich mir nicht so viel aus Süßigkeiten.

Max war nach unserer Geburtstagsparty schon ins Bett gegangen und schlief tief und fest.

Wir drei hingegen wollten noch ein wenig klönen.

Lena und Bea baten mich, ich solle doch nun endlich mal die leckeren Plätzchen kosten, die sie schließlich gebacken hatten.

Sie glaubten im Leben nicht daran, dass ich so ahnungslos sei und nicht wüsste, was ich da in mich hineinnasche.

So bin ich aber, eigentlich könnte ich mit Vornamen Naiv heißen.

Also halfen die beiden mir auf die Sprünge und erklärten mir, während ich kaute, dass es »Haferflocken-Hasch-Kekse« wären.

Na gut, dachte ich, man muss alles mal probiert haben.

Ich kaute weiter, doch ich merkte nichts, fast war ich ein wenig enttäuscht.

Die beiden lachten schon um die Wette und fanden plötzlich unsere Deckenlampe schön.

Also griff ich mir den zweiten Taler.

Dann ging die »Reise« los. Ich war im Vollrausch.

Wahrscheinlich hatte ich die Phase mit dem hemmungslosen Lachen, von der alle erzählen, gleich übersprungen.

Ich hatte meine Arme nicht mehr unter Kontrolle, konnte nicht einmal mehr ein Glas greifen.

Wie, als würden sie nicht mehr zu mir gehören.

Die Beine ließen sich ebenfalls nicht mehr steuern, also blieb ich lieber sitzen.

Irgendwann schlief ich ein, wusste am nächsten Morgen jedoch noch genau, was ich geträumt hatte.

Ich sah Kate Winslet, wie sie am Ende des Films »Titanic« auf diesem Holzbrett lag, die Hand von ihrem Geliebten losließ und er im eiskalten Meer versank.

Nur war ich in diesem Traum Leonardo DiCaprio und ging langsam unter.

Überall spürte ich diese Blubberblasen des Wassers auf meiner Haut und über mir sah ich dieses hölzerne Brett.

Es war fürchterlich.

Eines zumindest hatte ich an diesem Partyabend gelernt, man muss nicht alles essen, was auf dem Tisch steht!

Heute wohnt Lena in der Nähe von Cottbus, also gleich um die Ecke.

Es wäre doch schön, sie auf unserer Durchreise mal wieder zu sehen, dachte ich.

Ich mochte sie schon immer sehr, sie ist intelligent, hat Humor und kämpft sich mehr oder weniger durchs Leben. Sie ist lesbisch, und das ist auch gut so.

Ich erreichte sie tatsächlich und so hatten wir gleich am nächsten Nachmittag eine Verabredung. Auch zwei weitere Geschwister von meinem Ex-Mann wollten dabei sein.

Ich freute mich riesig.

Schließlich ist es eher ungewöhnlich, denn ich war ja schon ewig nicht mehr mit ihrem Bruder Steffen verheiratet.

So trafen wir uns am nächsten Tag in einem kleinen gemütlichen Gartenlokal, in dem wir uns verabredet hatten.

Lena, die beiden anderen Geschwister Tine und Christoph, Max und ich.

Es war ein wundervoller Nachmittag, wir saßen unter alten Bäumen, tranken Bier und Kaffee und kramten alte Erinnerungen aus unseren Taschen.

Am nächsten Morgen machten wir uns auf den Weg nach Magdeburg, einfach so.

Diese unscheinbar wirkende Stadt wollten wir uns mal wieder anschauen.

Ich glaube, das letzte Mal war ich dort gewesen, als wir noch eingemauert waren.

Wir fanden ein Camperquartier an der Elbe, im sogenannten Yachthafen, wobei das eher übertrieben klang.

Trotzdem schön, aber ziemlich voll, wir hatten Glück und ergatterten noch ein Lager für zwei Nächte.

Man glaubt gar nicht, was es in dieser Stadt alles zu sehen gab.

Besonders begeistert war ich von dem Hundertwasser-Haus mitten in der Altstadt.

Es nennt sich »Die grüne Zitadelle« und war das letzte Projekt, an dem Hundertwasser vor seinem Tod gearbeitet hatte.

Ein eindrucksvolles Kunsthaus, aber man muss die Farben und Formen von ihm mögen, um es schön zu finden.

Es ist riesig, im Erdgeschoss gibt es mehrere Geschäfte und Cafés, außerdem noch ein Theater.

Man konnte auch eine Führung durch das gesamte Gebäude buchen, was wir natürlich machten.

Ich denke, so eineinhalb Stunden sind wir durch dieses Haus gezogen.

In den oberen Etagen befinden sich mehr als fünfzig Wohnungen, eine davon konnten wir uns sogar von innen anschauen.

Großzügige, helle Räume, die Fliesen in der Küche und im Bad sind schon einzigartig, aber vielleicht nicht jedermanns Sache.

In diesem Gebäude gibt es das sogenannte »Fensterrecht«, welches sogar in den Mietverträgen der Bewohner mit verankert ist.

Hundertwasser war der Auffassung, dass jeder Bewohner das Recht haben muss, die Außenwand um sein Fenster herum selbst gestalten zu können, so weit sein Arm reicht.

Ganz oben auf dem Dach des Hauses gibt es einen Kindergarten, das muss man einfach gesehen haben.

Ich würde in dieser Höhe zwar als Erzieher täglich hyperventilieren, aber spannend wäre es schon.

Nach unserer Reise durch dieses Gesamtkunstwerk musste ich noch draußen auf meinen Mann warten, der kurz in einem der Geschäfte verschwunden war.

Aus einer Seitengasse kam ein himmelblauer Trabi, voll verziert mit AfD-Aufklebern.

Die Heckscheibe dekorierte ebenfalls ein tellergroßer Aufkleber, auf dem zu lesen war: ICH BRING DIR DEIN LAND ZURÜCK!

Ich wusste nicht, was ich denken sollte. Der himmelblaue Trabi ist selbst Jahrzehnte durch ein zugemauertes Land getuckert, aus dem es kein Entkommen gab.

WER bringt HIER eigentlich WEM WELCHES Land zurück? Was für eine Ironie!

Im Wörterbuch gibt es unzählige Begriffe für Dummheit.

Wissensmangel, Unwissenheit, Begriffsstutzigkeit, Fehlleistung, Blödheit, Ignoranz … und so weiter, und so weiter.

In Magdeburg gibt es zudem einen Elbauenpark, da fuhren wir natürlich auch noch hin, auf Wunsch eines einzelnen Herrn.

Max hatte gelesen, dass es da einen sechzig Meter hohen Turm gibt, an dem man sich per Seilrutsche in die Tiefe stürzen kann.

Eben genau das Richtige für Männer im fortgeschrittenem Alter, mit Bandscheibenleiden und Arthrose in den Knien.

Der Holzturm in dem Park nennt sich »Jahrtausendturm« und hat echt interessante Ausstellungen.

So kauften wir für meinen alternden Mann für seinen Sturzflug ein Ticket und schlichen die Stufen nach oben, bis zu einer Plattform.

Dort angekommen, bekam er von einer sportlichen jungen Frau, dutzende Gurte umgelegt, einen Helm und Schutzhandschuhe.

Die Einweisung, die er erhielt, verfolgte er gelassen.

Umso länger es da oben auf der Plattform dauerte, umso schwummriger wurde mir.

Ob seine Knochen so einen Flug noch überleben werden, fragte ich mich.

Im Nachhinein kann man etwas darüber lachen, aber da oben fand ich das Ganze nicht mehr so lustig.

Nach einer halben Stunde brauste er von dannen und ich wartete, bis das Surren des dicken Drahtseiles aufhörte, denn dann müsste er am anderen Ende irgendwie gelandet sein.

Ich nahm die Treppen.

Es dauerte eine Weile, bis Max das ganze Stück zurück gelaufen war und wir uns glücklich in die Arme fielen.

Im Rausch seines erhöhten Adrenalinspiegels spendierte er gleich noch Kaffee und Kuchen.

Über Havelberg ging es, wenn auch wie immer etwas wehmütig, wieder nach Hause.

Doch ich freute mich auf meine Kinder.

Inzwischen waren meine lieben Kleinen mit mir in der ältesten Gruppe angekommen, das hieß, wir waren in der Vorschule.

Ein wenig werden sie hier schon trainiert auf ihr künftiges Dasein in riesigen Klassenräumen mit unbekannten Lehrern und dem täglichen Wahnsinn an unseren Schulen.

So schnell ist irgendwann das süße Kindergartenleben zu Ende und wir waren so viele Jahre zusammen. Die meisten Kinder waren gerade mal zwei Jahre alt, als sie zu mir kamen.

Inzwischen waren sie fünf oder sechs Jahre alt geworden und auch ich musste mich auf einen Abschied vorbereiten.

Doch bis dahin verbrachten wir noch eine wundervolle Zeit miteinander.

Ich fuhr mit ihnen für drei Tage und zwei Nächte auf einen riesigen Eselhof in der Nähe. Jedes Jahr verbringen die Vorschulkinder dort im Mai oder Juni ein paar letzte Tage und wir feiern gemeinsam ihr »Zuckertütenfest«, bevor sie für immer gehen.

Ich hatte in diesem Jahr Glück und konnte mit Anna fahren, denn es waren immerhin zwanzig Kinder.

Da die Kinder von ihren Eltern zu dem Hof gebracht wurden, sind Anna und ich mit meinem Camper angereist.

So hatten wir wenigstens genügend Platz für die vielen Dinge, die wir mitnehmen wollten.

Spiele, Bücher und ein paar Sachen zum Malen, falls es regnen würde und wir alle beschäftigen müssen.

Zudem hatten wir in diesen drei Tagen gleich zwei Geburtstagskinder, so brauchten wir natürlich auch Geschenke, Luftballons und Party-Girlanden.

Und nicht zu vergessen die tausend süßen Kleinigkeiten für unser allerletztes gemeinsames Fest.

Die Eltern und Großeltern werden jedes Jahr dazu auf den Hof eingeladen, wir trinken zusammen Kaffee und die Kinder bekommen ihre Zuckertüten.

Alle zwanzig Tüten lagen übereinandergestapelt in meinem Bus, ich konnte während der Fahrt nicht einmal mehr aus den Heckscheiben schauen.

Anna und ich waren schon sehr früh da, wir warteten nun, bis alle Kinder nach und nach eintrudelten.

Es war warm, die Sonne lachte und es war strahlend blauer Himmel, es roch nach Raps und Heu.

Anna nahm vorn an der großen Hoftür unsere Kleinen in Empfang und ich brachte sie mit ihren bunten Taschen und winzigen Koffern zu den Holzhütten, in denen wir schliefen.

Wir hatten zwei Bungalows nebeneinander gemietet, es ging genau auf, wir hatten zehn Jungs und zehn Mädchen.

Ich hatte die »Herrschaft« für die Hütte der kleinen Männer übernommen.

Alle sind von ihren Eltern übergeben worden, keiner hatte geweint und so konnten wir ganz gemütlich in unsere Häuser einziehen.

Wenn man eintrat, stand man gleich im Wohnbereich.

In der Mitte stand ein langer Holztisch mit fünf Stühlen auf jeder Seite.

Alle Möbel waren sehr alt, es sah urgemütlich aus.

Über dem Wohnraum war eine offene Zwischendecke, wo fünf Kinder schlafen konnten und zu der eine schmale Holzleiter nach oben führte.

In einem Schlafraum neben dem Bad waren nochmal sechs Betten.

Man fühlte sich wie in einer Puppenstube, alles war klein und liebevoll eingerichtet.

Jetzt konnte er beginnen, der Kampf um das beste Bett.

Da wurden Kuscheltiere und Schlafanzüge platziert, umgetauscht, unter Tränen eingefordert, wieder getauscht und das Ganze fing irgendwann wieder von vorne an.

So eine Aktion konnte schon mal eine Stunde in Anspruch nehmen, wobei ich wahrscheinlich mit den Jungs den einfacheren Part hatte.

Ich nahm dann das Bett, was übrig geblieben war.

So viel Zeit konnten wir dennoch nicht vertrödeln, denn wir hatten bald eine Verabredung im »Kräuterpavillon«.

Viele abenteuerliche Projekte wurden hier für die Kinder organisiert.

Ich hatte echt ein wenig Panik, alle zwanzig immer zusammenhalten zu müssen, auf einem so weitläufigem Gelände, was ich nicht kannte. Schließlich war auch ich das erste Mal mit einer Kindergruppe hier.

Anna hingegen, die schon ein paar Jahre länger in unserer Kita arbeitete, hatte schon mehrere dieser Abschlussfahrten miterlebt.

Also predigte ich! Alle standen vor den zwei Holzhütten und ich fühlte mich wie ein Pfarrer, der zu seiner Gemeinde sprach.

»Wenn wir euch rufen, kommt ihr alle in Windeseile zu den Bungalows gelaufen, alle und sofort!«, sagte ich laut und mit ernster Miene.

Im Grunde genommen konnte ich mich auf die Kleinen verlassen, es war eine tolle Truppe und ich war schon ein bisschen stolz auf sie.

Dennoch habe ich einen riesigen Respekt vor meiner Verantwortung.

Damit auch alles funktionierte, mit dem Rufen und dem Kommen, wurde ein Probedurchlauf gestartet.

Sie durften erst einmal zehn Minuten spielen gehen, denn wir hatten noch etwas Zeit bis zu unserem ersten Projekt.

Anna uns ich saßen unterdessen auf der Veranda der Hütte und warteten.

Noch waren wir entspannt.

Es war ein echtes Paradies für die Kinder, Wiesen und Tiergehege, überall waren kleine Indianerzelte, wo sich die Kinder verstecken konnten.

Drei Spielplätze gab es, zwei riesige Ställe für die Esel und dann noch ungefähr fünfzehn weitere Bungalows, die man mieten konnte.

Nun kam die Stunde der Wahrheit!

Ich rief so laut ich konnte, um alle Schäfchen wieder einzusammeln.

Aus allen Ecken kamen sie tatsächlich herbeigeströmt und alles ging rasend schnell.

Mein Herz hüpfte und ich dachte, das hat ja toll funktioniert.

Doch beim Zählen meiner Herde kam ich nur bis neunzehn! Eines fehlte.

Mit meiner Liste in der Hand stellte ich schnell fest, wer sich da aus dem Staub gemacht hatte.

Das geht ja gut los, dachte ich.

Kaum zwei Stunden waren wir da und schon nicht mehr vollzählig.

Da wir schon im Pavillon von der Kräuterhexe erwartet wurden, machte ich Anna den Vorschlag, dass sie sich mit den Kindern schon mal auf den Weg dorthin machen sollte.

Ich wollte unterdessen »das Zwanzigste« suchen gehen.

Mir zitterten die Knie, als ich über die Wiesen schlich und laut schrie: »JONATHAN!!!«

An jedem Busch hoffte ich, dass er gleich hervorspringt.

Zweimal hatte ich den gesamten Tierhof umrundet und durchquert.

»JONATHAN!«, brüllte ich immer lauter. Doch nach und nach schlug meine Angst in Wut um.

Ich war sauer, dass er weg war.

So ein bisschen kannte ich ja meine »Pappenheimer« und er war einer, der sich gerne mal versteckte.

Als ich zum zweiten Mal an unseren Holzhütten vorbeijagte, bemerkte ich plötzlich die Schuhe, die auf der Terrasse standen. Kleine braune Sandalen mit blauen Klettverschlüssen.

Ich ging auf das Haus zu und sah Jonathan, wie er durch das Fenster sah.

Allerdings von innen!

Ich kam mir vor wie in Lönneberga. Das rot gestrichene Haus, die weißen Holzfenster und der kleine blonde Junge, der durch die Scheibe lugte.

»Was machst du hier?«, rief ich laut und panisch.

Er sei nur auf dem Klo gewesen, schrie er durch das kleine Fenster zurück, damit ich es auch von draußen hören konnte.

Das glaubte ich ihm im Leben nicht, weil es erstens der Bungalow der Mädchen war und zweitens er sich schon immer und überall gern davonschlich.

Nur dieses Mal hatten Anna und ich ihn leider eingeschlossen.

Ich kramte, immer noch zitternd, meinen Schlüssel aus der Hosentasche und befreite Jonathan.

Er verzog keine Miene und fragte nur, ob das Projekt mit den Kräutern schon angefangen hätte.

Am ersten Abend hatten Anna und ich ein klein wenig Angst vor dem Ins-Bett-Bringen, denn man weiß nie so richtig, wie sie alle reagieren, wenn dann doch das Heimweh kommt. Immerhin waren sie erst Kindergartenkinder.

Doch bevor wir das erste Mal in die Betten fallen konnten, war erst einmal Power-Duschen angesagt.

Zehn Kinder hintereinander, in jeder Hütte.

Nicht ganz wie zu Hause, denn jeder musste alleine auf seine Waschtasche und sein Handtuch aufpassen und mit ins Badezimmer nehmen.

Und schon war es wieder Jonathan, der mich auf Trab hielt.

Er war wieder der Einzige, der sein Handtuch nicht mit ins Bad gebracht hatte, aber sich schon freudig abbrauste. Er hatte beim Duschen auch noch seine Unterhose an und als ich mit seinem Badetuch zurückgelaufen kam, klatschte mir schon ein kräftiger Wasserschwall ins Gesicht.

Mit der Brause in der Hand winkte er mir zu, so dass keine Wand nach seinem Duschmanöver mehr trocken war.

Ich reichte ihm sein Handtuch, was ich gerade aus seiner Reisetasche gekramt hatte.

Wie ein wild gewordener nasser Pudel schrie er mich an: »Das ist nicht mein Handtuch!«

»Da steht ganz bunt eingestickt dein Name drauf!«, blubberte ich zurück.

Eine gute Stunde später kam bei einem der Jungen dann doch ein wenig Heimweh auf und ich musste alle Register ziehen.

Der kleine Eddie vermisste nach dem Duschen seine Mama so sehr, dass er sofort nach Hause wollte.

Ich saß mit ihm auf seinem Bett und er hatte schon dicke Tränen im Gesicht.

Ich sagte: »Aber wir machen doch nachher noch eine Nachtwanderung, da willst du doch bestimmt mitkommen.«

»Ja«, murmelte er ganz leise und wischte sich die Tränen ab.

»Aber ich will auch zu Mama«, schluchzte er weiter.

»Dann werde ich anrufen«, sagte ich ihm, »und dann wirst du von Mama abgeholt.«

Jonathan steckte seinen blonden Kopf durch die Tür und sagte zu Eddie: »Wenn du dann nach Hause fährst, krieg ich dann deine Taschenlampe?«

Das war zu viel.

Eddie sprang vom Bett auf und erklärte mir, er habe überhaupt kein Heimweh mehr und seine Taschenlampe möchte er Jonathan auf gar keinen Fall geben.

In dieser Situation musste ich sofort an eine Geschichte denken, die mir meine Großmutter mal erzählt hatte.

Als mein Onkel Seppel, also ihr Sohn, ungefähr vier Jahre alt war, fiel er beim Spielen in den kleinen Bach hinter dem Haus und wäre damals fast ertrunken.

Daraufhin kam der kleine Nachbarsjunge angelaufen und fragte meine Großmutter: »Wenn Seppel jetzt ertrunken wäre, hätte ich dann sein Tretauto bekommen?«

Auch bei uns ging es am Ende gut aus.

Es gab kein Heimweh mehr, die Taschenlampe fand auch keinen neuen Besitzer und bei der Nachtwanderung ging keiner verloren.

Drei zauberhafte Tage hatten wir zusammen verbracht und nun, zu unserem Zuckertütenfest, waren fast achtzig Personen gekommen.

Es reisten die Eltern, viele Geschwister, Tanten und Onkel der Kinder an.

Die Großmütter schleppten so viele Kuchenplatten in die Festscheune, dass man den gesamten Eselhof noch drei weitere Tage hätte verpflegen können.

Doch die Kinder und auch Anna und ich freuten uns, dass so viele gekommen waren.

Ich begrüßte sie alle mit einer kleinen Ansprache und versicherte ihnen, dass »unsere Reisegruppe« noch vollzählig sei und keiner von uns zu Schaden gekommen war.

Daraufhin klatschten unsere Gäste und alle Kinder marschierten hintereinander, frisch gewaschen und gekämmt, zum Scheunentor hinein.

Als wir bei unserer Abreise die Koffer packten, lagen sämtliche Fensterbänke der zwei Holzhütten voller Socken, Unterhemden und Schlüpfer, die plötzlich keiner mehr haben wollte.

Ich stopfte alles in Tüten und nahm sie mit zum Auto.

Anna und ich rollten mit dem Camper als Letzte vom Hof, wir waren völlig kaputt, aber froh, dass es keine weiteren Vermisstenfälle gegeben hatte und alle Kinder gesund nach Hause fuhren.

Juli.

Die Reise nach Litauen, Lettland und Estland sollte nun endlich beginnen.

Wir hatten den Bus bis zur Dachkante vollgeladen und waren gut vorbereitet.

Unser Urlaubs-Startpunkt war wieder Kamminke auf Usedom.

Drei Wochen lagen vor uns, ich freute mich jedes Mal wie eine Königin, wenn es losging.

Baden, leckeres Essen, drei neue Länder kennen lernen und einfach nur die Nase in die Sonne halten.

Und garantiert auch wieder ein Ehestreit.

Einmal streiten wir uns immer im Urlaub, fast kann man die Uhr danach stellen.

Schon früh am nächsten Morgen ging es los, Max wollte in einem Ritt bis Elblag durchfahren.

Es waren über vierhundert Kilometer, aber er meinte, es mache ihm nichts aus.

Der ursprüngliche Plan war , dass wir vom polnischen Elblag bis nach Kaliningrad fahren.

Für Russland brauchte man aber ein Einreisevisum.

Es ist teuer und zeitaufwendig, also entschieden wir schon vorab, Kaliningrad großzügig zu umfahren.

In Elblag verbrachten wir die Nacht auf dem Platz, auf dem wir schon im Vorjahr waren.

Ich ließ es mir aber nicht nehmen und wir schlenderten am Abend noch zu dem Café mit den selbstgebackenen Eistüten.

Wir bestellten wieder großzügig.

Drei Kugeln Eis, frische Himbeeren, Erdbeeren, eine Unmenge an verschiedenen Soßen und ein Klecks Sahne.

Auch den nächsten Teil der Strecke am darauffolgenden Tag, von Elblag bis nach Kaunas in Litauen, fuhren wir durch, immerhin 450 km.

Dort erwartete uns ein ganz besonderer Stellplatz, den wir uns vorher ausgesucht hatten, weil es der Einzige in unmittelbarer Nähe der Stadt war.

Es war sehr nobel, mit super modernen Sanitärgebäuden und einem Swimmingpool.

Bis in die Innenstadt von Kaunas waren es nur noch zwei Kilometer, also machten wir am Abend einen kleinen Abstecher mit dem Fahrrad dorthin.

Eine wunderschöne Altstadt erwartete uns, man hätte denken können, die Zeit wäre stehen geblieben. Wunderschöne restaurierte alte Häuser schlängelten sich entlang der gepflasterten Straßen.

Kaunas ist die zweitgrößte Stadt von Litauen und liegt direkt an der Mündung der Neris in die Memel.

Am nächsten Morgen mit strahlend blauem Himmel verließen wir die Stadt und reisten weiter nach Klaipeda.

Wir waren erst den vierten Tag unterwegs und doch schon über tausend Kilometer von unserem Zuhause entfernt.

Dort angekommen, nahmen wir gleich die nächste Fähre auf die kurische Nehrung.

Denn das war unser Ziel und wir wollten dort auch zwei Tage verbringen.

Fast einhundert Kilometer lang und vier Kilometer breit ist die Nehrung, es soll ein wahres Naturparadies sein.

Hannes hatte so davon geschwärmt.

Die eine Hälfte der kurischen Nehrung gehört zu Kaliningrad, also zu Russland. Die andere, die nördliche Hälfte gehört zu Litauen.

Nur ungefähr zehn Minuten dauerte die Fährfahrt. Schon nach den ersten paar hundert Metern auf der Nehrung könnte man immer wieder aus dem Fahrzeug springen, weil man einfach nur die Schönheit der Landschaft bewundern und fotografieren möchte.

Den einzigen Campingplatz, den es gab, was auch gut so ist, hatten wir gleich gefunden.

Ein schöner Platz, mitten in einem Kiefernwäldchen.

Alles da, was man braucht, vor allem Ruhe.

Ein Brötchen und eine Dusche später radelten wir nach Nida.

Was Max und ich aber auf jeden Fall sehen wollten, war das Haus von Thomas Mann.

In einem Buch hatte ich gelesen:

##Jeder sollte einmal in seinem Leben das Thomas-Mann-Haus mit dem Italien-Blick besucht haben. ##

Und dann stand ich da, vor diesem wunderschönen blauen Haus, was ich nur aus Büchern kannte.

Thomas Mann hatte es 1929 auf dem sogenannten »Schwiegermutterberg« bauen lassen und verbrachte dort mit seiner Familie die Sommerferien.

Was für ein Blick auf das Kurische Haff!

Und vor allem diese Farben waren unbeschreiblich.

So einen tiefblauen Himmel und türkisfarbenes Meer kannte ich nur von Rügen.

In Nida genossen wir die romantische Abendstimmung mit der Gewissheit, dass wir wiederkommen werden.

Von Nida aus fuhren wir an diesem Tag außerdem zur Parnidis-Düne, eine der größten Wanderdünen überhaupt.

Wieder konnte man weit über die Ostsee und das Haff schauen.

Kaum konnte ich es erklären, doch irgendwie waren die Farben hier anders, das Blau war blauer und das Grün grüner.

Ich ging meinem Mann schon richtig auf den Keks damit, aber es war einfach so.

Am nächsten Tag reisten wir mit der Fähre nach Klaipeda zurück, im Gepäck hatten wir unter anderem eingelegtes saures Gemüse und frisch geräucherten Fisch.

Da wir keinen Stellplatz in der Stadt finden konnten, fuhren wir zum Hafen und wollten da nach einer Übernachtungsmöglichkeit suchen.

Einige Minuten tuckerten wir durch die Straßen, dann waren wir am Hafen.

Links und rechts gab es viele Parkmöglichkeiten, nur die Beschilderung war im Vorbeifahren schwer zu entziffern.

Also ließ mich Max an einer Straßenecke raus und ich ging ein Stück zu Fuß weiter.

Er fuhr langsam weiter und schaute unterdessen auf der anderen Seite des Hafens.

Ich entdeckte einen eingezäunten Parkplatz mit einem alten Wärterhäuschen.

Darin saß eine dünne, hagere Frau, ich denke, so um die siebzig Jahre alt.

Sie hatte ein buntes Kopftuch auf, sehr wenig Zähne und bei ihrem Anblick musste ich an die Märchenfilme mit Baba Jaga denken.

Im Glauben, ich würde hier mit ein paar Brocken Russisch weiterkommen, fragte ich die alte Wärterin, ob wir auf ihrem Platz parken und auch übernachten könnten.

Wie ich jedoch schnell bemerkte, verstand sie kein Wort.

Drei junge Frauen liefen gerade an uns vorbei und boten uns ihre Hilfe an.

Auf Englisch fragten sie mich, was ich wolle.

»I want to park and sleep here!«, sagte ich.

Eine der drei Frauen übersetzte meine Frage wiederum der alten Parkwächterin, und diese nickte mir zu.

Jetzt kamen wir voran, ich reichte zehn Euro durch die Luke und die Alte gab mir einen handgeschriebenen Zettel, den sie von einem vergilbten Block abriss.

Wir fuhren hinein, ein einziger Platz war noch frei.

Als wir uns ordnungsgemäß eingereiht hatten, las ich mir das wertvolle Papier genauer durch.

Darauf stand unser Nummernschild und eine Uhrzeit.

Bis sieben Uhr am nächsten Morgen durften wir stehen bleiben mit unserem Rüdiger.

Ich kochte Kaffee und musste erst einmal wieder recherchieren.

Knapp einhundertachtzigtausend Einwohner von Litauen identifizieren sich als Russen. Neun Prozent davon sprechen litauisch als einzige Muttersprache. Nur um die viertausend Russen sprechen zwei Muttersprachen.

Alles sehr verwirrend, aber so hatte ich es nachgelesen.

Mir war es ein wenig peinlich, dass ich nicht wusste, dass alle drei Länder des Baltikums eine eigene Sprache haben und die Menschen sich untereinander fast nicht verstehen.

Dabei hatte ich vor unserer Reise einiges in meinen Büchern gelesen, aber mit Sicherheit eben nicht genug. Jetzt verstand ich auch, warum ich bei Baba Jaga nicht weiterkam, ich mit meinen paar Brocken Russisch.

Am Abend liefen wir zum Hafen und kauften uns zwei riesige Portionen Pelmeni mit saurer Sahne. Viele Kneipen und Bars hatten bis spät in die Nacht offen.

Unser Parkplatz war zwar eingezäunt, doch die alte Wächterin war längst nach Hause geschlendert und das Tor neben ihrem »Hexenhäuschen« stand sperrangelweit offen.

Die Nacht war laut und kurz, denn Punkt sechs Uhr klopfte es an unserer Autotür.

Ich sprang aus dem Bett und sah hinter der Scheibe ein buntes Kopftuch in der aufgehenden Sonne leuchten.

Ich riss die Tür auf und Baba Jaga tippte mit ihrem Zeigefinger energisch auf ihre Uhr.

Denn in Litauen war es schon um sieben, was einem Reisenden natürlich auch nicht unbedingt schon nach fünf Tagen auffällt.

Die Alte blieb neben unserem Bus stehen, bis wir startklar waren.

Mittlerweile sind wir schnell geworden, nur der Kaffee fehlte mir.

Max meinte, dass es nur dreißig Kilometer bis Palanga wären, also könnten wir auch gleich da frühstücken.

Palanga, die Stadt ist so schön wie ihr Name.

Sie wird auch als die »Sommerhauptstadt« Litauens bezeichnet.

Direkt vor den Toren des Tiskevicius-Palastes mit seinem eindrucksvollen botanischen Garten platzierten wir uns auf einem kleinen schattigen Parkplatz.

Erst einmal Ruhe, dachte ich, um nach unserer Flucht endlich mal unsere Uhren umzustellen. Und außerdem Zeit fürs Frühstück.

Unser Kühlschrank im Camper ist immer gut gefüllt und Kaffee koche ich auch im Handumdrehen. Wenn wir keinen Stromanschluss wie hier auf einem einfachen Parkplatz haben dann koche ich das Wasser auf unserem Gasherd.

Ich glaube, gegen zehn Uhr öffnete das Schloss seine Tore, in dem sich ebenso das größte Bernsteinmuseum Litauens befindet.

Da kam ich nicht drum herum und auch nicht daran vorbei, da musste ich mitten rein.

Aber ich mache das gern für Max.

Immerhin hatte ich so den schwersten Bernstein von ganz Europa gesehen, er wiegt 3,5 Kilogramm.

Einen Campingplatz gab es in Palanga auch, jedoch ein wenig außerhalb.

Er lag mitten in einem riesigen Kiefernwald.

Obwohl unsere Camper-Nachbarin einige Meter von uns entfernt stand, kam sie gleich zu uns herüber und schenkte uns frische Tomaten, Zwiebeln und Gurken.

Sie kam aus Berlin und hatte vor ihrer Abreise noch schnell ihren Schrebergarten abgeerntet, erzählte sie.

Das ist schon ein eigenes Völkchen, die Camper!

Ich finde das immer witzig, wenn man auf einem Platz steht, grüßen sich alle so unendlich freundlich, als würde man sich schon Jahrzehnte kennen.

Fast fallen sich alle in die Arme.

Wenn du Rad fährst, ist es genauso.

Und wenn man mit seinem Paddelboot irgendwo lang schippert, ruft man sich schon aus weiter Ferne ein »Hallo« entgegen, obwohl man den anderen, ohne Brille, noch gar nicht in seinem Kahn erkennen kann.

Würde man sich aber am nächsten Tag in der Stadt treffen, käme keiner auf die Idee, den anderen freiwillig zu grüßen.

Wenigstens da sind die Menschen noch nett zueinander.

Ich erkundete das Umfeld und sah, mitten zwischen den Bäumen standen runde Holzfässer, die als Sauna dienten.

Daneben mehrere Stapel mit frisch gehacktem Holz.

Man musste sich also nur an der Rezeption des Campingplatzes eine Sauna mieten und konnte sie sogar selbst anheizen.

Zum Abkühlen gab es riesige Bottiche mit kaltem Wasser.

Natur pur, sozusagen.

Wir schnappten uns die Räder und fuhren wieder in die schöne »Sommerhauptstadt«

Palanga.

Und der Badeort machte seinem Namen alle Ehre.

Eine bunte, mit Bars, Geschäften und Cafés gesäumte Strandpromenade.

Die Seebrücke am Ende ragte vierhundertfünfzig Meter ins Meer hinein.

Bis zum späten Abend schlichen Max und ich den Boulevard hoch und runter.

Mit dem Fahrrad brauchten wir nur zwanzig Minuten zurück bis zu unserem Platz.

Was wir auf der Hinfahrt jedoch übersehen hatten, war diese herrliche Schaukel.

In einem dicken Baum hingen zusammengeknotete Gummiseile, die aussahen wie alte Feuerwehrschläuche.

Sie waren so im Baum angebracht, dass man beim Schaukeln aufs Meer blickte.

Und so schaukelten wir beide, bis die Sonne unterging.

Es gefiel uns immer, nicht lange an einem Ort zu bleiben, sondern weiterzuziehen.

Wir zuckelten gern über die Landstraßen und stiegen mal hier und mal da aus.

Wir planten auch nie feste Routen ein.

Oft überlegten wir erst abends, wo es den nächsten Tag hingehen sollte.

Allgemein betrachtet, waren wir uns da einig.

Immerhin waren wir diesen Sommer mit mehr Zeit unterwegs, so dass kleine Kursabweichungen kein Problem waren.

So ging es auch gemütlich am nächsten Morgen weiter, nach Liepaja, einer kleinen Hafenstadt, in der es einen großen Zentralmarkt gab.

In einer Seitenstraße, gleich gegenüber des Marktplatzes, fanden wir eine Möglichkeit zum Parken.

Dutzende Stände mit Blumen, riesige Gläser mit eingelegten Gurken und Tomaten, sahen wir.

Eine Augenweide waren allerdings die Pfifferlinge.

Es gab sie in allen Varianten, getrocknet, eingelegt oder ganz frisch.

Wir kauften Weißkrautsalat und saure Gurken, Brot mit getrockneten Früchten, etwas Obst und eine Wabe mit Bienenhonig.

Überall vor den kleineren Verkaufsständen lagen Sonnenblumen, die konnte man gleich komplett mit den Kernen haben.

Viele ältere Frauen verkauften dort ihre Köstlichkeiten aus dem Garten oder auch Gestricktes.

Der nächste Ort, der auf unserem Reiseplan stand, war Kuldiga, dort wollten wir die nächste Nacht verbringen.

Meistens schaute ich während der Fahrt im Netz, wo es Stell- oder Campingplätze gab.

Am Anfang hatten wir noch mit den typischen Stellplatzführern herum hantiert, das war uns aber mit der Zeit zu umständlich.

Es gab noch nie eine Situation, wo wir mal nichts zum Übernachten gefunden hatten.

Ich gab also Kuldiga im Netz ein und fand zehn Kilometer weiter einen Platz, der an einem kleinen See lag.

Die Abfahrt war sehr unscheinbar, weil man von der Hauptstraße in einen Waldweg abbiegen musste.

Erst dachten wir noch, wir hätten uns total verfahren, denn es war auch kein Hinweisschild für einen Campingplatz zu entdecken.

Nach etwa zwei Kilometern Schotter- und Waldwegen standen wir auf einer riesigen Wiese.

Dort befanden sich mehrere Häuschen, an einem davon hing ein Schild mit der Aufschrift »Rezeption«.

Kein einziger Camper oder Wohnwagen war zu sehen.

Und das waren wahrscheinlich genau diese einsamen Stellen, von denen uns Hannes erzählt hatte.

Unglaublich schön. Oder wie Kinder sagen, zauberschön.

Und da waren sie wieder. Diese Farben!

Ich glaube nicht, dass es Einbildung war.

Eine nette junge Frau im Sommerkleid begrüßte uns freundlich und sie meinte, wir dürften einparken, wo wir wollten.

Wir versuchten nur, dass wir in der Nähe von einem Stromkasten standen, denn wir wollten mal wieder alles aufladen.

Wir haben zwar zusätzlich noch ein Solarmodul auf dem Dach und kommen damit zwei bis drei Tag zurecht, aber jetzt mussten wir an die »Dose«.

Wir stellten unsere Stühle an den alten Bootssteg, gingen schwimmen und genossen in vollen Zügen den Abend und die untergehende Sonne.

Es gab Krautsalat, Gurken und das frische Brot, was wir auf dem Markt in Liepaja gekauft hatten. Außerdem hatten wir noch die Tomaten und Unmengen an Zwiebeln, von der netten Schrebergärtnerin aus Berlin.

Wenn man so wie wir unterwegs war, durfte man nicht allzu pingelig sein, denn man wusste nie so genau, wo man landet und was einen erwartet.

Und hier in Lettland oder auch letztes Jahr in Polen ist es durchaus vorgekommen, dass einem plötzlich solche Toiletten begegnen, wo man nur stehen konnte.

Da hieß es dann: improvisieren!

Hier waren die Duschen, die in einem der vielen Häuschen waren, zwar auch sehr einfach, aber sauber.

Nur mit meinem Fön brauchte ich da im »Waschhaus« am nächsten Morgen gar nicht erst aufzutauchen, denn die Stecker passten sowieso nicht.

War für mich jedoch alles halb so schlimm, ich hielt meine Haare einfach zwei Minuten in den Wind. Oder auch drei.

Von Riga waren wir nun noch zweihundert Kilometer entfernt.

Gegen zehn Uhr rauschten wir über den schmalen Waldweg zurück.

Wir bogen auf eine sogenannte Hauptstraße ab, die bei weitem nicht als solche zu erkennen war. Schotter, so weit das Auge reichte.

Trotzdem überholte uns dort ein Pkw nach dem anderen, dass die Kieselsteine nur so flogen.

Nach den ersten dreißig Kilometern hatten wir dann endlich auch den Bogen raus.

Man musste nur kontinuierlich siebzig km/h fahren, dann waren die Lautstärke und das Gerüttel erträglicher.

Fenster und Türen sollten während der Fahrt ebenso geschlossen bleiben.

Die Steinschläge in unserer Frontscheibe wollten wir erst zu Hause zählen.

Gegen 15 Uhr waren wir erst in Riga.

Ich hatte uns unterwegs wieder eine Bleibe herausgesucht.

Ein großzügiger Platz erwartete uns, nur einen Katzensprung von der Innenstadt entfernt.

Er war rappelvoll. Vor allem Italiener waren hier.

Etwas eng standen die Wohnmobile zusammen, aber das störte uns nicht im Geringsten, wir freuten uns einfach auf die Hauptstadt.

Wir ließen uns häuslich nieder, gingen duschen und luden unsere Räder ab.

Eineinhalb Tage blieben wir in Riga und lernten tolle Menschen kennen.

Lebenslustige, freundliche Leute, die uns herzlich empfingen.

Wir kauften an jeder Straßenecke der Stadt   irgendeine Köstlichkeit.

Max und ich aßen uns regelrecht durch Riga, alles wollten wir probieren.

Auf zur nächsten Konfektionsgröße!

Schaschlikspieße mit so viel Fleisch und Zwiebeln, dass man sie kaum halten konnte.

Frischgebackener Kuchen mit riesigen Beeren und Eiscreme, die in der Sonne schmolz.

Gefüllte Teigtaschen mit saurer Sahne und Pfannkuchen mit Räucherfisch.

Eine wundervolle Stadt, die Hauptstadt von Lettland, wobei uns bewusst war, dass wir sie nur gestreift hatten.

Lange hatten wir hin und her überlegt, ob wir bis Tallinn fahren sollten.

»Nun sind wir schon mal hier und bis dahin sind es gerade mal dreihundert Kilometer!« sagte Max.

Dann kam ihm noch die glorreiche Idee, bis Tallinn zu fahren, und von da weiter mit der Fähre nach Helsinki.

Wenigstens ich musste unser Zeitfenster im Auge behalten.

»Das sehen wir dann!«, sagte ich, in der Hoffnung, er würde seinen Plan wieder vergessen.

Also gut, Tallinn wollten wir sehen.

Wir verließen Riga und unser Ziel war klar.

Einen Ort erreichten wir zufällig auf unserer Weiterfahrt, von dem wir vorher noch nie etwas gehört hatten.

Dunte.

Mir fiel nur die riesige Kanonenkugel mit dem Baron am Straßenrand auf und wir bogen sicherheitshalber ab.

Ich kannte wohl die Geschichten von Münchhausen, aber mehr auch nicht.

Hier in Dunte hatte der Baron Münchhausen seine Frau kennengelernt und geheiratet, eben auf diesem idyllischen Landsitz, den wir hinter den riesigen Bäumen zu sehen bekamen.

Ein altes verschnörkeltes Haus, mit einem Garten voller Rhododendronsträucher in Rosa und Weiß.

Es war so idyllisch, hätte nur noch gefehlt, dass ein paar Elfen vorbeigeschwebt wären.

Erst in diesem Anwesen hatte ich mich das erste Mal überhaupt mit dem Baron richtig beschäftigt und von seiner Geschichte gelesen.

Ja, es gab ihn wirklich, den Baron Münchhausen!

Bis dahin wusste ich fast nichts über ihn und vor allem nicht, dass er hier mit seiner Frau einige Sommer verbracht hatte.

Hieronymus Carl Friedrich Freiherr von Münchhausen, so sein vollständiger Name.

Seine Frau, mit dessen Vater er befreundet war, hieß Jacobina.

Gleich unten in der lichtdurchfluteten Eingangshalle hingen unzählige Jagdtrophäen an den weiß gekalkten Wänden.

Alles wirkte so lebendig, so, als würde der Baron jeden Moment mit seinem Jagdgewehr unter dem Arm zur Tür hereinkommen.

Meine größte Freude an diesem herrlichen Tag offenbarte sich jedoch im letzten Saal.

Wir betraten einen Raum, in dem uralte, knorrige Schränke standen, die voller Kostüme waren. In riesigen Holztruhen daneben lagen Perücken, Hüte und Taschen.

Was mir die nette Angestellte des Hauses dann erklärte, ließ mein Herz höher schlagen.

Man konnte zwei Euro bezahlen, sich ein Kleid anziehen und wenn man wollte, damit durch das ganze Haus und den Garten spazieren.

Ich wollte!

Mein Mann lief natürlich sehr zügig weiter und blickte nach unten, in der Hoffnung, ich würde mich nicht in eines dieser barocken Traumkleider zwängen.

Doch genau das tat ich und suchte mir auch gleich noch eine Perücke und den passenden Hut dazu aus.

Es war ein ganz besonderer Zauber, der mich umgab, als ich, in der passenden Garderobe, durch die herrschaftlichen Säle flanierte.

Und mein Mann fotografierte!

Bis Tallinn waren es jetzt noch zweihundert Kilometer.

Zum Übernachten hatten wir uns den Olympiayachthafen von Tallinn ausgesucht.

Zwanzig Uhr trudelten wir dort ein und ein kräftiger Wind blies uns um die Nase, es war jedoch nicht kalt.

Was für ein Sommer, jeden Tag bekamen wir puren Sonnenschein und um die fünfundzwanzig Grad, auch so weit hier oben im Norden.

Das war also der berühmte Yachthafen, wo 1980 die Segelregatten der olympischen Sommerspiele von Moskau ausgetragen wurden.

In einem Restaurant im Hafen, das bis spät am Abend geöffnet war, konnten wir den Platz bezahlen und bekamen den Code für die Türen der Duschräume.

Die waren gleich nebenan.

Ich freute mich auf diese Nacht, auf den Wind und auf das Klappern der Segelmasten.

Wir gingen früh schlafen, das Dachfenster ließen wir weit geöffnet und sahen einen herrlichen Sternenhimmel.

Vom Olympiahafen bis in die Innenstadt führte uns am kommenden Morgen ein Radweg, immer direkt am Wasser entlang.

Wir begegneten hunderten von Urlaubern, die alle mit schwarz lackierten Fahrrädern unterwegs waren, darauf das Logo der AIDA.

Gleich zwei riesige Kreuzfahrtschiffe lagen im Hafen von Tallinn vor Anker, man konnte sie schon von Weitem sehen.

Wir stellten unsere Fahrräder mitten in der Altstadt ab, in der guten Hoffnung, dass wir sie auch wiederfinden würden.

Wir waren wirklich hier, freute ich mich, in der größten Stadt Estlands, am finnischen Meerbusen der Ostsee und nur achtzig Kilometer südlich von Helsinki.

Und wieder entdeckten wir das mittelalterliche Flair, mit engen Gassen und den alten Gildenhäusern.

In einem Stadtführer las ich, dass es hier eine der ältesten Gassen geben würde, mit vielen Handwerks- und Künstlergeschäften, die sogenannte St. Katharinenstraße.

Wir mussten sie etwas suchen, doch letztendlich fanden wir die vielen Werkstätten der hier ansässigen Künstler. Sie boten unter anderem Glas, Keramik, Schmuck und vieles mehr an, was sie alles selbst herstellten.

Ich kaufte mir eine handgefertigte Marionette, die ein bisschen aussah wie eine Dame aus dem letzten Jahrhundert.

Ich liebe Kunsthandwerk, vor allem die alten und besonderen Dinge.

Zum Mittagessen kehrten wir in die »Olde Hansa« ein, wir hatten sehr viel Glück, überhaupt einen Platz bekommen zu haben, denn wie mir schien, hatten diesen Wunsch auch all die anderen Tallinn-Besucher.

Es war düster und schummrig in dem altertümlichen Gemäuer, denn die Räume hatten nur winzig kleine Fenster und wurden nur durch Kerzen beleuchtet .

Es war gemütlich und das Essen, welches auf altem Tongeschirr serviert wurde, schmeckte ausgezeichnet.

Blasen an den Füßen konnte man sich laufen und hatte trotzdem nicht viel von dieser turbulenten Stadt gesehen.

Ein wenig froh waren wir am Abend schon, dass wir zum einen unsere Räder wiedergefunden hatten, zum anderen, dass wir nicht mehr laufen mussten.

Zumindest ich, Max ist da weitaus strapazierfähiger.

Eine ganz besondere Route unserer Baltikumreise erwartete uns in den nächsten zwei Tagen, die Fahrt zum Peipusee.

Dieser See ist sieben Mal größer als der Bodensee und er gehört zur Hälfte zu Russland und zur anderen Hälfte zu Estland.

Er ist im Winter oft monatelang zugefroren, weil er eben nicht sehr tief ist, nur ungefähr fünfzehn Meter maximal.

Im Sommer hingegen erwärmt er sich schnell auf etwa sechzehn, siebzehn Grad.

An der estnischen Küste hatten sich damals russische Exilanten niedergelassen, sie waren Gegner der Reformen der russisch-orthodoxen Kirche.

Sie gründeten am Seeufer eine Siedlung und waren seither als die sogenannten »Altgläubigen« bekannt.

Sie waren Religionsflüchtlinge aus dem ehemaligen russischen Zarenreich.

Auf den Feldern um ihre Häuser bauen sie heute noch vor allem Knoblauch und Zwiebeln an, deshalb bezeichnet man sie als die »Zwiebeldörfer«.

Vor ihren Häusern saßen alte Mütterchen mit riesigen Strohhüten und weiten bunten Röcken. Sie verkauften dort ihre selbst gebundenen Zwiebelzöpfe.

Ich musste Max ein wenig bremsen, denn wir hatten nach den ersten Kilometern schon drei dieser bunten »Flechtwerke« im Auto.

Und dann waren da auch noch unsere »Altvorräte« von der Berlinerin.

Diese Zwiebelstraßen und Dörfchen konnten wir in vollen Zügen genießen, da hier nicht Heerscharen von Touristen einfielen.

Ein herrliches Fleckchen Erde.

So tuckerten wir gemütlich durch die verschlafenen Siedlungen, kauften von den Alten Gestricktes und geräucherten Fisch, bis wir schließlich direkt am Ufer des gigantischen Sees landeten, wo wir übernachten durften.

Ein schmächtiger alter Mann winkte uns zu. Wir nahmen dankend seine Einladung an, uns mit unserem Bus neben seinem Häuschen auf die Wiese zu stellen.

Kein Mensch sonst weit und breit.

Wir beide saßen mit unserem Klapptisch und geräuchertem Fisch an diesem erhabenen See, bis die Sonne unterging.

Ein Bad im Peipusee! Das wollte ich mir am nächsten Morgen auf gar keinen Fall entgehen lassen. Und eine Ganzkörperwäsche musste auch sein!

Max schwamm schon die dritte Runde, als ich mich am Ufer immer noch einseifte.

Genau genommen, wollte ich nur Zeit schinden, denn schon an meinen Füßen bemerkte ich, dass das Wasser schweinekalt war.

So fünfzehn Grad, das war jetzt nicht unbedingt meine Wohlfühltemperatur.

Doch ich war nun schon von oben bis unten voller Schaum und so ergab ich mich meinem Schicksal und dachte, so etwas erlebt man doch nur einmal.

Diese Stunden am Peipusee, mit seiner Stille und seinem Glitzern, vergisst man wirklich nicht so schnell.

Über Tartu ging es über zahllose kleine Städte und Dörfer weiter Richtung Vörn und zurück über die Grenze nach Lettland.

Genau das war es, was für mich den Reiz so einer Reise ausmachte.

Nicht nur die großen Städte wie Riga oder Tallinn zu erleben, sondern auch die ärmeren Regionen drum herum.

Weite Landschaften, Schotterstraßen und das einfache Leben in den Dörfern mit Plumpsklo und Holzwannen zum Waschen.

Hier gab es noch Einkaufsläden, wo man meinte, die Zeit wäre stehen geblieben.

Ich wusste manchmal nicht, ob die Staubsauger und Teekessel in den Schaufenstern immer noch hergestellt wurden oder ob diese schon dreißig Jahre dort lagen?

Unsere nächste Nacht wollten wir in Jekabpils verbringen und ich fand einen Stellplatz an einer alten Mühle.

Wir fuhren die enge Dorfstraße einmal rauf und einmal runter, denn wie schon so oft mussten wir die richtige Adresse suchen.

Doch dann sahen wir vor einem der Häuser einen Mann in Jogginghose stehen, der aussah, als würde er auf uns warten.

Wir hielten natürlich an und erfuhren von ihm, dass wir bei ihm richtig wären.

Er winkte uns mit unserem Bus auf eine Fläche hinter seinem Haus, ich glaube, er freute sich, ein paar Landsleute zu sehen, denn er kam aus Deutschland.

Er war vor vielen Jahren nach Lettland gezogen und hatte dieses Haus mit Scheune und einer zerfallenen Mühle gekauft.

Schon viele Jahre renoviere er, erzählte er uns.

Das war ein idyllisches Plätzchen zum Leben, mit duftenden Blumenbeeten, einem von Seerosen überwuchertem Teich und einem bunten Gemüsegarten.

Freundlich stellte er sich vor und hieß uns willkommen, sein Name war Alex.

So, als würden wir uns schon ewig kennen, zeigte er uns das ganze Haus und bot uns an, alles darin nutzen zu dürfen, auch seine Küche.

Lange saßen wir an diesem Abend mit Alex vor seiner Mühle und erfuhren von ihm viel mehr über das Baltikum, als in jedem Reiseführer stand.

Als die Sonne aufging, hatten wir wenigstens ein paar Stunden geschlafen.

Doch auf gar keinen Fall wollten wir uns ein Frühstück an dem kleinen Seerosenteich entgehen lassen.

Da wir wieder mit unserem Gastgeber ins Plaudern kamen, war es schon 12 Uhr, als wir den Motor anließen.

Wir hatten vor, gleich bis Vilnius, der größten Stadt des gesamten Baltikums, weiterzureisen, um uns dort für mindestens zwei Nächte niederzulassen.

Gegen 19 Uhr checkten wir auf einem hübsch angelegten Platz am Rande der Stadt ein.

Der restliche Abend gehörte der »Hausarbeit«.

Waschmaschine und Trockner waren vorhanden, so konnte ich wenigstens mal ein paar Handtücher waschen. Und auch das Auto konnte eine dezente Grundreinigung vertragen.

Die nächsten zwei Tage wollten wir bleiben, um uns ganz in Ruhe das »Rom des Nordens« anzuschauen.

Wegen seiner vielen Kirchen und dieser ganz besonderen Atmosphäre wird Vilnius so bezeichnet.

Am frühen Morgen brachen wir zu unserem ersten Ausflug auf und kamen zunächst zur Kirche der heiligen Teresa, die umgeben von schmalen Gassen mitten in der Altstadt steht.

Natürlich strömten Unmengen von Menschen durch diese Straße, das hielt uns jedoch nicht davon ab, uns die Kirche auch von innen anzuschauen.

Eine schmale, endlos scheinende Steintreppe führte zum oberen Teil der Kapelle. Es war kühl, dunkel und roch muffig.

Eine alte Frau, ich denke, sie war weit über achtzig Jahre, bezwang diese steinerne Treppe auf ihren Knien. Ich konnte gar nicht hinsehen, so leid tat sie mir.

Sie hatte eine Kette mit einem Holzkreuz in ihrer rechten Hand und murmelte Gebete vor sich hin.

Ich hatte sofort das Bedürfnis, sie einzuhaken und ihr nach oben zur helfen.

Als wir schon wieder nach unten kamen, hatte sie erst die Hälfte der Treppe geschafft, es war herzzerreißend.

In dieser Kirche hatte ich unglaublich viele tiefgläubige Menschen gesehen, vor allem alte Frauen mit ihren Kopftüchern, die beteten und Kerzen anzündeten.

Obwohl ich keinem Glauben angehöre, bewegt mich so ein Anblick jedes Mal zutiefst.

Ich meine, mit Bestimmtheit sagen zu können, dass Vilnius eine der schönsten Städte ist, die ich gesehen habe.

Das Blau des Himmels war wieder mal unbeschreiblich, dazu die vielen weißen Gebäude, Türme und Kirchen .

Alles sah aus wie aneinander gereihte Fotografien aus einem Reisemagazin.

Wenn man durch die Straßen lief, bekam man ständig das Gefühl, man müsse schneller laufen, um auch ja nichts zu verpassen.

Und die Menschen lächelten um die Wette.

Schon diese ganze Reise über war ich auf der Suche nach einem Samowar.

Doch bisher hatte ich kein Glück und ich hielt weiter Ausschau.

In einem Kramladen in einer holprigen Seitenstraße sollte mein Wunsch am nächsten Tag dann doch noch in Erfüllung gehen.

Zwischen alten Blumentöpfen und verstaubten Sammeltassen stand er, mein Samowar.

Ich wollte ja keinen neuen kitschigen Wasserkocher, sondern einen ganz alten.

Ich kaufte ihn und bekam von dem alten Händler mit knittrigem Gesicht sogar noch einen guten Preis.

Zwei Tage verbrachten wir in Vilnius, verirrten uns oft in den schmalen Gassen, aßen »Zeppeline« und riesige Tortenstücke, sahen dutzende Brautpaare und hatten uns beide unendlich gefreut, hier gewesen zu sein.

Doch langsam mussten wir unseren Rückweg nach Hause, quer durch Polen, antreten.

Es kam ein wenig Wehmut auf, denn das Baltikum war für Max und mich ein traumhaftes Reiseziel.

So langsam verabschiedeten wir uns von diesen drei außergewöhnlichen Ländern.

Wir fanden hier immer ein Plätzchen zum Übernachten, sahen unglaubliche Natur und lernten herzliche, lebensfrohe Menschen kennen.

Bei unserer Rückfahrt durch Polen wurde die Suche nach einem Camping- oder Stellplatz wieder wesentlich schwieriger, es war immer noch Hauptsaison.

Über Wilkasy und Krynica Moska kämpften wir uns durch überfüllte Badeorte, bis nach Ustronie Morskie, wo wir schließlich noch einen Platz zum Schlafen fanden.

Bis wir schließlich erneut in Kamminke, dem Ausgangspunkt unserer Reise, landeten.

Es war Freitag, der 31.08. und meine kleine Oma wäre an diesem Tag 110 Jahre alt geworden. Ich dachte an sie.

Unsere dreiwöchige Reise war zu Ende, über 4.000 Kilometer waren wir gefahren, hatten unsagbar viel erlebt, sind gesund geblieben und bei Rüdiger waren noch alle Teile da, wo sie hingehörten.

Steinschläge hatten wir drei.

Es war September geworden.

Im Kindergarten machten wir wie jedes Jahr einen riesigen Herbstmarkt.

Ursprünglich hatte es damit begonnen, dass ein paar Großeltern der Kinder uns eimerweise Äpfel, Birnen und Pflaumen aus ihren Gärten anschleppten und fragten, ob wir dafür Verwendung hätten.

So fingen wir damals an, mit den Kindern Apfelmus und Marmeladen einzukochen.

Und da es jedes Jahr mehr wurde, beschlossen wir, im Kindergarten einen Markt zu veranstalten, um all unsere Köstlichkeiten dort zu verkaufen.

Damit füllten wir gleichzeitig unsere Bastel- und Spielzeug-Kasse auf.

Überall im Haus standen jetzt schon wieder die Körbe mit abgeerntetem Obst und Gemüse herum.

Doris, unsere Küchenfee, half uns beim Einkochen dieser Obstberge so gut sie konnte.

Doch es dauerte dann trotzdem Stunden, bis unsere lieben Kleinen mit ihren stumpfen Kindermessern die Äpfel und Birnen von den Stielen und Kernen befreit hatten.

An manchen Tagen sah unser Kindergarten aus wie eine Marmeladenmanufaktur, in jeder Ecke klebte es.

Damit es dann doch ein wenig schneller ging mit dem »Geschneide« und dem »Eingekoche«, brachte Anna dieses Mal ihr Passiergerät von zu Hause mit.

Wir standen an jenem Morgen um den Tisch in einem unserer Räume herum und alle werkelten vertieft vor sich hin.

Anna schickte einen der kleinen Jungen los und sagte zu ihm: »Vincent, geh mal in die Küche und hol die flotte Lotte!«

Wir beiden wussten natürlich, dass damit das Passiergerät gemeint war, was sie mitgebracht hatte.

Vincent kam jedoch genauso schnell zurück, wie er losgelaufen war, und sagte zu uns: »Die flotte Lotte war nicht da. In der Küche war nur die flotte Doris!«

In diesem Herbst noch wollten wir zum ersten Mal mit Hannes eine gemeinsame Tour machen, wenn auch nur für ein paar Tage.

Ich machte den Vorschlag, gemeinsam in den Harz zu reisen.

Hannes war einverstanden.

Ich buchte sicherheitshalber vorher bei einem Campingplatz, denn wir wollten nach Möglichkeit nebeneinander stehen.

Immerhin fuhr Hannes so ein »Rentnerschiff« und bei dieser Größe war es besser, zu reservieren.

Hannes kam einen Tag nach uns auf den Platz und er hatte ganz schön zu tun, um in der abgesteckten Parzelle zu rangieren. Er versuchte jedoch, beim Einparken recht cool auszusehen, denn einige Schrammen hatte er schon an seinem hell lackierten Wagen.

Wir bekamen die gewünschten Plätze nebeneinander, wobei unser kleiner Camper neben seinem »Großraumliner« aussah wie eine Fischbüchse.

Der Campingplatz, den ich für uns ausgesucht hatte, war in Thale.

Ganz dicht neben einem Kloster im Bodetal gelegen.

In den kommenden Tagen wollten wir das machen, worauf wir eben gerade Lust hatten.

Mit Hannes jedoch Pläne zu schmieden, war nie ganz einfach.

Jeder Mensch hat nun mal Schrullen und Macken, doch seine waren schon immer etwas ausgeprägter.

Immerhin kannten wir uns nun schon über fünfundzwanzig Jahre und ich hatte mit der Zeit gelernt, mit seinen ironischen Sprüchen umzugehen und sie vor allem auch zu verstehen.

Wir hatten im Harz eine gute Zeit zusammen, waren auf dem Hexentanzplatz, wieder einmal in Wernigerode und überquerten bei Sturm und Regen die Hängeseilbrücke über die Rappbodetalsperre.

In Schierke aßen wir in einer Bäckerei »Brockentorte« mit ganz viel Sahne und in Braunlage kaufte Hannes sich zu guter Letzt einen Plüsch-Wellensittich.

Der konnte alles nachplappern, was man sagte, und sah aus wie mein grün-gelber »Bubi« von damals.

Dass er so ein Getier überhaupt mitnahm, passte gar nicht zu ihm und machte mich nachdenklich.

Jetzt ist er wirklich alt, dachte ich.

Ich war schon froh, dass er dem Vogel nicht auch noch einen Namen gab!

Vielleicht sitzt später, wenn ich Rentnerin bin, auch so ein Stoffvogel auf meiner Sessellehne, man weiß es nicht.

Nach vier gemeinsamen Tagen im schönen Harz trennten sich wieder unsere Wege, Hannes wollte weiter nach Sachsen und wir fuhren zurück an unsere Küste.

Wie die Zeit doch vergangen ist, dachte ich auf der Heimreise unentwegt.

Ein Jahr verfliegt nach dem nächsten.

Man kommt kaum noch hinterher, zwischen Christbaumkugeln aufhängen und Ostereier verstecken.

Und ich? Was ist mit mir?

Ich bin nicht mehr jung und ich bin noch nicht alt.

Ich bin irgendwo »dazwischen«.

Wie sich das anfühlt, kann ich gar nicht genau sagen.

Ich bin, wie gesagt, irgendwie stecken geblieben, jedenfalls mein ICH.

Jedoch macht es mich auf die eine oder andere Weise glücklich, dass mein ICH weniger altert, als das Äußere es vermuten lässt.

Gut, so denke ich immer, ich hätte ewig Zeit.

Und die brauche ich auch. Ich möchte weiter reisen, viel reisen!

Es ist Jahresanfang.

2020!

Alles war eigentlich wie immer im kalten grauen Januar.

Überall Jahresrückblicke, Ausblicke und Prognosen, bis man es nicht mehr hören konnte, und alle hatten wieder tausende von guten Vorsätzen für den Jahresbeginn.

Vielleicht wollte man mal wieder eine längere Urlaubsreise planen oder mal öfter in die Schwimmhalle gehen, mal den Kindern mehr zuhören, mehr Bio-Obst essen oder sich gleich einen Garten zulegen oder auch mehr Fahrrad fahren. Alles schien möglich.

Doch dieses Jahr fing anders an und alle wissen, was ich meine.

Die ersten zwei Monate überschlugen sich die Ereignisse, keiner von uns wusste so recht, was er denken und glauben sollte, man hatte zudem das Gefühl, die Zeiger an der Uhr würden sich auch irgendwie schneller drehen.

Am 16. März war es auch bei uns so weit.

Für vier Wochen sollte der Kindergarten geschlossen bleiben und viele der Eltern verabschiedeten sich bei uns mit den Worten: »Wir wünschen euch eine schöne Zeit!« oder »Wisst ihr überhaupt, wie anstrengend das zu Hause ist, mit zwei kleinen Kindern?«

Manche brachen sogar in Tränen aus.

Einige von uns Erziehern blieben zu Hause, die anderen übernahmen die sogenannte Notbetreuung. Immer im Wechsel.

Da wir zu diesem Zeitpunkt ernsthaft davon ausgingen, unser Haus würde nur vier Wochen geschlossen bleiben, putzten und desinfizierten wir alles, was da war.

Unsere Chefin kaufte eimerweise bunte Farbe und wir strichen jede freie Wand, bis wir Blasen an den Händen hatten.

Es klingt vielleicht komisch, aber wir machten es gerne.

Per Handy bekamen wir unsere Dienstpläne und erfuhren nur auf diesem Weg, ob wir in der Notbetreuung eingeteilt waren oder zu Hause Bereitschaft hatten.

Viele von uns kamen dennoch täglich ins Haus und putzten oder übernahmen Malerarbeiten.

Irgendwo gab es immer etwas zu tun.

Manche unserer Kollegen kippten Spielzeugkisten aus und polierten jeden der bunten Bausteine einzeln.

Wir waren noch der Meinung, wir müssten uns beeilen.

Die Geschäfte, Kinos und Sporthallen, alles machte zu.

In fast allen Bundesländern sind die Schulen geschlossen worden.

Viele Länder machten ihre Grenzen dicht, die WHO rief eine Pandemie aus.

Und was machte der deutsche Spargelbauer?

Der machte sich Sorgen um seine Ernte.

Die rumänischen und polnischen Mitbürger durften nicht mehr einreisen und nun waren die Ernten in allerhöchster Gefahr!

Doch der nette Spargelbauer aus dem Havelland, wollte auch keine Leute aus Deutschland.

Studenten kamen, um bei der Ernte zu helfen, da die Unis sowieso geschlossen waren. Menschen in Kurzarbeit boten ihre Hilfe an.

Nein! Der Bauer wollte nur die Polen und die Rumänen, denn wir hätten nicht die Erfahrung und so könne schließlich die ganze Ernte kaputtgehen.

Unsere Reise über Ostern nach Königstein fiel natürlich auch aus, denn viele der Beschränkungen wurden bis Ende April verlängert.

Da wir aber noch im eigenen Bundesland verreisen durften, fuhren wir wenigstens nach Mukran und waren froh, dass wir dank unseres Campers überhaupt ein paar Tage rauskamen.

Andere waren da wesentlich schlechter dran.

Alles schien so unwirklich, so als ob man in einem Theaterstück mitspielen würde.

Wir haben Mai.

Max und ich fuhren über Pfingsten nach Königstein, genau auf den Platz, welchen wir ursprünglich schon zu Ostern gebucht hatten.

Da wir nicht mehr damit gerechnet hatten, freuten wir uns um so mehr.

Bis auf die verordneten Maßnahmen war alles bestens, mal abgesehen davon, dass der Campingplatz ziemlich voll war.

Alle Leute wollten mal wieder ein paar Tage raus, weg von dem ganzen Stress der letzten Monate.

Und wir waren natürlich auch froh, wieder hier zu sein.

Dieses Mal hatte ich es sogar auf den über 400 Meter hohen »Lilienstein« geschafft.

Ich war mächtig stolz auf mich, denn ich habe es eigentlich nicht so mit dem Wandern.

An einem der Tage mieteten wir uns ein Paddelboot und fuhren damit bis ins zwanzig Kilometer entfernte Pirna.

Allerdings durfte ich mein Paddel nur ab und zu mal ins kühle Nass tauchen, wie immer, wenn wir beide mit einem Boot unterwegs sind.

Mein Mann ist nämlich der Meinung, dass ich nach wie vor nicht fürs Paddeln geeignet wäre. Entweder hielt ich das Paddel zu tief oder zu hoch, dann lag das Blatt falsch im Wasser, irgendetwas war immer.

Max wollte wieder einmal alleine den Kurs halten, ich sollte es genießen und mich einfach nur zurücklehnen, meinte er.

Die vorbeiziehenden Höhepunkte rissen nicht ab und der Himmel war an diesem Tag so königsblau wie unser Boot.

Ich ließ mich treiben, so, wie mein Mann es angeordnet hatte.

Den Königstein noch im Rücken, zeigte sich vorn schon der Felsen der Bastei.

In Rathen jedoch musste Max sein gesamtes nautisches Können zeigen, da querte die Elbe eine Seilfähre. Das Seil im Wasser wurde mit Bojen gekennzeichnet. Er musste unser Boot, trotz der Strömung, rechtzeitig zum Stoppen bringen, denn man durfte auf gar keinen Fall zwischen den Bojen hindurchfahren.

Stundenlang schipperten wir, völlig entspannt, an den Felsen der Sächsischen Schweiz vorbei, zogen zwischendurch das Boot ans Ufer und machten Picknick.

Als wir kurz vor unserem Ziel in Pirna ankamen, zog eine gewaltige Gewitterfront hinter uns auf und der Himmel wurde rabenschwarz.

Genau in dem Moment, als wir das Boot aus dem Wasser zogen, fing es an zu gießen. Nach zwei Minuten sahen wir aus, als wären wir gerade gekentert.

Wir legten den Kahn am vereinbarten Haltepunkt ab, setzten uns unter eine riesige Trauerweide und warteten, bis es wenigstens etwas aufhörte zu regnen.

Der unangenehmere Teil unserer Tagestour war mit Abstand die Rückreise, denn wir fuhren mit unseren nassen Klamotten mit der Bahn zurück nach Königstein.

Doch unsere Zeit in der Sächsischen Schweiz näherte sich dem Ende.

Nach vier Tagen verabschiedeten wir uns vom Gebirge und fuhren wieder in die Heimat.

Im Kindergarten räumten wir jetzt komplett alles um.

Wir gingen zwar langsam wieder in den Regelbetrieb über, doch es war schon jetzt nicht mehr, wie es einmal war.

Nun mussten die Kinder in Gruppen eingeteilt werden und den ganzen Tag zusammen in ein- und demselben Raum verbringen und da auch spielen, essen und schlafen.

Der gesamte Spielplatz wurde in der Mitte mit einem rot-weißen »Flatterband« abgeteilt und wir sollten uns draußen beim Spielen »abwechseln«.

Auf gar keinen Fall durften wir uns »kreuzen«.

Die Kinder, die dann das Klettergerüst auf ihrer Seite hatten, waren wesentlich besser dran.

Wir durften nicht mehr gemeinsam singen, keinen Sport mehr machen und zum Schwimmen konnten wir natürlich auch nicht gehen.

Es war anstrengend, unüberschaubar und meist gar nicht nachvollziehbar, doch jeder von uns versuchte das Beste aus diesem Chaos zu machen.

Doch die, die am schnellsten »die Regeln« lernten, waren wie immer die Kinder!

Anfang Juli, 2020.

Ich war unendlich traurig.

In Mukran, auf Rügen, stand plötzlich gleich vorn an der Straße ein Schild mit der Aufschrift: NO CAMPING!

Als wir am Freitagabend unseren Traumplatz ansteuerten, entdeckten wir natürlich sofort diesen Aufsteller, der auch nicht zu übersehen war.

Trotzdem konnte man am Automat immer noch einen Schein für 24 Stunden ziehen.

Wir parkten dennoch ein, ignorierten dreist das Warnschild und zogen ein Ticket.

Nach ungefähr einer halben Stunde umkreisten uns und unsere Nachbarn schon die ersten Polizeiwagen.

Die Beamten kontrollierten alle Wohnmobile, die auf dem Platz standen, und wiesen uns energisch darauf hin, dass ich zwar für 24 Stunden mit meinem Auto auf dem Platz stehen könne, ich aber nicht in meinem Camper übernachten dürfe!

Ich musste noch mal nachfragen!

Ich würde demnach also meinen Bus einparken, hätte ein Ticket für 24 Stunden gezogen und wäre dann in ein Hotel zum Schlafen gegangen?

Ich dachte nur, wer diesen Wahnsinn noch verstehen würde, wäre eindeutig intelligenter als ich.

Mit einer schriftlichen Verwarnung verließen wir schweren Herzens unser geliebtes Wochenenddomizil.

So viele Wochenenden hatten wir hier verbracht und nun blieb uns einzig und allein die Frage, ob dieses Verbot jemals wieder aufgehoben werden würde.

Den letzten Parkschein behielt ich vorsichtshalber, zur Erinnerung.

Als wir auf dem Heimweg waren, lief im Radio das Lied »Über den Wolken« von Reinhard May.

Was für ein Timing, dachte ich.

##«Über den Wolken, muss die Freiheit wohl grenzenlos sein, alle Ängste, alle Sorgen, sagt man,
blieben darunter verborgen und dann
würde, was uns groß und wichtig erscheint,
plötzlich nichtig und klein.«##

Wie alle anderen waren wir dennoch damit beschäftigt, den Sommerurlaub zu planen.

Reisen, in ganz Deutschland zumindest, konnte man.

Wir wollten den Rhein entlangfahren, bis nach Koblenz und dann vielleicht weiter bis nach Konstanz.

Max hatte für diese Reise vorerst nur einen Wunsch, er wollte unbedingt zum Rheinfall in Schaffhausen.

Ich tatsächlich auch.

Im Packen waren wir inzwischen Weltmeister geworden, was aber auch nicht allzu schwer ist, denn eigentlich ist die Hälfte von dem, was wir brauchen, ohnehin schon im Bus.

Als Erstes auf dieser Sommertour fuhren wir nach Bayreuth und parkten dort an der »Lohengrin Therme«.

In der Stadt war es unerträglich heiß, es wehte kein einziges Lüftchen.

Also retteten wir uns als Erstes in das Bayreuther Schloss, dort waren es wenigstens nur 24 Grad.

Doch ewig konnten wir uns in den Schlosssälen auch nicht abkühlen und so durchkämmten wir noch den angrenzenden, wundervoll blühenden Park.

Von da aus, nur einen Steinwurf entfernt, befand sich das Richard-Wagner-Haus, dem wir als Nächstes einen Besuch abstatteten.

Es fiel mir etwas schwer, mich bei dieser Hitze zu konzentrieren. Ich lese gern Biografien und diese, von Richard Wagner und seiner Familie, war wirklich interessant.

Die Ausstellung gefiel mir, wäre da nicht ständig dieser nervige Mitbürger von einer Sicherheitsfirma hinter mir hergerannt und hätte mich aufgefordert, meine Maske richtig über die Nase zu ziehen. Nach dem dritten Zusammentreffen mit ihm wollte ich seinen Anweisungen nicht länger folgen und verließ das schöne Haus und war sauer, dass er mir »mein Studium« über Wagner so vermasselt hatte.

In der Nacht an der Therme war es immer noch sehr warm, so dass wir sogar die Tür vom Bus offen ließen.

Da wir sowieso nicht gut schlafen konnten, fuhren wir gleich gegen sechs Uhr los, bevor die nächste Hitzewelle kam. Frühstücken wollten wir unterwegs.

Wir sind einige Stunden gefahren, ohne Frage, wir waren in unserem Bus mit Klimaanlage besser aufgehoben als draußen.

Es war schon wieder unerträglich heiß.

Und so sind es am Ende des Tages knapp vierhundert Kilometer geworden. Doch wir hielten zwei-, dreimal an auf dieser Strecke und gönnten uns mal einen Kaffee oder ein Törtchen.

Am frühen Abend landeten wir schließlich in Bärenthal, der kleinsten Gemeinde im Landkreis Tuttlingen.

Weniger als fünfhundert Einwohner zählte dieser winzige Ort.

Jedoch ist Bärenthal vielleicht bekannt durch seine Wallfahrtskapelle mit dem klangvollen Namen MARIA MUTTER EUROPA. Diese wurde erst 2007 geweiht, die Kirchengemeinde setzt sich für den Erhalt des Christentums in Europa ein.

Ich fand den Namen dennoch etwas theatralisch.

In unmittelbarer Nähe hatten wir uns ein Quartier für die Nacht gesucht.

Und zwar ein bezauberndes kleines Lokal, welches sich »BAERA LODGE« nannte.

Wunderschön, in einem kleinen Tal gelegen und daneben ein paar wenige Stellplätze für Wohnmobile.

In dem Restaurant, in dem Tische mit rot-weiß karierten Tischdecken standen, machten wir es uns am Abend gemütlich und bestellten »LE CORDON BLEU«!

Ich weiß gar nicht mehr, wie viele verschiedene Varianten es von diesem Gericht gab, aber mindestens fünfzehn.

Wir hatten beide keine Ahnung, welches wir bestellen sollten.

Schon die Namen klangen verführerisch, Le Cordon blue Chnobli, Bündner Art, Fondue bleu oder Walliser Art.

Wir mussten uns jedoch entscheiden und bestellten zweimal »SteinpilzCordon bleu«.

Es hatte schon etwas Romantisches, dieses Lokal, denn überall auf den Tischen brannten Kerzen. Das Essen war vorzüglich und der Tag neigte sich so langsam seinem Ende entgegen.

Auch der Stellplatz sah beschaulich aus in der Nacht, überall um unseren Bus herum strahlten Lichterketten, wir ließen sogar die Jalousien oben.

Am Morgen weckten uns hunderte von Schafen und Ziegen mit ihrem Gebimmel.

Es war himmlisch. Ich saß mit meinem Kaffee schon um sechs Uhr auf dem Trittbrett unseres Campers und trotz des Läutens der Glöckchen war es irgendwie still.

Dichter Nebel zog über die Hänge und es nieselte leicht.

Es roch nach Heu und nach Schaf.

Nach unserem Frühstück in bäuerlicher Umgebung, zogen wir weiter.

Über Beuron fuhren wir an diesem Morgen nur etwa neunzig Kilometer bis nach St. Peter.

Dort checkten wir kurz auf dem »Steingrubenhof« ein und stiegen auf unsere Räder um.

Noch nie in meinem Leben hatte ich nur ein einziges Fleckchen vom Schwarzwald gesehen.

Wir radelten durch die umliegenden Dörfer, aßen Schwarzwälder Kirschtorte und kauften die hier typischen Bollenhüte, natürlich nur im Kleinformat. Dieser Strohhut muss genau vierzehn Bollen haben, und zwar rote für die unverheirateten und schwarze für die verheirateten Frauen.

Warum es aber nun genau vierzehn sein müssen, weiß keiner so genau.

In der Nacht und am darauffolgenden Tag goss es wie aus Eimern, also blieben wir schön da, wo wir waren. In unserem Rüdiger auf dem »Steingrubenhof«.

Zeit, mal ein bisschen zu lesen und zu dösen.

Villingen-Schwenningen, so hieß unser nächster Zielort, denn dort schauten wir uns das Uhrenmuseum an.

Meine Begeisterung bei dieser Art von Ausstellungen hielt sich zwar in Grenzen, doch meine Kompromissbereitschaft hingegen ist grenzenlos.

Nach diesem Abstecher zog es uns ohnehin weiter, wir fuhren zum Rheinfall, der sich auf Schweizer Gebiet befindet, im Kanton Schaffhausen.

Dort stellten wir uns allerdings auf einen Parkabschnitt, der garantiert nicht zum Übernachten gedacht war. Also mehr oder weniger waren wir dort illegal.

Wir machten es trotzdem! Und so hatten wir am nächsten Morgen den entscheidenden Vorteil, dass wir schon am Rheinfall waren und für unseren Bestimmungsort ganz viel Zeit hatten.

In über einhundertfünfzig Metern Breite stürzen gewaltige Wassermassen über die Felsen hinunter.

Schon als wir auf dem Weg vom Parkplatz das Getöse hörten, wussten wir, dass es ein abenteuerlicher Tag für uns werden sollte.

Ein gigantisches Schauspiel, die Sonne strahlte und das Wasser glitzerte in Regenbogenfarben.

Als Erstes kauften wir uns Tickets für eines der Boote, die fast im Minutentakt ablegten.

Der Kapitän versuchte, mit seinem »Schiffmändli« so nah wie möglich an den Wasserfall heranzusteuern, bevor man dann am mittleren Felsen aussteigen und hochklettern konnte.

Die Kraft des Wassers war unglaublich, wir hatten mächtig zu tun, um uns festzuhalten.

Nachdem wir im Anschluss, bei dreißig Grad im Schatten, noch das dortige Schloss erklommen hatten und ich von meinem Mann mittlerweile einhundertachtzig Mal fotografiert worden war, brauchte ich eine kleine Pause.

Wir setzten uns auf die Terrasse in einem der Ausflugslokale und schwitzten erst einmal vor uns hin. Ich kaufte noch ein paar Postkarten, denn das Schreiben lass ich mir nach wie vor nicht nehmen, alle sollten ihr obligatorisches Kärtchen erhalten. So wie immer.

Wir waren schon auf dem Weg zum Auto, das sah ich in einem der Schaufenster von einem Souvenirladen eine Mütze liegen.

Sie war weiß und hatte auf der Stirn das Emblem der Schweizer Flagge.

Sie gefiel mir so sehr, dass Max in das Geschäft stürmte und mir die Mütze kaufte.

Vielleicht bereute er es sofort, denn ich setzte sie gleich auf.

Es war mir egal, dass es dreißig Grad waren.

Was für ein Tag.

Rundum perfekt, dachte ich, als ich die Tür vom Bus aufzog.

Im Auto konnte man die Luft durchschneiden, so heiß war es.

Doch wir tourten weiter, wir wollten nach Konstanz.

Auf allen Campingplätzen war es inzwischen Pflicht geworden, sich vorher anzumelden und zu reservieren.

Für »Durchreisende« wie uns dementsprechend ein kleines Problem.

Ich tippelte während der Autofahrt in meinem Telefon herum, doch Glück hatte ich keines.

Alle Plätze in der näheren Umgebung und am Bodensee waren komplett ausgebucht.

Also versuchte ich es weiter, doch nun im benachbarten Gebiet, in der Schweiz.

Einer der Betreiber, von einem Platz in Altnau, antwortete sofort auf meine Mail und somit hatten wir eine leichte Kursänderung. In Konstanz fuhren wir über die Grenze.

Gleich hinter der Durchfahrt sollte es »auf die Autobahn« gehen.

Dieser Meinung war jedenfalls mein Mann, unser Navi hingegen nicht.

Max meinte, wir müssten auf dem seitlichen Parkplatz noch einmal anhalten und uns in dem »Grenzhäuschen« eine Vignette kaufen.

Ich hingegen war mir ziemlich sicher, dass wir kein solches Etikett bräuchten.

Er konnte einfach nie zugeben, wenn er auch einmal etwas nicht wusste.

Wie zum Beispiel vor vielen Jahren auf Rügen. Wir waren damals gerade mal ein, zwei Jahre zusammen.

Da fuhren wir in seinem Auto an einem Feld vorbei, die Scheibe war heruntergekurbelt.

Ich konnte aus dem fahrenden Wagen nicht erkennen, was da auf den umliegenden Acker angepflanzt war, und fragte Max: »Was ist das da, was da wächst?«

Er antwortete, ohne nur eine Miene zu verziehen: »Hochstämmiger Klee!«

Ich schaute ihn an und meinte: »Das ist doch jetzt nicht dein Ernst!«

Damals kannte ich ihn eben noch nicht so gut, doch eines wusste ich schon, es gibt keinen Klee, der hochstämmig ist.

Wir hielten also auf dem Parkplatz, um zurück an die Grenze zu gehen.

Eine Vignette wollte mein Mann nun kaufen.

Ich glaube, zwanzig Euro hatten wir dafür bezahlt, ich weiß es nicht mehr genau.

Wir hatten nun diese Autobahnberechtigung und klebten, wie nach Vorschrift, das Ding an die Frontscheibe und Max war glücklich.

Also stiegen wir wieder ins Auto und brausten davon.

Ganze fünfhundert Meter waren wir auf dieser Straße, die Max als Autobahn identifiziert hatte. Danach kam die Abfahrt.

Max hatte seine Vignette auf der Scheibe und ich lächelte »leise«.

Wir kamen am Campingplatz in Altnau an und wurden schon an der Pforte freundlich begrüßt.

Wir konnten sogleich ein Plätzchen aussuchen, hier gab es keine Nummern und Abgrenzungen.

Eine riesige Wiese mit vielen Apfelbäumen wartete auf uns und wir mussten nicht lange Ausschau halten.

Wir stellten uns unter einen der Bäume und vor uns lag, wie ausgebreitet, der Bodensee.

Alle Leute um uns herum sahen entspannt und locker aus.

Es war eine fast familiäre Atmosphäre und es gefiel uns sofort.

Wir verbrachten den ganzen Nachmittag unter unserem Bäumchen und faulenzten vor uns hin.

Am Abend setzten wir uns in eines der unzähligen Gartenlokale am See, eine kleine Jazzband spielte und wir tranken Wein.

Drei Tage hatten wir vor zu bleiben. Mindestens.

Als ich am nächsten Morgen vor dem Auto saß und Kaffee trank, kam ein älterer Herr aus einem der Nachbarwohnwagen vorbeigeschlendert und rief mir freundlich zu: »Guata Morga und en schöna Tägli wünschi!«

Ich grüßte nett zurück und freute mich einfach.

So viele nette Leute hier, das hatte ich vermisst.

Wir radelten an diesem Morgen die neun Kilometer bis nach Konstanz, ohne Frage einer der schönsten Radwege, den wir gefahren sind. Immer am Ufer des Bodensees entlang.

Trotzdem mussten wir alle zwei-, dreihundert Meter stoppen, weil ein Fotomotiv das nächste jagte.

Konstanz ist die größte Stadt am Bodensee, doch ich kannte sie nur aus dem »Tatort« mit Klara Blum.

Die Grenze zwischen der Schweiz und Deutschland geht zwischen einzelnen Häusern und Straßen hindurch.

Der Hafen liegt mitten im Zentrum, dort thront die berühmte »Imperia«. Eine Statue, die sich in vier Minuten einmal um die eigene Achse dreht.

Unzählige Straßencafés, Boote und Yachten um uns herum. Wir ließen uns Zeit, um diesen Anblick zu genießen.

Der Duft von Sonnencreme und Eis lag in der Luft, ganz Konstanz roch einfach nur nach Urlaub.

Am darauffolgenden Tag wollten wir den SÄNTIS »erklimmen«.

Über eine der Rezensionen im Internet, die über den Säntis abgegeben wurden, musste ich laut lachen, denn eine Frau schrieb in ihrer Bewertung:

»Wenn jemand den ganzen Schnee wegräumen würde, wäre es

angenehmer zum Laufen gewesen!« Und sie vergab leider deshalb auch nur drei Sterne.

Ich hingegen freute mich auf den Schnee und steckte noch schnell meine neue Mütze in den Rucksack.

Knapp siebzig Kilometer fuhren wir vom Campingplatz, bis wir am Berg mit dem schönen Namen »Säntis« ankamen. Wir stellten den Bus noch rund zwei Kilometer vor der Talstation der Seilbahn ab. Den Rest wollten wir zu Fuß laufen, damit wir unsere Wanderschuhe nicht umsonst angezogen hatten.

Ein lauschiger Weg führte uns durch den kühlen Wald.

Es war an diesem Morgen schon wieder besonders warm, also liefen wir ganz langsam.

Wir erreichten die Talstation und kauften uns zwei Tickets. Diese waren zwar nicht gerade preisgünstig, doch anders wären wir nun mal nicht auf den Gipfel gekommen.

Die Wolken zogen förmlich an uns vorbei, auf der Fahrt nach oben.

Wir stiegen aus der Bahn und man hätte sich kein schöneres Wetter aussuchen können!

Purer Sonnenschein, man wusste nicht so recht, wo der Schnee aufhört und die Wolken anfingen, beinahe hatte man das Gefühl, man könne sie berühren.

Kurze Hose, braune Schnürschuhe und meine weiße Mütze, so war ich auf allen Fotos vom Säntis zu sehen.

Gut, dass keiner den Schnee weggeräumt hatte!

Und wir bauten tatsächlich einen kleinen, aber feinen Schneemann.

Stundenlang hätte man um diesen Berg laufen können, um dem gigantischen Blick zu folgen.

Sechs Länder konnte man bei gutem Wetter von da oben sehen.

Deutschland, Österreich, Liechtenstein, Frankreich, Italien und die Schweizer Alpenwelt.

Der SÄNTIS ist mit 2.500 m ü. M. der höchste Berg des Alpsteingebirges.

Am nächsten Morgen hieß es leider Abschied nehmen von der Schweiz.

Ich hatte mich in diesem Land unglaublich wohl gefühlt, obwohl wir nicht lange da waren.

Als wir schon beim Einpacken waren, kamen wir noch mit einem älteren Mann ins Plaudern.

Er erzählte uns, dass er auch aus Deutschland käme, aber schon über zehn Jahre in der Schweiz lebe.

»Dieses Land hat mich zu einem ruhigeren Menschen gemacht!«, meinte er.

»Wenn ich in Deutschland morgens um 6 Uhr den Fernseher angemacht habe, waren um 6. 03 Uhr schon drei Flugzeuge abgestürzt. Wenn ich hier in der Schweiz morgens einschalte, sehe ich ein schneebedecktes Bild vom Matterhorn und die Nachrichten werden unten am Bildrand eingeblendet!«, sagte er.

Wegen der Gelassenheit der Schweizer und ihrer Neutralität wäre er damals hiergeblieben.

Doch wir mussten leider fahren und ich wollte einfach darauf hoffen, dass das nicht unser letzter Besuch in diesem Land war.

Von der Schweiz fuhren wir wieder zurück nach Deutschland, und zwar an den GIFIZ-SEE, der sich in der Nähe von Offenburg befindet.

Wir hatten ja inzwischen schon eine Menge Stellplätze gesehen, aber der Platz, der uns an diesem See erwartete, war besonders ausgefallen.

Man fuhr mit seinem Wohnmobil direkt auf das Gelände des Freibades.

Dort war eine kleine Fläche abgegrenzt, trotzdem stand man mitten zwischen den Badegästen und ihren Handtüchern.

Diese mussten dann auch um 20 Uhr das Bad verlassen, wir und etwa acht weitere Mobile blieben »alleine« zurück, der See gehörte praktisch uns.

Nach dieser einzigartigen Nacht fuhren wir am darauffolgenden Tag weiter nach Straßburg, nur einen Steinwurf von Offenburg entfernt.

Es war Sonntag und sehr wenig los auf den Straßen, auch einen Parkplatz fanden wir gleich.

Wir besuchten das Straßburger Münster mit seiner astronomischen Uhr.

Am Eingang standen wieder breit trainierte »Einlasser« mit riesigen Desinfektionsflaschen in der Hand und nebelten damit die Menschen ein, die ins Münster wollten.

Offensichtlich hatten sie Freude an dem, was sie da taten.

In einer winzigen Brasserie, gleich gegenüber des Münsters, aßen wir ganz landestypisch Flammkuchen.

Es war ein kurzer Abstecher nach Straßburg, eben einmal Frankreich und zurück.

Im 130 km entfernten Heidelberg, auf dem uns bekannten Stellplatz in Ladenburg, verbrachten wir nur die Nacht.

Max wollte am nächsten Morgen nach Mörsdorf zur Hängebrücke Geierlay fahren.

Ich wusste jedoch noch nicht so recht, ob ich sie mit ihm zusammen überqueren werde oder vielleicht lieber wartend einen Kaffee trinken sollte.

Immerhin ist sie fast 400 Meter lang und schwebt 100 Meter über dem Tal.

Auf einem Parkplatz, rund vier Kilometer von der Brücke entfernt, stellten wir den Bus ab und fuhren mit dem Rad weiter.

Ich denke, es waren um die Mittagszeit mehr als 35 Grad und nicht die kleinste Wolke war am Himmel zu sehen. Wir sehnten uns langsam nach Abkühlung.

Mir lief schon das Wasser herunter, als wir ankamen.

Viele Menschen warteten bereits, alle mussten zudem Masken tragen und das bei dieser Affenhitze.

Es durften immer nur fünfzig Personen in eine Richtung laufen, so lange mussten die anderen warten.

Ich hatte mich dann doch dazu durchgerungen, mitzugehen.

Glücklicherweise schlug ich mich ganz gut, obwohl ich nach den ersten einhundert Metern aussah wie ein roter Heißluftballon.

Als ich die »Überquerung« der Hängebrücke geschafft hatte, fühlte ich mich wie ein Olympiasieger und hätte am liebsten vor Freude laut geschrien.

Am selben Abend trafen wir auf einem Weingut in Ellenz-Poltersdorf ein, dort hatten wir für zwei Nächte gebucht.

Wir wollten zum ersten Mal hier in Rheinland-Pfalz ein wenig die Gegend erkunden und an der Mosel entlangradeln.

Überall in der Gegend konnte man an vielen der unzähligen Weingüter mit seinem Camper übernachten.

Um uns herum standen die Rebstöcke, ich hätte die Trauben aus dem offenen Fenster abpflücken können.

Wir radelten nach Valwig und Cochem und schauten uns die Burg auf der gegenüberliegenden Seite der Mosel in Beilstein an.

Eine ganz besondere Landschaft, die Weinberge strahlten förmlich in der Sonne, in faszinierenden Farben.

Doch wir hatten beide genug von dieser nicht enden wollenden Hitze.

Als wir nachmittags mit unseren Rädern zum Schwimmbad von Polterdorf fuhren, hatte ich schon Schwierigkeiten, denn es lag hoch oben in den Weinbergen. Mehrere Male musste ich mir auf dem Weg dorthin ein schattiges Plätzchen zwischen den Rebstöcken suchen.

Wir freuten uns jedoch darauf, dort schwimmen zu gehen. Das bekam man schließlich auch nicht alle Tage zu sehen, ein Freibad mitten in einem Weinberg. Mit Blick auf die Mosel!

Am Abend zeigte das Thermometer immer noch 36 Grad an und ich versuchte, auf jede erdenkliche Weise, meinen Körper herunterzukühlen.

Mit einer eiskalten Milchflasche im Nacken und drei Portionen Vanilleeis hintereinander erreichte ich zumindest gefühlt ein Grad Körpertemperatur weniger.

Der kleine Hund von unseren belgischen Nachbarn hatte so schwer mit dieser Hitze zu kämpfen, dass er vor dem Wohnmobil auf nassen Handtüchern lag und man dachte jeden Moment, es ginge zu Ende mit ihm. Die Besitzer sind noch am selben Abend mit ihm in eine Tierklinik gefahren.

Das Weingut ließen wir hinter uns und reisten ins sechzig Kilometer entfernte Koblenz zum »Deutschen Eck«, also genau dahin, wo Rhein und Mosel ineinanderfließen.

Wir zogen mit Rüdiger auf einen der teuersten Campingplätze der Stadt, doch dieser Ausblick war es uns wert.

Nach unseren Streifzügen durch Koblenz saßen wir die halbe Nacht in unseren Klappstühlen am Rheinufer und schlürften Moselwein.

Die ganze Stadt war märchenhaft beleuchtet und kleine Kreuzfahrtschiffe zogen an uns vorbei.

Über Münster und Eschede in Holland landeten wir nach ein paar Tagen in Amsterdam.

Nicht unbedingt von Anfang an auf unserer Reise eingeplant, aber auf alle Fälle eine der Städte, die ich unbedingt mal sehen wollte.

Noch nie war ich in Amsterdam.

Wir fanden auch gleich den »günstigsten« Parkautomaten der Stadt, wo vier Stunden schon mal 36 Euro kosteten, doch immerhin konnte man mit Karte zahlen.

Wenn wir eins auf unseren Reisen gelernt hatten, dass man manche Dinge einfach tun muss, ohne lange darüber nachzudenken.

Wer weiß schon, ob und wann wir das nächste Mal in Amsterdam sein würden?

In diesen ersten vier Stunden schlenderten wir ziellos durch die Straßen, ich kaufte Hasch-Lollis als kleines Geschenk für meine Kollegen und wir entdeckten auf unserem Weg das schmalste Haus der Stadt. Es steht an der Hoogstraat und ist gerade mal zwei Meter breit.

Schon war unsere Parkuhr abgelaufen und wir hatten so gut wie gar nichts gesehen vom schönen Amsterdam.

Wir wollten jedoch noch bleiben und uns mehr anschauen.

Ich fand einen Stellplatz, der ideal gelegen war, fast im Zentrum.

Er kostete allerdings ein Heidengeld für eine Nacht, doch wenigstens den kommenden Tag wollten wir noch hier verbringen.

Man muss doch eine Bootsfahrt auf den Grachten machen, vielleicht noch mehr Lollis kaufen, dicke holländische Pommes essen und sich das Anne-Frank-Haus ansehen.

Schon war es wieder Zeit für die Heimreise, doch die letzten drei Urlaubstage wollten wir in Boltenhagen verbringen.

Auf diesem Caravan-Platz am Strand waren wir schon oft, ich hatte von unterwegs angerufen und reserviert. Spät am Abend kamen wir an.

Einfach nur am Strand liegen und nichts tun, das war es, was wir vorhatten, nicht mehr.

Am nächsten Tag schlichen wir dann doch mal nachmittags an der Promenade entlang und ich entdeckte vor einem der Cafés einen Aufsteller: »FRISCH GEBACKENE WAFFELN«.

Wir suchten uns einen freien Platz und setzten uns hoffnungsvoll.

Nach fünf Minuten kam ein Kellner, der ein komplettes Equipment an Desinfektionsmitteln unter dem Arm hatte, trat zu uns an den Tisch und sagte ganz laut: »Und einmal aufstehen!«

Ich fragte ihn: »Wieso? Ist hier reserviert?«

Er fauchte mich an und meinte übel gelaunt, dass er schließlich noch den ganzen Tisch desinfizieren müsse und wir immer noch C. hätten!

Und dann fragte er noch nach, ob ich nicht den Hinweis auf der Tafel: »SIE WERDEN PLATZIERT« gelesen hätte?

Hatte ich nicht. Ich hatte nur das Angebot mit den frischen Waffeln gesehen. Und DIE konnte er jetzt alleine essen!

Wir gingen.

Zwei Straßen weiter kamen wie zu einem italienischen Eiscafé, auch hier sollte es Waffeln geben.

Hier wurden wir nicht platziert, sondern sollten uns selbst einen freien Tisch suchen.

Die Kellnerin, die unsere Bestellung aufnahm, war wenigstens freundlich.

Und die tellergroßen Waffeln mit Eis und Kirschen schmeckten genauso gut, wie sie aussahen.

Am Nachbartisch saßen zwei Damen, eine ältere und eine jüngere. Ich nahm an, es waren Mutter und Tochter.

Die »Mutter« rief plötzlich ganz erbost nach der Kellnerin und schrie sie an, dass ihr das Eis viel zu süß wäre! Das wolle sie auf gar keinen Fall weiteressen.

»Das macht doch alles keinen Spaß mehr!«, sagte ich zu Max.

Und auch am nächsten Tag am Strand blieben wir von der Alten nicht verschont.

Dieses Mal schrie sie den ganzen Badeabschnitt zusammen, als sie aus dem Wasser kam: »Ich will hier raus!«, rief sie zu ihrer Tochter, die im Sand auf ihrem Handtuch saß. »Ich will hier nicht weiter herumtappen!«

Wir hatten einen schönen Sommer. Trotz allem.

Und ich wollte auf gar keinen Fall jammern, viele hatten mit dem Reisen dieses Jahr nicht so viel Glück wie wir.

Im Gegensatz zu Deutschland jedoch machten sich die Menschen in der Schweiz oder in der Niederlande nicht so viel Stress.

Obwohl uns C. mehr oder weniger überall verfolgte.

Ich konnte inzwischen dieses Wort nicht einmal mehr aussprechen, deswegen schreibe ich es auch nicht aus.

Es ging bestimmt den meisten Menschen so und wir dachten, wir hätten die schlimmste Zeit hinter uns.

Einige Wochen später musste ich mich in einem dermatologischen Zentrum vorstellen, meine Hände waren so entzündet, dass ich auf Arbeit nicht einmal mehr Gummihandschuhe anziehen konnte.

Meine Chefin meinte, es wäre jetzt mal an der Zeit, professionelle Hilfe in Anspruch zu nehmen.

Meine Hautärztin riet mir, eine Kur in einer Fachklinik zu machen, und sie würde alles Notwendige in die Wege leiten.

Ich willigte selbstverständlich ein, denn ich hatte Angst, dass man mich früher oder später vielleicht »aussortieren« würde.

Die meisten Wochenenden im Oktober und November hielten wir uns auf Rügen auf, ständig »umkreist« vom dortigen Ordnungsamt und der Polizei.

Ende November, an dem Geburtstag meiner verstorbenen Mutter, waren wir mit Blumen am Meer.

An Feiertagen oder zu Weihnachten machen wir das schon jahrelang.

Wir kaufen drei Sträuße, meistens Rosen, und werfen für meine Mutter und die Eltern von Max die Blumen ins Meer.

Das ist uns beiden sehr wichtig und wir vergessen es auch nie!

Schließlich haben wir beide keine Gräber, die wir besuchen können.

Das Fest war auch bei uns, wie bei allen anderen wahrscheinlich, wenig besinnlich und wir blieben zu Hause.

Und den Jahreswechsel verbrachten wir mit dem kleinen Oscar.

Er geht bei mir in den Kindergarten und seine Eltern haben auch einen Camper.

Wir standen in dieser Nacht zusammen mit unseren Bussen und einer Feuerschale in Sassnitz auf Rügen und feierten ein klein wenig Silvester.

Bis schließlich gegen 21 Uhr ein Polizist auftauchte, wir hatten ihn in seinem Wagen schon von weitem kommen sehen.

Wir hatten schon wieder das Schlimmste befürchtet.

Gleich müssen wir alles zusammenpacken und verschwinden, befürchteten wir.

»Weil sie ein Kind dabeihaben, drücke ich mal ein Auge zu«, sagte er.

Wir durften bleiben.

»Danke, Oscar!«, riefen wir laut und warfen Holz in unserer Feuerschale nach.

Im Januar hatte sich noch mehr verändert.

In unserem Kindergarten durften die Eltern gar nicht erst das Haus betreten, sie mussten ihre Kinder an der Tür verabschieden.

Unsere Chefin verkündete uns, dass auch wir nun für alle Erzieher einen »Home-Office-Tag« einführen würden.

»Wie viele Kinder soll ich denn an diesem Tag mit nach Hause nehmen?«, fragte ich sie.

Sie schaute zerknirscht, ich hatte dies natürlich scherzhaft gemeint, aber ihre Schmerzgrenze war verständlicherweise erreicht.

Nein, wir sollten alle Bildungsbücher schreiben und die Beurteilungen der Kinder von zu Hause aus verfassen, da wir auch keine Elterngespräche mehr führen durften.

Alles änderte sich, von Tag zu Tag, ja fast stündlich.

Wir waren einfach nur noch genervt.

Jede Woche mussten die Eltern ihre benötigten Betreuungszeiten abgeben, alle Kollegen sollten zweimal in der Woche getestet werden und die Kinder bekamen Schnelltests mit nach Hause.

Wir versuchten alle, unsere Sache gut zu machen, und hofften darauf, dass es bald vorbei sein würde.

Im April und Mai bekamen wir dann wenigstens kleine Lockerungen, so durften wir zum Beispiel wieder zusammen essen und uns beim Spielen »vermischen«.

Max und ich blieben über Ostern und am Pfingstfest zu Hause. Wir kauften uns in einem Baumarkt kurzentschlossen ein Kanu zum Aufblasen. Ein blaues!

Damit paddelten wir einige Tage auf dem kleinen Fluss vor unserer Haustür herum.

Nach Pfingsten hatte ich einen Brief erhalten und wurde zu einem dreiwöchigen Aufenthalt in ein dermatologisches Zentrum eingeladen.

Dutzende von Unterlagen und Papieren wurden mir vorher zugeschickt, in denen unter anderem genaustens beschrieben war, was man jetzt mit den aktuellen C.-Verordnungen in dieser Klinik dürfe beziehungsweise nicht dürfe.

Außerdem wurde ich darüber informiert, dass ich nach meiner Anreise einen PCR-Test machen lassen müsse und mich anschließend, bis das Ergebnis vorliege, in Quarantäne in mein Zimmer begeben müsse. Dies könne unter Umständen bis zu einem Tag dauern.

Schon als ich das las, war ich ein wenig unmotiviert.

Die Hygieneverordnungen der Klinik sahen vor, dass man des Weiteren weder das Gelände verlassen könne noch Besuch möglich wäre.

Ich dachte mir, so schlimm, wie beschrieben, würde es schon nicht werden.

Immerhin waren diese »aktuellen« Regelungen vom Februar und es werde inzwischen garantiert einige Lockerungen geben.

Ich wäre ja schließlich nur zu einem Kuraufenthalt dort, so meine Überlegung.

Denn die beiden Häuser auf dem Gelände teilten sich in ein Unfallklinikum und in ein dermatologisches Reha-Zentrum auf und waren voneinander getrennt. Das wusste ich, weil ich im Jahr zuvor schon einmal für zwei Tage dort war.

So wurde es Juli und ich fuhr in die zweihundert Kilometer entfernte Klinik.

Mit dem Zug war ich nach eineinhalb Stunden da.

Ich wusste gar nicht mehr, wie das ist, mit dem Zug zu fahren, aber es gefiel mir.

Obwohl ich immer zu viele Sachen dabeihabe, wenn ich verreise, hatte ich es dieses Mal geschafft, für drei Wochen nur einen einzigen Koffer zu packen.

Ich reiste sozusagen mit leichtem Gepäck.

Dennoch nahm ich mir vom Bahnhof aus ein Taxi.

Als wir das Klinikum erreichten, musste ich schon an der Pforte aussteigen, denn auch die Taxis durften nicht mehr auf das Gelände fahren.

Ich rollte meinen Koffer vorbei an einem Parkplatz bis zu dem Häuschen, in dem der Pförtner saß.

Auf der gegenüberliegenden Seite war ein Zelt aufgebaut, durch das man ebenfalls gehen konnte und in dem außerdem ein Sicherheitsmann saß.

Ich überwand schließlich alle Kontrollen und durfte passieren.

Eine kleine Straße führte mich nun hinunter.

Am Ende befand sich auf der linken Seite Haus E, also das dermatologische Zentrum, sowie eine Abteilung für Traumatologie.

Ein großes modernes Gebäude mit mehreren Etagen.

Im Erdgeschoss waren ausschließlich Seminarräume. Alles wirkte hell und modern.

Die zwei Etagen darüber waren für Patienten der Traumatologie und im dritten Stockwerk befanden sich ein großer Arztbereich sowie die Patientenzimmer der Dermatologie.

Ich wusste jedoch gleich, wo ich hinmusste.

Alles war in meinen Unterlagen, die ich erhalten hatte, präzise beschrieben.

Folglich auch, wo sich das Sekretariat befand.

Dort klopfte ich pünktlich, wie vorgeschrieben, um neun Uhr.

Die nette Dame gab mir die Schlüssel-Karte für mein Zimmer und meinte, wenn es noch nicht frei wäre, sollte ich mich noch einen Moment gedulden.

Ich wartete noch zwanzig Minuten, denn an diesem Tag war auch gleichzeitig Abreise und es wurde noch gereinigt.

Dann bezog ich Zimmer 311 für die nächsten drei Wochen.

Ein schönes Zimmer! Wenigstens das, dachte ich, als ich die Tür aufschloss.

Große Fenster mit silberfarbenen breiten Jalousien von außen und einem herrlichen Blick ins Grüne erwarteten mich.

Davor stand ein Schreibtisch mit Telefon und einer kleinen Tischlampe, eher wie in einem Hotelzimmer sah es hier aus.

Das Bett daneben mit der weißen Bettwäsche wirkte hingegen unbequem.

Auf der anderen Seite des Zimmers stand noch ein Sofa, welches mit einem graubraunen Stoff bezogen war.

Es gefiel mir, hier würde ich es die nächsten drei Wochen schon aushalten, dachte ich.

Das Bad hatte eine riesige Dusche mit blank geputzten Glasscheiben und die Beleuchtung war auch vorteilhaft.

Es gibt nichts Schlimmeres wie grelles Licht über dem Spiegel, wo man morgens gleich jede Falte sieht.

Ich packte meinen Koffer aus, doch so viel, wie ich hätte in den riesigen Schrank räumen können, hatte ich leider nicht dabei.

In einem Teil des Schrankes war außerdem noch ein Kühlschrank untergebracht und ein winziger Safe. Doch auch da hatte ich nichts, was ich hätte hineinlegen können.

Es war erst 11 Uhr, ich wusste nur, dass gegen 12 Uhr das Essen gebracht werden sollte. Denn es war vorgesehen, dass die Patienten, zum Mittag auf ihren Zimmern blieben.

Schon war mir langweilig!

Doch es klopfte an meiner Tür. Eine Schwester stand mir gegenüber und sagte mir, ich solle ihr doch bitte gleich »zum Test« folgen.

Sie strahlte über das ganze Gesicht und war überaus freundlich.

Ich folgte ihr und wir verschwanden beide in einem der unendlich vielen Räume, die es verwirrenderweise auf dieser Etage gab.

Mir war klar, dass ich wohl auch drei Wochen brauchen würde, bis ich mich hier zurechtfinden würde.

Ich ließ mir von der netten Schwester für meinen Test die Stäbe in die Nase schieben.

Als ich jedoch zurück in mein Zimmer wollte, wusste ich, dass meine angeordnete Quarantäne wohl noch warten musste.

Ich hatte mich schon ausgesperrt, gleich nach der ersten Stunde!

Meine Schlüsselkarte lag drin und ich stand draußen.

Über diese Unannehmlichkeit informierte ich sofort die nette Dame vom Sekretariat.

Sie sah mich etwas schief an und sagte mir, ich müsse ins gegenüberliegende Klinikum gehen und mir dort von der Information einen General-Schlüssel holen, den ich aber sofort wieder zurückbringen solle. Unbedingt!

Ich erwähnte ihr gegenüber natürlich nicht, dass ich schon getestet war und mich eigentlich in »Isolation« befinden sollte. Denn ich war für jede Minute dankbar, die ich noch nicht einsam und verlassen bis zum nächsten Tag in Zimmer 311 verbringen musste.

Also lief ich in das Klinikgebäude auf der anderen Seite.

Ein riesiges Haus mit zehn Etagen, Notaufnahme, einem Querschnittsgelähmten-Zentrum und einer Unfallchirurgie. Hinter dem Klinikum war ein Hubschrauberlandeplatz für all die Patienten, die täglich hier eingeflogen wurden.

Unten an der Information holte ich den Schlüssel, um wieder in mein Zimmer zu gelangen.

Und natürlich brachte ich ihn in Windeseile wieder zurück.

Punkt zwölf klopfte es erneut und ein Mann in einer nicht mehr ganz weißen Kochjacke stand vor mir.

Er überreichte mir einen schwarzen Styropor-Behälter und wünschte mir »Guten Appetit!«

Ein so typisch blaugrauer Plastikteller mit Abdeckhaube strahlte mich an, als ich den Behälter aufklappte. Außerdem eine Plastiktüte mit einer Stulle für mein Abendessen darin.

Was ich allerdings mit dem braunen Kunststoffbecher und dem mitgelieferten Teebeutel machen sollte, wusste ich nicht.

Und schon stellte sich mir zum ersten Mal die Frage: »Was mache ich hier?«

Geschlafen hatte ich nicht so gut, das Bett war wirklich so, wie es aussah.

Da ich ein Frühaufsteher bin, war es noch nicht mal sechs Uhr, als ich ins Bad wankte.

Doch ich hätte heulen können, mein geliebter Kaffee fehlte mir mehr als gedacht und so vertrieb ich mir irgendwie die Zeit.

Raus aus dem Zimmer und vielleicht einen Kaffeeautomaten suchen, konnte ich ja auch nicht. Ich musste isoliert bleiben.

Es wurde halb acht und mein Freund, der Koch, kam. Er überreichte mir erneut eine Tüte.

Als ich schon wieder diesen braunen Plastikbecher sah, fragte ich ihn: »Was soll ich damit, oder können Sie mir sagen, wo ich heißes Wasser herbekomme?«

Er blickte mich schüchtern an und erwiderte leise: »Haben sie keinen Wasserkocher mit?«

NEIN … hatte ich nicht!

Ich war so stolz, dass ich mit nur einem einzigen Koffer angereist war.

Hatte der im Ernst gedacht, hier bringt jeder seinen Wasserkocher mit?

Ich hatte Kopfschmerzen, das lag garantiert am Kaffee-Entzug.

Aber meine Quarantäne näherte sich dem Ende und irgendwo würde schon ein Automat stehen, freute ich mich.

Gegen neun sollte ich mich vor dem Arztbereich einfinden.

Gleichzeitig mit mir kam eine junge Frau aus ihrem Zimmer, welches sich links neben meinem befand.

Sie trug ein blaues Shirt und hatte ihre Haare zu einem Zopf zusammengebunden.

Über ihrer Schulter hing ein kleiner weißer Stoffbeutel.

»Ich heiße Romy«, sagte sie freundlich zu mir und reichte mir die Hand.

Auch ich stellte mich vor und merkte gleich, dass sie einen sächsischen Dialekt sprach.

Der war mir mehr als vertraut und ich freute mich.

Zudem fragte sie mich, ob ich wüsste, wie die blonde Frau heißen würde, die das Zimmer rechts neben meinem hatte. Sie wäre wohl mit uns zusammen angereist.

Ich kann beim besten Willen nicht mehr sagen, wie ich darauf kam, aber ich sagte: »Ich glaube, sie heißt Elke «

Die »Neuen« sollten sich im Arztbereich einfinden, denn man wollte uns die Ergebnisse vom Test mitteilen.

So standen wir alle zusammen.

Romy, Elke und ich .

Auch eine junge hübsche Frau mit langen dunklen Haaren kam hinzu, welche sich bei uns vorstellte. »Ich heiße Staschia!«, sagte sie lächelnd.

NEIN, sie habe keine russische Mutter, keinen russischen Vater oder sonst irgendwelche Verbindungen zu diesem großen Land, meinte sie gleich, denn das wurde sie immer gefragt, wenn sie ihren Namen nannte.

Wir hatten alle vier »den Test« bestanden und bekamen unsere Therapiepläne und einen Speiseplan, wo wir unsere Wahl für das Mittagessen ankreuzen sollten.

Unverzüglich, für die gesamten drei Wochen!

Bei Essen hört bekanntlich die Freundschaft auf und so hieß es beim Ankreuzen, sich in höchstem Maße zu konzentrieren.

Die Pläne für die bevorstehenden Therapien und Seminare waren allerdings sehr überschaubar.

Zusammen vertrödelten wir die Zeit bis zum Mittagessen, mehr gab es für uns nicht zu tun.

Doch so merkten wir schnell, dass wir alle vier auf einer Wellenlänge lagen.

Wir erzählten und erzählten, dass ich sogar vergaß, einen Kaffeeautomaten zu suchen.

An diesem für uns ersten Tag nach der Quarantäne gab es für die Neuen ein Begrüßungsseminar, ein Aufnahmegespräch und eine Visite.

Jede von uns hatte eine andere Ärztin zugeteilt bekommen.

Die Stunden vergingen und so verabredeten wir uns zum gemeinsamen Abendessen.

Denn dieses und auch das Frühstück bekamen wir im Speisesaal des Klinikums gegenüber.

Die Chemie zwischen uns stimmte von Anfang an.

Staschia lebte in Hamburg, Romy kam aus Bad Schandau und Elke wohnte in einem kleinen Dorf in der Nähe von Zwickau.

Und die Sachsen haben eben so eine herzliche Mentalität.

Als wir das Klinikgebäude auf der anderen Seite betraten, um in den dortigen Speisesaal zu gehen, bemerkten wir, dass alles im Erdgeschoss geschlossen war. Die Cafeteria und auch ein kleiner Verkaufskiosk daneben hatten wegen »umfangreichen Umbaumaßnahmen« dichtgemacht. Alle Automaten mit Kaffee, Süßigkeiten und Getränken waren leer und trugen die Aufschrift »AUSSER BETRIEB«.

Wir waren wirklich irritiert, hatte man uns doch vorher noch am Telefon gesagt, dass man kleinere Besorgungen oder mal einen Kaffee in eben diesem Kiosk bekommen würde.

Die Umbaumaßnahmen sollten nun drei Monate dauern, so stand es auf dem Schild vor der zugehängten Tür.

Das war also nun die Situation.

Drei Wochen keinen Ausgang, keinen Besuch, keinen Café au Lait und keinen Schoko-Riegel.

Wir liefen erst einmal weiter und kämpften uns zum Speisesaal durch, der auch nicht so leicht zu finden war.

Einen der vielen Gänge entlang, links an der Patientenbibliothek vorbei, die natürlich ebenfalls geschlossen war, und dann die Treppe nach unten.

Wenigstens hatte der offen, scherzten wir.

Am Eingang musste man sich, wie in jeder gängigen Großkantine, ein graues Tablett schnappen und dann an der Essensausgabe ganz gelassen anstellen.

Hinter den Scheiben standen drei polnisch sprechende Mitarbeiterinnen von unterschiedlichem Alter und weißen Haarnetzen.

Die älteste und kleinste von ihnen, war zugleich die giftigste.

Wir schlichen brav die Theke ab und suchten uns unser erstes Abendessen zusammen.

Wobei SUCHEN im Nachhinein auch der falsche Ausdruck dafür ist.

Denn es gab eine Sorte Brot, zwei Sorten Wurst und eine Sorte Käse, die uns die drei mürrischen Damen hinter der Scheibe übereinander auf die Teller warfen.

Abgepackte Margarine und pro Mann einen Apfel, das war's.

Man saß an Zwei-Personen-Tischen, mit einer über die gesamte Tischbreite reichenden Glasscheibe dazwischen. Gut, dass wir gerade vier Leute waren.

Ich saß an dem ersten Abend, an dem wir gemeinsam essen konnten, mit Elke zusammen.

Durch die milchige Glasscheibe sagte sie plötzlich zu mir: »Ich heiße eigentlich gar nicht Elke. Aber ihr könnt mich ruhig weiter so nennen.«

Und das taten wir auch!

Wir hatten von Anfang an einen unglaublichen Spaß miteinander, wir drei und die ELKE.

Die zweite Nacht war auch nicht viel besser als die erste, aber da wir hier ja nicht viel zu tun hatten, brauchte man ohnehin nicht so viel Schlaf.

An diesem Vormittag folgte ein sogenanntes »Hautschutzseminar«, wo es darum ging, wie man seine Hände während der Arbeit besser schonen könne. Die Beratung für die passenden Handschuhe gab es erst am Nachmittag. Wenn wir von etwas genug hatten, dann war es Zeit.

Ab dem dritten Tag lief schon alles etwas routinierter ab.

7 Uhr Frühstück, 8 Uhr Visite, 12 Uhr Mittagessen auf dem Zimmer und 18 Uhr Abendessen im geräumigen Speisesaal gegenüber.

Auf die drei polnischen Grazien freuten wir uns jeden Tag.

Nach der Visite gingen wir zu den Behandlungen.

Wir mussten uns in einem der endlosen Gänge anstellen und warten, bis wir an der Reihe waren.

Dort lernten wir auch immer mehr von den anderen »Mithäftlingen« kennen, denn es kamen jede Woche ein paar neue hinzu und welche fuhren nach Hause.

Mir wurde während unserer Wartezeiten in den Fluren immer mehr bewusst, welches Glück ich mit den Mädels aus »meiner Anreisewelle« hatte.

In der Gruppe, die eine Woche vor uns angereist war, waren schon ein paar richtige Schnepfen dabei.

Eine von ihnen hieß Katja und war die unangefochtene Chefin in ihrer Truppe.

Einer nach dem anderen konnte im Anschluss ins Behandlungszimmer eintreten und wurde gesalbt, eingewickelt, bepudert und umsorgt.

Die Schwestern waren alle sehr freundlich und versprühten einen Hauch Normalität mit ihrer lustigen Art.

Die Salben, die sie uns auf die Hände und sonst wohin schmierten, rochen genauso übel, wie sie aussahen.

Zeit hatten wir viel und warten konnten wir inzwischen gut.

Außer den drei, vier Seminaren in der Woche gab es für uns nichts zu tun.

Abends drehten wir unsere Runde auf dem Gelände, welches ein wenig angelegt war wie ein kleiner Park. Wenigstens das.

Doch das änderte nichts an der Tatsache, dass ringsherum um dieses Areal ein drei Meter hoher Zaun mit Stacheldraht war.

Wenn wir vier abends unsere Kreise zogen und die untergehende Sonne durch den Draht schimmerte, hätte man laut schreien können! HELP … oder so!

Die erste Woche plätscherte so dahin.

Wir lernten uns immer besser kennen, weil wir vor allem eines miteinander teilten, unsere Zeit.

Romy war Ende dreißig und hatte mit ihrem Mann zusammen eine kleine Pension in der Sächsischen Schweiz.

Sie hatte ein hübsches Gesicht, halblange braune Haare und war mit ihrem großen Busen sehr unglücklich, meinte sie.

Sie hatte ein wunderbares Lachen und erzählte uns, dass sie ihre Katze sehr vermissen würde. Ihren Mann natürlich auch.

Staschia arbeitete als Chemielaborantin und hatte wahrscheinlich daher die Probleme mit ihrer Haut. Sie liebte jedoch ihren Job über alles.

Sie strahlte den ganzen Tag, wenn man sie sah, bekam man geradewegs gute Laune.

Wir dachten erst, dass sie vielleicht gar nicht so viel Zeit mit uns verbringen würde, weil sie erst neunundzwanzig war, aber sie mochte gern mit uns zusammen sein, sagte sie.

Sie sprach viel von ihrem Freund und dass sie beide vorhatten, bald in eine gemeinsame Wohnung zu ziehen.

Ja, und unsere Elke, die überhaupt nicht Elke hieß!

Sie arbeitete als Altenpflegerin und war ein paar Jahre älter als ich.

Sie wirkte mit ihrer sportlichen Figur und ihrer flippigen Art aber wesentlich jünger.

Übrigens hatte sie einen derjenigen Berufe, die ich nie im Leben machen könnte.

Allen Altenpflegern zolle ich meinen höchsten Respekt.

Elke hatte uns alle mit ihrem tiefsächsischen Dialekt und ihrem unglaublichen Humor jeden Tag zum Lachen gebracht.

Am ersten Samstag während meines »Einschlusses« ließ Max es sich nicht nehmen, mir einen nicht genehmigten Besuch abzustatten.

Ich musste dafür allerdings, in irgendeiner Form, das Gelände verlassen.

Max und ich hatten telefonisch vereinbart, dass wir uns auf dem zum Klinikum gehörigen Parkplatz treffen.

Der befand sich gleich hinter dem Pförtner-Haus und auch Elke hatte dort ihren Wagen stehen, da sie mit dem Auto angereist war.

Ich ging also zur vereinbarten Zeit ganz offiziell in Richtung Ausgang.

Der Sicherheitsbeauftragte sprach mich natürlich an und wollte von mir wissen, wohin ich denn gehen wolle.

Ich lächelte freundlich und sagte: »Ich gehe nur mal schnell auf den Parkplatz, ich möchte etwas aus meinem Wagen holen!«

Der Pförtner konnte unmöglich wissen, welcher der »Insassen« mit dem Auto, welcher mit dem Zug oder welcher mit dem Rettungswagen gekommen war.

Er schielte durch seine verbogene Brille, denn er hatte einen mächtigen Silberblick und brubbelte laut: »Aaaja … !«

Ich lief ein bisschen schneller, denn ich befürchtete, dass er noch mehr Informationen von mir haben wollte.

Auf dem Parkplatz erwartete mich freudig mein Mann und winkte mir schon von Weitem zu, damit ich ihn auch ja nicht übersah.

Wir fielen uns in die Arme und … er hatte Geschenke mit!

Er zog aus einem Stoffbeutel ein Paket Kaffee und einen Karton mit einem weißen nagelneuen Wasserkocher!

Diesen hatte er extra für mich und meine Kaffeesucht gekauft.

Ich freute mich riesig und gab ihm einen dicken Kuss.

Ich erzählte ihm von den tollen Frauen, die ich hier kennen gelernt hatte und dass es ohne sie womöglich ganz anders für mich laufen würde. So aber wäre es auszuhalten und ich würde meine Isolation schon überstehen.

Nach zwanzig Minuten musste ich allerdings unser heimliches Treffen abbrechen, sonst wäre ich aufgeflogen.

»Ich komme nächstes Wochenende wieder«, sagte Max noch schnell. »Überlege schon mal, was ich dir noch mitbringen könnte!«

»Gut, ich überlege!«, antwortete ich zügig und wir drückten uns zum Abschied.

Als ich wieder zurücklief, winkte ich dem Pförtner auffällig und rief ihm zu: »Ich reise wieder ein!«

Er nickte.

Die zweite Woche fing genauso an, wie die erste endete.

Visite, Essen, mal ein Seminar und zentimeterdicke Schichten von stinkenden Salben.

Nach unseren Behandlungen trugen wir immer weiße Handschuhe aus Baumwolle, denn es dauerte ewig, bis die Tinkturen eingezogen waren.

Es gelang mir jedoch immer noch nicht, all die Namen der Ärzte und Doktoren, mit denen wir ständig zu tun hatten, zu behalten.

Einen konnte ich mir jedenfalls überhaupt nicht merken und ich fragte Elke, wie denn die Ärztin mit den zerzausten Haaren noch mal heißen würde?

»Meenst du die, die aussieht wie een uffgeruppter Pulsterstuhl? Die heeßt Frau Schlüder-Kraft!«, antwortete Elke.

Elke hatte sich alle Namen gemerkt.

Elke war eben einmalig.

Eine andere von den Damen in Weiß hieß Frau Doktor Braumeister.

Bei ihr gab es die Beratungsseminare für die passenden Handschuhe.

Sie hatte uns angeboten, dass sie uns mal ein paar Dinge von »draußen« besorgen könnte, sie würde das für uns ausnahmsweise mal machen, weil wir ja selbst das Areal nicht verlassen dürften.

Wir könnten ihr ruhig etwas aufschreiben und sie würde dann für uns einkaufen gehen.

Eigentlich wollten wir es nicht.

Aber da wir alle vier einen schleichend fortschreitenden Vitaminmangel aufwiesen, baten wir sie, uns doch eventuell ein paar Erdbeeren zu organisieren.

»Aber nur deutsche«, rief Elke schnell noch unserer Bitte hinterher.

Sie wäre schon ein bisschen verwöhnt, was Obst anbelangt, sagte sie.

Frau Doktor Braumeister willigte ein und zog von dannen.

Abends drehten wir wieder unsere obligatorische abgesteckte Runde, die aber leider nach zehn Minuten immer schon endete. Es sei denn, es kam gerade ein Hubschrauber, dann verweilten wir noch einige Zeit am Landeplatz.

Den Tag ließen wir dann gemütlich auf den Bänken vor der Notaufnahme mit den Rollstuhlfahrern und Trauma-Patienten in netter Gesellschaft ausklingen.

Es war Donnerstag geworden und Frau Braumeister entschuldigte sich bei uns mit den Worten, sie habe immer noch keine Zeit gehabt, die richtigen Erdbeeren zu kaufen.

Wir würden warten, erklärten wir ihr einstimmig.

Denn das ärgerte uns an diesem Tag nicht wirklich.

Wir konnten nämlich unser Glück kaum fassen, denn man hatte zwei neue Kaffee-Automaten aufgestellt.

Und nicht nur das, es gab in diesen Geräten sogar ganz ausgefallene Sorten wie Creme Brulée und Haselnuss-Cappuccino.

Unsere Freude war grenzenlos, wer braucht schon Erdbeeren!

Katja aus dem Patientenzugang eine Woche vor uns hatte Geburtstag.

Sie lief den ganzen Tag mit einem rosafarbenen Glitzerdiadem im Haar durch die Flure. Dazu trug sie eine goldene Scherbe mit einer riesigen 40 darauf.

Überall musste sie jemand fotografieren, sogar bei der Visite.

Wieder einmal war ich froh, dass ich nicht in dieser Runde gelandet war.

Am Freitag bekamen wir vier den Rücken voller Pflaster geklebt.

Um mehr über unser Hautleiden herauszufinden, wurden bei uns Allergietests gemacht.

An diesem Tag hatten wir ansonsten nichts auf unseren Plänen stehen, also noch mehr Zeit.

Wir begegneten trotzdem, irgendwie auch ungewollt, Frau Doktor Braumeister.

Doch sie hatte weder Erdbeeren in der Hand noch neue Informationen zum Stand des ausstehenden Kaufes.

Es wäre ja auch nicht ihre Aufgabe, uns Lebensmittel zu besorgen, dachten wir. Die Essensversorgung im großen Speisesaal sollte uns eigentlich genügen, also fragten wir auch nicht weiter nach.

Die alte Polin mit dem giftigen Blick gab uns zwar immer noch das Gefühl, wir würden sie bestehlen, trotzdem ließen wir uns an der Essensausgabe die Laune nicht verderben.

Im Gegenteil, wir hatten so viel Spaß, dass ich einmal sogar die Glasscheibe, die uns trennte, vollspuckte, weil ich mich beim Lachen am Tee verschluckte.

Wochenende.

Am Samstag entschieden wir uns, nach tagelangen Überlegungen, für einen heimlichen Freigang.

Wir wollten uns nun doch selbst Erdbeeren organisieren, es mussten ja nun nicht unbedingt »deutsche« sein.

Also planten wir zusammen unseren Besuch im naheliegenden Supermarkt.

Nach dem Mittagessen wäre der perfekte Zeitpunkt, dachten wir.

Staschia verbrachte den ganzen Samstag immer vor ihrem Laptop, denn sie machte gerade online eine Ausbildung zum Chemiemeister.

Sie fiel also aus!

Wir waren also nur zu dritt beim illegalem Verlassen des Geländes.

Romy und Elke gingen zuerst »zum Auto«.

Ich folgte fünf Minuten später.

Wir liefen über den Parkplatz und dann auf einen kleinen Trampelpfad, der zur Straße führte.

Wir fanden es überhaupt nicht lustig, schließlich stand in den Bestimmungen des Klinikums, dass man mit Kontrollen zu rechnen habe und im Notfall die Polizei hinzugezogen werden würde.

Also, Vorsicht war schon angebracht, auch bei der »Einreise«!

Wir schafften es jedoch, mit vier prall gefüllten Schalen Erdbeeren und ein paar Tafeln Schokolade unbeschadet wieder zurück.

Am Sonntag wollte uns Max erneut eine Freude machen. Ganz unverfroren und heimlich.

Als er mich zuvor am Telefon fragte, was wir haben wollten, sagte ich: »Torte!«

Wir machten uns wieder eine Uhrzeit zur Übergabe aus.

Ich hatte noch ein wenig Zeit und setzte mich so lange auf eine Bank auf dem Klinikgelände. Die war hinter einer kleineren Hecke versteckt.

Max sollte mich dann nur kurz anklingeln, wenn er auf den Parkplatz fahren würde.

Ich saß da also hinter dem Gebüsch und lauerte.

Ein Mann kam den Weg hinaufgeschlichen, ich denke, er war etwa in meinem Alter.

Er blieb bei mir stehen und flüsterte so ganz banale Sachen wie: »Alles ganz schön trocken hier. Es müsste endlich mal wieder regnen.«

Dabei zeigte er auf die Bäume und Sträucher ringsherum.

Ich dachte nur, geh bloß weiter!

Doch er faselte und faselte, dass er hier auch zur Reha sei, wegen seinem Rücken und dass es alles so schrecklich wäre.

»Draußen« würden die Zahlen sinken und wir wären hier wie im Knast.

Er hörte nicht auf!

Außerdem bot er mir an, wenn ich irgendetwas brauchen würde, Salzstangen oder Erdnussflips, dann solle ich zu ihm ins Haus F kommen. Ins Zimmer 7 A!

Und er hätte sogar einen Wasserkocher und auch »etwas« zum Entspannen.

Ich dachte, ich spinne.

Wo war ich hier nur gelandet?

Ich war umgeben von kleinkriminellen Mitpatienten, die auf dem Klinikgelände mit Salzstangen und Haschisch dealten.

Doch endlich klingelte mein Handy und ich konnte mich aus dem Staub machen.

Max übergab mir eine zauberhaft große Torten-Schachtel und mein Herz hüpfte.

Er hatte extra die Klimaanlage während der Fahrt hochgedreht, damit der Kuchen schön frisch blieb.

An diesem Sonntagabend waren wir nicht zum Essen bei unseren polnischen Freundinnen! Wir wollten uns voll und ganz nur auf unsere Torte konzentrieren.

Die letzte Woche verging etwas schleppend.

Am Montag bekamen wir von Frau Braumeister unsere deutschen Erdbeeren.

Wir hatten ihr selbstverständlich unseren Freigang verschwiegen und heuchelten Freude.

Der neue Kaffeeautomat war inzwischen kaputt, es kam nur noch das pure Wasser heraus.

Es stand auch mal wieder ein Entspannungstraining auf unserem Plan.

»Entspannt bin ich schon genug!«, meinte Elke.

»Wenn ich noch länger hierbleiben müsste, hätte ich bald einen Bandscheibenvorfall!«, sagte sie.

Ihre Angst war nicht unbegründet, denn man hätte tatsächlich auch eine Verlängerung bekommen können.

Wenn die Oberärzte bei der Chefvisite nicht mit dem aktuellen

Zustand und der Heilung zufrieden waren, bekamen einige von den Patienten ein oder sogar zwei Wochen mehr aufgebrummt.

Mal ehrlich, jeder von uns hatte sich im Vorfeld über ein paar Wochen Auszeit gefreut und geplant, mal nur etwas für sich zu tun.

Aber unter diesen gegebenen Umständen war es kaum auszuhalten hier.

Romy ging es inzwischen auch nicht mehr gut.

Sie hatte furchtbare Kopfschmerzen und ihr war ständig schwindlig.

Ich glaube, ihr hatte das Ganze mächtig aufs Gemüt geschlagen.

Die Ärzte empfahlen ihr, die Kur abzubrechen und eine Woche früher nach Hause zu fahren.

Wir, die Zurückgebliebenen, waren zwar unsagbar traurig, dass unsere neue Freundin die Segel strich, doch wir wussten auch, dass es besser für sie war.

Wir begleiteten Romy natürlich hinaus und warteten mit ihr auf das Taxi.

Als sie in den Wagen stieg, winkten wir ihr zum Abschied. Ich hatte dabei noch meine Maske in der Hand, die im Wind flatterte, wie ein Taschentuch.

»Noch ein, zwei Seminare, ein paar Visiten und dann ist auch für uns BIM!«, säuselte unsere Elke freudig.

»BIM«, das sagte sie immer, wenn sie »Schluss« meinte. Jetzt ist aber »BIM!«

Die letzten Tage flogen dahin.

Wir bekamen mittags immer noch das falsche Essen auf unsere Zimmer geliefert, was jedoch nicht das Schlimmste gewesen war.

Denn an vielen Tagen wurden wir gleich ganz vergessen.

Jammern wollten wir nicht.

Bedauern konnte man jedoch die Patienten, die mehrere Monate dort verbringen mussten. Und von denen gab es eine ganze Menge im Unfallklinikum.

Viele wurden wegen schweren Arbeitsunfällen oder anderen langwierigen Verletzungen eingeliefert.

Wir hingegen durften nach Hause, unsere Zeit war um.

Dennoch waren wir traurig, dass wir uns nun voneinander verabschieden mussten, denn die Zeit mit Romy, Staschia und Elke war wunderbar.

Als wir das Haus verließen, versprachen wir uns, dass wir uns wiedersehen.

Vielleicht sogar bei Romy in der kleinen Pension oder bei Elke am »Sachsenring«, der nur einen Katzensprung von ihrem Zuhause entfernt ist.

Wir werden sehen.

Ach ... und ELKE heißt in Wirklichkeit Gabi.

Ich bin wieder bei Max und es ist Sommer.

Eigentlich die schönste Jahreszeit zum Reisen.

Wir werden weiterziehen, wenn auch vielleicht anders.

Es werden Dinge passieren, die wir uns nicht ausgesucht haben.

Wir alle wissen nicht, was kommt. Wir können es nicht perfekt machen, nur so gut wie möglich!

Hoffen wir, wie Oscar Wilde:

Am Ende wird alles gut, und wenn es nicht gut ist, ist es noch nicht das Ende.